KB197964

데뷔 못 하면
죽는 병 걸림

데뷔 못 하면 죽는 병 걸림 10

1판 1쇄 발행 | 2024년 12월 08일

펴낸이 | 권태완 우천제
펴낸곳 | (주)케이더블유북스
편집자 | 한준만, 이다혜, 박원호, 이고은

출판등록 | 2015-5-4 제25100-2015-43호
KFN | 제3-32호

주소 | 서울시 구로구 디지털로31길 62 에이스아티스포럼 201호, KW북스
E-mail | paperbook@kwbooks.co.kr

ISBN 979-11-415-1206-4 04810
     979-11-415-1202-6 (set)

데뷔 못 하면
죽는 병 걸림

⑩

백덕수

안녕하세요. 백덕수입니다.

퇴고를 하며 문대와 친구들을 다시 만나 무척 즐거웠습니다.
이 친구는 어떤 마음으로 이런 이야기를 했는지, 이런 행동을 했는지
다시 한번 살아가는 기분이라고 할까요.

단행본을 통해 처음으로 이 이야기를 만나시는 분들도, 다시 만나시는 분들도
문대와 친구들과 함께 즐거운 경험을 하셨으면 좋겠습니다.

신나고 만족스러운 탐독이길 바랍니다!

CONTENTS

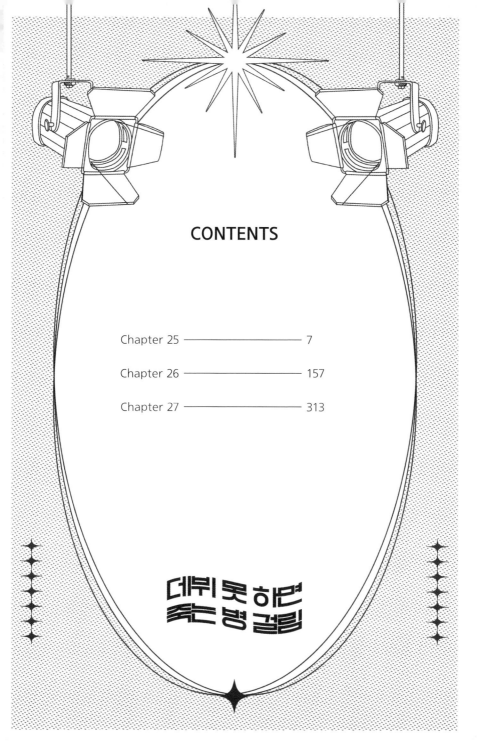

데뷔 못 하면
죽는 병 걸림

CHAPTER
29

테스타가 카메오 촬영에서 탈주한 밤. 그날의 미팅 자리에서는 놀랍게도 영화 제작 쪽 총괄 프로듀서가 나왔다.

'드문데.'

실무진 제일 윗대가리가 겨우 OST 작업에 나올 줄이야.

"감독이 나오는 게… 맞지 않나?"

"이 동네에선 감독 권한이 그렇게 안 크다는데요. 다 분업화된 거 보셨죠."

"그렇구나."

우리끼리 숙덕이는 것까지 통역사가 번역을 안 해서 다행이군. 이후 T1에서 파견 나온 직원을 대동한 채로 상투적인 인사말과 서론이 짧게 오간 뒤, 통역은 조심스럽게 프로듀서의 말을 전달했다.

"혹시 촬영에 무슨 문제가 있었는지, 왜 찍지 않으셨는지 물어보시는데요."

아, 이것 때문에 프로듀서가 나왔나. 촬영장 이탈한 뒤에 T1에 보고가 들어간 것 같더니 또 윗사람들끼리 뭐가 있었나 보군. 나는 고개를 끄덕였다.

"아무 설명도 못 듣고 무기한 대기해서요. 트레일러가 춥던데 목이라도 상해서 투어를 못 하면 안 되잖아요."

여기서 영어를 쓰면 어휘가 한정이 되는 데다 맞춰주는 느낌이겠지. 그럴 생각은 없다. 이 말을 통역이 번역해 주자, 프로듀서가 알겠다는 듯이 고개를 끄덕인다. 그리고 나온 말이 이거다.

"음… 일이 이렇게 되어서 굉장히 유감스럽다고 하시고요, 하지만 촬영장 스케줄을 다시 잡는 건 거의 불가능한데, 좀 더 그들의 시간을 존중해 주셨다면 좋았겠다고…."

"…!"

어쭈. 배세진부터 발끈했다.

"아니, 우리는 그런 게 아니라…."

"형, 형, 잠깐."

그래. 우리가 의뢰 때 키워드 몇 개로 장난질 당한 것 때문에 빡쳐서, 애꿎은 카메오 촬영에 화풀이한다고 착각하는 것 같군.

분위기가 싸늘해질 때였다. 갑자기 정중한 영어가 빗발쳤다.

"아무 지시 없이 무작정 대기하는 것은 정상적인 상황이 절대 아니지요. 그리고 저희 직원분들의 말도 조감독님께 제대로 전달되지 않았는데, 존중은 상호 관계여야 하지 않습니까?"

"…!"

선아현이 장문의 영어를 쭉 뱉은 것이다. 놈의 얼굴은 창백했으나 시선은 단호했다. 그리고 아무와도 합의되지 않은 상황이었다.

큰세진이 감탄했다.

'아현이 진짜 열 받았나 봐.'

'그러게.'

나는 입을 다물었다. 프로듀서는 좀 당황한 눈치였으나, 선아현의 말에 화가 난 것 같진 않았다. 도리어 그제야 머리가 제대로 된 상황 파악을 향해 돌아가기 시작한 모양이었다.

그리고 잠시 뒤, 통역이 다시 입을 열었다.

"상호 간 오해가 있던 모양이라고 하시네요. 현장에서도 여러분의 시간을 좀 더 존중하겠다고 하십니다."

"…네."

선아현은 입을 다물었다. 썩 만족했다는 얼굴은 아니었으나, 나는 놈의 등을 살짝 쳤다.

'잘했다.'

이 정도면 분위기 조성은 됐다. 선아현은 희미한 미소를 지었다. 그리고 나는 다시 입을 열었다.

"그럼, 카메오 촬영은 다른 날 다른 신에 다시 진행해 볼까요."

"…!"

양보하는 척 되는 선까지 탈탈 털어 먹어주마.

테스타의 기존 영화 카메오 출연 내용을 다시 보자.

─주인공이 대규모 전투를 주도할 때, 한 조연을 백업해 주고 사라지는 역할.

'오마주나 패러디를 등장시키기 딱 적절한 구성이긴 하군.'

대충 시나리오 장면을 보니 우리뿐만 아니라 게임 캐릭터를 지나가 듯 꽤 많이 등장시킬 것 같다. 추측하자면 아마 영화 중후반부 클라이맥스 직전.

그런데 우리만 갑자기 기성 연기자도 아니며 CG도 아닌 채로 게임 캐릭터랍시고 툭 튀어나오면 어떻게 되겠는가. 잘해도 떨떠름한 본전, 조금만 어설프면 숙연해진다.

'더 나가면 인터넷 조롱감이 되는 거고.'

감독이나 현장에서 안 좋아할 만도 하군. 이건 분명 제작사 쪽에서 기업 대 기업으로서 한 선택이다. 그리고 지금 우리 앞에 앉아 있는 프로듀서는 딱 제작사와 제작진 사이에 위치한 실무진 대가리.

권한은 있지만, 어쩌면 현장에 공감도 할 수 있는 위치다. 그런데 심지어 지금 우리 쪽에서 명분을 당겨온 상태다. 저 사람은 들을 준비가 되었다.

'선아현이 분위기를 잘 조성해 줬어.'

이제 기왕이면 다홍치마라고, 괜찮아 보이는 의견이면 수용하겠지. 그래서 나는 천천히 입을 열었다.

우선 당근.

"저희도 촬영장의 스케줄을 침해할 생각은 없습니다. 애초에 투어 일정 때문에 불가능하기도 하고요."

우리도 바빠 새끼야. 통역이 전달되자 프로듀서가 꽤 진지하게 고개를 끄덕였다. 나는 말을 계속했다.

"그러니 테스타가 나왔다는 걸 알아볼 정도로만 간단히 추가 진행하면 어떨까요. 저희 계약은 이행되어야 하니까요."

통역가가 프로듀서의 말을 전달했다.

"최대한 유사한 장면을 확인해서 스케줄을 확보하도록 진행해 보자고 하시네요."

우리도 숙인다고 생각하니 냉큼 물었군. 그럴 줄 알았지만 그대론 안 되겠는데.

나는 내심 웃었다. 그 X 같은 코스프레 느낌으로 전투 신에 출연할 수는 없지. 다른 이미지로 나올 것이다.

"그렇게 어렵게 맞추면 서로 불편하니까, 좀 더 편하게 하셔도 괜찮습니다."

유도한다. 나는 비행기에서 시나리오 요약본을 보며 눈여겨 뒀던 장면들을 쭉 떠올렸다. 그리고 그중 하나를 집어냈다.

"차라리 이 씬 같은 건 어떠세요?"

촬영장에서 이리저리 다니며 눈칫밥 먹던 우리 쪽 스탭에게 호텔에 귀가하자마자 쭉 물어봤기 때문이다. 내가 점찍어둔 장면 중에 혹시 현장 관계자가 언급하는 걸 들은 것은 없는지.

그리고 하나를 건졌다.

—아, 이거⋯.
—말하던가요.
—네. 음, 얼마 후에 이 배우가 이 세트를 쓴다고 했던 것 같은데요?

그게 바로 이 신이다. 스케줄상 딱 맞는 최종안, 나는 프로듀서에게 요약본의 해당 페이지를 내밀었다.

"가수는 가수 역할을 하는 게 더 재밌잖아요. 저희는 가수니까 대형 전투 장면은 어색해 보일 수도 있고요."

촬영 스케줄에 거의 지장을 주지 않도록 치고 빠질 수 있으며 동시에 우리가 이미지로 써먹을 만한 컷.

이걸로 간다.

"딱히 해주실 건 없고, 말 한마디랑 백그라운드 삽입이면 끝이라 편하게 쓰실 것 같아서."

프로듀서는 통역의 말을 들었다. 나는 살짝 주변을 돌아보았다. 호텔에서 진작 합의된 사항이었기 때문에 다들 특별한 동요는 없었다. 다만 프로듀서와 더 가까운 쪽에 앉아 있던 차유진이 익살스럽게 살짝 눈썹을 들어 올렸다. 뭔가 들은 것 같았다.

'오.'

차유진은 씩 웃었다. 대충 무슨 말이 오가는지 알겠군.

얼마 뒤.

"좀 더 자세히 이야기를 들어보고 싶다고 하시네요."

사실상 오케이 사인이었다.

'그렇지.'

나는 어깨를 으쓱했다.

그리고 사흘 뒤 오후, 카메오 촬영은 예정대로 진행되었다.

늦겨울 오전이었다. 할리우드의 촬영장이 늘 그렇듯이 근무자들은 자신들이 할 일을 정확히 알고 있다. 비록 그들을 기다리는 것이 박봉, 홀대, 하기 싫은 일의 연속일 뿐이라도 다를 건 없었다. 오로지 생계를 위한 것이었다면 로스쿨을 갔지 여기 있지는 않을 테니까.

제작팀의 발이나 다름없는 어시스턴트도 마찬가지였다. PA 중 막내인 그녀는 촬영장의 커피를 체크하다가 겨우 브리핑을 들었다.

"추가 인원이 있다고요?"

짧은 카메오 출연이라지만, 이렇게 당일에 갑작스럽게 추가되는 건 거의 생기지 않는 일이었다. 대체 그 '예외'가 누군지 묻는 그녀에게 팀원은 짧게 대답했다.

"KPOP 스타."

"아."

며칠 전에 마음대로 자리를 이탈했던 외국인들이었다. 본인들 나라에서는 얼마나 대단한 인지도를 가졌는지 모르나, KPOP이 뭔지 아는 그녀도 모르는 밴드였다.

'VTIC? 내가 아는 KPOP 보이밴드 이름은 딱 그 하나뿐이지만.'

KPOP에 미쳐 있는 자신의 여동생을 떠올린 그녀가 살짝 인상을 찌푸렸으나, 곧 폈다.

"확실히 조안이 무례하긴 했죠."

당시 촬영 때 조연출과 제작팀 절반이 취한 태도가 너무하긴 했으니까. 무명 배우에게 할 법한 짓이었다. 무명이라고 그런 짓을 해도 괜찮냐는 다른 논의겠지만 말이다.

"그래도 이탈이라니 배짱도 좋지."

팀원의 말은 반어법이었다. 그것도 참지 못해 트레일러를 이탈할 정도라면, 할리우드에서 성공하는 것은 포기해야 한다.

'거친 하루겠어.'

그녀는 하루 만에 촬영장을 박차고 나간 이 밴드가 자신의 오늘을 얼마나 엉망으로 만들지를 짧게 가늠하다가, 결국 한숨을 쉬었다.

"촬영 연장인가요?"

"30분."

"어… 스티브가 누구 하나 안 죽이길 기도해야겠네요."

"짧게 끝나길 기도해야지."

잡담은 금방 끝났다. 그녀는 호출을 받아 다시 현장을 뛰어다니기 시작했다.

이번 감독이 CG를 최대한 자제해 세트 비용에 덕지덕지 바른 덕에 세트와 효과는 극히 현실적이었다. 초록 쫄쫄이만 입고 연기하는 경우도 잦은 이 영화 시리즈에선 드물게 연기하기 좋은 환경이었다.

'그래도… 여기서 대체 뭘 찍겠다는 거지?'

이 신은 우주 정거장에 처음 나온 주인공이 술집에 들어갔다가 조력자를 만나는, 세계관의 거대한 범주를 보여주는 초반부였다. 어디에도 괴상한 옷을 입은 KPOP 스타들이 낄 자리는 없었다.

'뭐, 조연출인 조안은 알겠지.'

자신은 촬영 현장의 자질구레한 일이나 관리할 직책이었으니까. 그녀는 한숨을 참고 책상을 옮겼다. 그리고 의자 몇 개를 쌓아 들려던 순간이었다.

그녀의 발이 비틀렸다.

"어어."

바닥을 잘못 디딘 것이다.

'맙소사!'

어시스턴트는 순간 눈을 감았으나, 의자와 함께 바닥으로 무너지진 않았다. 대신 누군가가 그녀가 들고 있던 의자를 쑥 빼앗아갔다.

"당신 괜찮아요?"

"…! 아, 아… 네."

"맙소사, 뭘 이렇게 많이 짊어졌어요? 나한텐 저기 노는 사람들도 보이는데요."

활기차고 여유로운 목소리였다.

'누구지?'

그녀는 순간 의아하면서도 주저앉은 몸부터 일으켰다. 그리고 놀랐다.

"각자 맡은 일이 있으니……!"

"뭐, 그건 맞겠네요."

고개를 들자, 열 명이 넘는 사람이 앞에 서 있던 것이다. 전부 동양인에 대부분 남성.

그리고 그녀의 짐을 들어준 남자, 훤칠한 소년이 씩 웃었다.

"제 일은 카메오고요. 반가워요. 테스타입니다."

"안녕하세요!"

뒤에서 같이 인사하는 또래의 소년들은 제법 정중했다. 다들 피부와 생김새가 좋았으나, 몇몇은 그녀의 눈엔 지나치게 예쁘장했다.

'그래도 태도가 좋네.'

몇 분 전 가졌던 우려는 농담처럼 사라졌다.

"안녕하세요. 네. 감사합니다."

그녀는 '영어를 잘하시네요' 따위의 말을 불쑥 떠올렸다가 삼키고 정상적인 대답을 내놓았다. 그것을 눈치라도 챈 듯이, 뒤에 있던 분홍빛 머리의 소년이 묘한 눈으로 입을 열었다.

"이 녀석은 여기 출신입니다. 캘리포니아."

"아, 그래요."

그러고 보니, 누가 들어도 이 주의 억양이라 고개를 들었을 때 더 놀란 것이다. 그녀는 새삼 자신을 도운 소년을 살폈다. 몸집이 좋고 여유롭고, 잘나가는 사람 특유의 기세가 있다.

"당신은 유진이라고 부르면 돼요."

"음, 그렇군요."

"오늘은 트레일러에서 그 맛있는 샌드위치를 먹지 않아도 괜찮겠죠?"

저 말투… 확실히 캘리포니아 출신이 맞았다. 부정적인 말도 일단 긍정적으로 흐려 말하기. 그녀는 일단 힘겹게 웃었다.

"그럴지도요. 일단 바로 조안… 조연출님께 안내해 드릴게요."

"고마워요!"

이들을 바로 조연출에게 넘기기 위해 발걸음을 옮길 때, 그녀는 뒤에서 외국어를 들었다.

"이야, 유진이가 너무 말을 잘하는데?"

"알아요!"

무슨 뜻인지는 몰라도 밝은 말투였다. 그리 기분이 나쁘진 않은 모양이다.

'카메오 분량이라도 늘려준 건가?'

확실한 건 조연출의 태도도 변했다는 것이다. 조안은 갑자기 과하게 정중한 태도로 이들을 대하기 시작했다.

'대체 뭐야?'

어쨌든, 그들은 오늘 촬영하는 주연 배우들이 오기 전에 빠르게 세트를 선점했다.

그녀도 빠르게 움직였다. 우선 간식과 음료.

"다 끝나고 어디로 가져다드리면 될까요?"

그들의 스탭 대신 분홍빛 머리 소년이 힐긋 자신을 돌아보더니, 짧게 대답하며 손을 올렸다. …올려?

"감사합니다. 저 위요."

"…?"

그녀는 손을 따라 시선을 올렸다. 소년은 딱딱한 말투로 이어서 말했다.

"우리는 공연할 거예요."

맙소사, 손이 가리키는 곳은… 술집의 한구석에 완성도를 위해 만들어놓은 곳이었다. 말 그대로 술집의 소형 스테이지. 저들은 이 신에서 백그라운드로 비치는 공연 엑스트라 역할로 온 것이다!

터무니없이 소박했다.

'이걸… 이걸 왜 하는 거지?'

아무리 분장을 했다지만, 이 정신 나간 세트 분위기가 과연 저들과 어울릴지도 문제였다. 그 와중에도 촬영 준비는 착실히 진행되어, 소년들은 카메라 테스트를 거쳐 정말로 술집 뒷무대에 섰다.

'어차피 소리는 후시 처리할 테니 적당히 시늉만 하면 될 텐데.'

그들은 마이크를 조절하고, 심지어 하나는 실제로 키보드에 앉기까지 했다. 괴상한 우주 악기의 쓰임새를 묻는 소년도 있었다.

그리고 별 기대 없이 조용한 현장에서 실제로 촬영이 시작된 순간.

우웅ㅡ

술집 세트가 어두워지고, 미러볼과 야광 불빛이 번뜩이는 가운데.

ㅡBlack hole

노래를 부르는 용도가 아닌 마이크로부터 풍부한 소리가 울린다.

"...!"

기가 막힌 음색이 화음을 이루며 레이저나 별빛처럼 반주가 쏟아졌다. 그러나 우아하진 않았다. 마구잡이로 그린 크레파스 같은 질감의 소리가 튀었다. 키치한 스페이스 오페라에 어울리는 빠른 비트의 중독적인 곡. 그리고 좁은 무대 위에서 상당히 반항적인 태도로 노래를 부르는 밴드.

ㅡLet me swallow it

그 모든 게 SF적 뒷골목의 면모를 충실히 뽐내는 괴상망측한 술집의 분위기에 말도 안 되게 잘 녹아들었다.

순간을 잡아채는 재능.

"……."

그녀는, 왜 저 소년이 굳이 출생 주를 떠나 먼 나라까지 간 건지 심정적으로 납득하게 되었다.

'저런 팀을 거부하긴 힘들지.'

그들은 애초에 팀으로 구성되지 않았으며 서바이벌 생존자로 묶은 임시 그룹일 뿐이라는 사실에 비추어보면 기함할 생각이었다.

어쨌든 단 2분으로 편곡된 OST 퍼포먼스는 그녀뿐만 아니라 꽤 많은 근무자를 멍하게 만들었다. 고조되는 파트와 클라이맥스에서는 저도 모르게 구경하다 살짝 몸을 흔드는 스탭까지 생길 정도였다.

툭.

"*감사합니다.*"

끝나고 인사를 하는 이들의 여유까지 자체적인 위상을 더했다. 정말 인기 있는 연예인다운 자세였다.

'…예상외로 굉장히 좋았어.'

게다가 그들은 끝까지 카메라를 없는 것처럼 보지 않았다. 영화를 위해 능숙하게 준비된 자세였다. 그래서 더 안타까웠다.

'어차피 다 편집될 텐데…!'

영화에서 이 공연을 살릴 확률은 전무했다. 너무나 뜬금없고 외부적 요소이기 때문이다. 이건 기껏해야 비하인드로 공개될 후보로 찍은 것이다!

그녀는 어쩐지 그 사실이 더없이 부당하게 느껴졌다. 저들이 왜 이걸 카메오 신으로 고른 건지 알겠지만, 이 분야에 대해 잘 몰라서 실수했다는 것이 안타까웠다.

"휴."

다만 헛된 걱정이었다.

정작 당사자들은 애초에 그런 기대는 하고 있지도 않았기 때문이다. 그들이 노린 것은 단순히 이 공연이 멋지게 보여 영화에 실리는 게 아니었다. 그다음에 찍을 것과의 연계성이었다.

"으음."

"공연은 더 안 찍겠죠?"

"분위기를 보니 그럴 것 같네."

마이크에서 떨어진 박문대는 다음 컷을 위해 대기하는 멤버들의 사이에서, 배세진을 향해 입을 열었다.

"형, 이제 천재 아역 배우 출신의 연기력을 보여주세요."

"화이팅!"

"부담을 가지실 필요는 없으나 저희의 깊은 믿음과 신뢰는 알아주셨으면 합니다!"

그리고 '대사가 한 줄인데 무슨 놈의 카메라 장악력 같은 소리야' 따위의 반응을 하던 지난날이 무색하게, 배세진은 진지하게 고개를 끄덕였다.

"…알았어!"

"오오!"

'몰입했군.'

박문대는 배세진의 상태를 판단했다. 스탭이 주는 물을 거절한 채, 배세진은 단지 차분한 눈으로 가운 의상을 고쳐 입었다.

그리고 얼마 뒤, 배우들이 합류한 뒤 진행한 '진짜' 카메오 촬영.

"…!"

막내 어시스턴트는 KPOP 밴드가 대체 왜 이걸 고른 것인지 현장에서 완전히 이해하게 된다.

동시에 혼란에 휩싸인다.

'저 사람은… 왜 보이밴드를 하는 거지?'

그로부터 2개월 후.

이 영화의 가편집 내부 블라인드 시사회가 첫선을 보였고 테스타의 편집 분량은 이 시사회의 피드백에도 줄어들지 않았다.

다만 소문이 퍼져, 국내에서도 추측 기사가 뜨기 시작했다.

["한국 게임의 세계관" 라임스톤 신작 영화... KPOP 아이돌 출연하나]

잘 마른 장작에 성냥이 떨어지기 직전이었다.

4월.

김래빈의 팬은 아주 오랜만에 영화관에 찾아왔다.

'내가 돌았지!'

졸업이 코앞인데 중간고사 기간에 온갖 시사회 이벤트를 다 때려 넣어서 기어코 당첨돼 오다니, 미친 짓이라고 대학생 자신도 생각했다.

그것도 확실하지도 않은 찌라시 기사 때문에 말이다.

이번 라임스톤 영화에 KPOP 아이돌이 카메오로 나온다는 소문.

그리고 하필 그 영화는 〈127 Section〉을 만든 '폐허공장'의 게임 시리즈 세계관을 따온, 바로 그 국뽕 저격 영화였다. 당연히 엮일 만한 그룹 후보도 화끈하게 물망에 올랐는데 또 하필 1순위가 그녀의 아이돌이었다.

모든 정황이 맞아떨어졌기 때문이다.

-콜라보했던 그룹 쓰지 않았겠냐 상식적으로

-헐 ㅌㅅㅌ인가?

-나 너무 기대됨 뭐야 무슨 일임

표면적으로는 긍정과 불안이 뒤섞인 기대가 주류였다. 물론 해당 게임 커뮤니티에서는 '미국 노리더니 초심 박살 남' 같은 소리를 하며 게임 회사를 깠다. 'KPOP 아이돌 끼었기'가 사실이라면 선 넘는 국뽕 마케팅을 위해 게임 세계관을 싸구려처럼 팔아치운 것 아니냐는 게 중론이었다.

그리고 흥미롭게도, 물밑 아이돌 팬 커뮤니티에서도 비슷한 반응이 나오고 있었다.

-섬별 국내 대상 받자마자 천조국 보내버리기ㅋ 너무 개잡티원다워서 할말 잃어버렸자나

-쎄하다

-이제 한국은 잡은 고기야 응 번역 떡밥 보면서 살어ㅋㅋ

-아이돌 카메오ㅋㅋㅋㅋㅋ야 벌써 손발 없어짐 미쳤나

참고로 김래빈의 팬도 이쪽이었다.

'설마 독립 레이블도 미국 보내려는 떡밥이었냐?!'

안 그래도 '회사가 독립 레이블을 줄 리가 없는데' 하는 의심이 쌓여 있던 팬들은 일찌감치 소속사를 공격할 준비를 하는 중이었다. 그러면서 도 대외적으로는 테스타에 대한 부정적인 반응을 쉬쉬하고 잡는 것까지.

'비활동기에 이렇게 심란하게 만드는 거 소속사 돌았냐고 진짜.'

그러나 이 뜨거운 반응에도 T1 Stars에서는 아무런 공식 입장도 내 어놓지 않았다. 평소라면 금시초문이든 언론플레이든 미친 듯이 했을 이 회사가 조용한 것은 도리어 팬들을 더 불안하게 만들었다.

의심스러워진 것이다.

'언플로도 못 써먹을 만큼 퀄리티가 쓰레기인 거 아니야…?'

'무슨 개쓰레기 같은 딜로 애들 묶어서 팔아먹은 거 아니겠지?'

'왜 카메오 출연 잠깐 가지고 이렇게 뜸을 들여? 설마 뭐 더 있어?'

하필 테스타가 투어 중이라 다른 컨텐츠로 환기도 힘들었다. W라이 브에서 댓글로 도배하듯 물어봐도 굳이 대답하지 않는 것까지 합쳐지 니, 사실상 테스타가 출연했으며 비밀 유지 중이라는 게 정론이 되었다.

그리고 불안은 고조되었다.

'나오지 마, 차라리 나오지 마!'

혈안이 돼서 시사회 추첨을 있는 대로 다 찾아내면서도 대학생이 했 던 생각이 저거였다. 그러나 시간은 착실히 흘렀고…… 어제, 해당 영 화의 1일 차 시사회가 진행되었다.

그리고 모든 게 뒤집혔다.

-미친
-라임스톤은 언제나 옳다
-아 그냥 보고 오세요
-ㅋㅋㅋ국뽕 억까 새끼들 사서 걱정하지 말라고 아~~

영화는 평론가 별점 평균 4개의 준수한 수작이었다. 게임 세계관도 매력적으로 잘 살려내는 것에 성공해, 국뽕 위튜버들에게 좋은 재료를 제공했다.

게다가 테스타의 출연은….

-나 진짜 개놀람 우리 애들이 그

그녀는 여기까지만 보고 로그아웃했다.

'미친 새끼가 어디서 스포를 검색되게 올려!'

어떤 영향도 미리 받지 않기 위해서였다. 그리고 오늘 이 시사회에 올 때까지 다신 SNS에 접속하지 않았다. 심지어 테스타의 공식 SNS도 확인하지 않았다.

'딱 제로 베이스로 보고 평가해 준다 내가.'

댓글 알바가 영화 평점을 조작하는 게 하루 이틀도 아니고 팬들이 첫날 여론 잡으려 드는 것도 하루 이틀이 아니다. 그녀는 그렇게 경각심을 가지고 생각을 정리했다.

'확실한 건 정말 테스타가 출연하는 것뿐이라고!'

대학생은 냉철한 정신으로 영화관에 앉았다.

"야 나 팝콘."

"닥쳐."

데려올 사람이 없어서 데려온 동생에게 면박을 주고, 얼마 지나지 않아 비상통로 안내가 끝나고 로고가 뜬다.

라임스톤 특유의 영어 문장. 그리고 타이틀.

[코스믹 거녀]

전형적인 그쪽 영화명이었다. 시사회답게 여기저기서 짧은 환호가 울렸다. 하지만 이후 진행된 웅장한 내용은… 영상미만 죽여줬을 뿐 그녀에겐 그냥 그랬다. SF에 별 관심이 없었기 때문이다. 뭔 소린지도 모르겠고 게임도 크게 관심이 없다.

'이럴 줄 알았다.'

대학생은 심드렁히 캐러멜팝콘이나 씹었다.

'테스타 언제 나와.'

하지만 확실히 영화로서 보는 재미는 있었다. 지구가 망한 배경을 설명할 때의 그 비꼬는 듯한 블랙 유머나, 멋진 장면 전환, 친절한 스토리라인까지. 종합적으로 판단하자면, SF나 히어로에 대해 관심 없고 잘 모르는 사람도 한 번쯤 볼 만한 영화다.

'괜찮네.'

익숙한 라임스톤의 맛이 느껴졌다. 그녀는 순간 긴장을 풀고 영화를 멍하니 보았다. 테스타는 보통 할리우드 카메오들이 그렇듯이 중반부 이후에나 나오겠구나 짐작하면서 말이다.

그때쯤, 화면에서는 주인공이 얼결에 도착한 우주 정거장의 퇴폐적이고 화려한 네온사인을 보고 있었다.

[와우, 볼만하잖아?]
―(진심으로 말하는데, 이건 잘못된 망상이었다.)

주인공의 말과 교차하는 회상 독백에 극장의 사람들이 웃음을 터뜨렸다.

그사이 영화의 주인공은 정거장의 술 모양 간판을 보고 슬그머니 술집에 들어갔다. 강렬하고 의미심장한 밴드의 공연이 부분 클로즈업되고, 그것을 BGM 삼아서 주인공은 테이블을 잡고 앉는다.

그리고 등장한 조력자 역할의 조연과 주고받는 만담 같은 대화.

[지구에서 왔어? 거긴 어때?]
[뭐, 이런 술집용 노래가 시끄러운 건 똑같지.]

그 순간 백그라운드에 있던 괴상망측한 밴드에게서 거친 슬랭식 영어가 터져 나왔다.

[너 X발 방금 뭐라고 했냐?]
[이 노래 너무 좋다고, 친구! 이야! 내 인생 최고의 연주였어!]

멀리서 밴드 멤버가 주인공을 노려보다가, 고개를 끄덕이고 시선을 거두는 것이 흐릿하게 묘사되었다. 다시 한번 관객들의 웃음이 터졌다. 주인공이 꿍얼거렸다.

[머리에 피도 안 마른 10대들이 노려보긴.]
[어허, 조심해! 초짜 친구, 그쪽 행성 상식으로 사람을 판단하면 안 되지.]

그리고 주인공의 맞은편에 앉은, 작은 외계인 조연이 목소리를 낮추고 소개한다. 이제부터 주인공이 마주칠 세상을.

[이 정거장과 계약한 행성 가짓수만 1,200이 넘는다고!]

화려하고 장활한 외계의 컷들이 편집되어 관객에게 훅훅 밀려온다.
'오.'
그 효과가 영화관을 꽉 채웠다. 대학생은 짧게 감탄했다.
그 와중에도 조연의 목소리는 서술을 계속했다. 이 우주 정거장을 이용하는 각종 행성민들의 특이한 내력과 보물, 알력 관계, 그리고 무력 집단에 대해서.
꽤 많은 것들이 지구의 상식과 상반됐다. 위험성까지도 말이다.

[작은 녀석들은 보호법 덕분에 포스 슈터 숨기고 다니는 놈들이 태

반이야. 저거 보여?]

[너같이?]

[그래, 나같이.]

돌아온 술집의 화면. 조연은 히히 웃으며 품에 있는 포스 슈터를 보여줬다가 숨긴다. 주인공은 유심히 그것을 본다.

[그리고 마지막으로… 미친놈들처럼 다니는 미친놈들을 조심해야 해.]

[미친놈들?]

[아, 딱 보면 눈에 띄게 하고 다니는 녀석들 있잖아!]

조연의 말을 끝으로 화면이 다시 한번 돌아간다. 술집의 작은 공연 장소 위, 아까 주인공에게 말 한마디 했던 '10대' 밴드에게로.

세션을 정리하고 내려가던 그들에게 위압적인 전투복을 차려입은 병사들이 시비를 건다. 뒷모습과 옆모습만 보이는 그들은 70년대 락밴드와 게임 캐릭터를 합쳐둔 듯 전위적인 차림이었으나, 전투복 차림의 녀석들처럼 체구가 거대하진 않다.

금방이라도 병사들에게 밴드가 두들겨 맞거나 도망갈 것 같은 분위기.

[오.]

그러나 카메라가 병사의 시점에서 밴드를 정면으로 제대로 비췄을 때, 그 얼굴들은 그저 심드렁했다. 그리고 그건 시사회 대부분의 관객들에게 몹시 낯익은 얼굴들이기도 했다.

"…!"

"왁!"

테스타!

예상도 못 했던 등장에 관객석에서 감탄과 반응이 불쑥불쑥 튀어나오는 순간.

[미친놈처럼 하고 다녀도 되니까 그러고 다니는 거야!]

조연의 내레이션과 함께, 카메라가 돌아간다.

"…!"

휘익!

괴상한 우주 악기에 의해 과장스러울 만큼 깔끔히 제압당하는 병사들의 모습이 빠르고 격동적으로 지나갔다.

타탁! 밴드의 한 멤버가 레이저로 마지막 놈을 테이블 너머로 날렸다. 그리고 구겨진 자신의 가운을 자연스레 털며, 그 위의 초록 얼룩을 조심스럽지만 치기 어리게 다듬었다. 그 순간적인 한 동작만으로 관객들이 그 흰 가운의 얼룩이 일부러 만든 멋임을 알아차릴 수 있도록.

고개를 들자, 화장을 한 채 안경 쓴 청년이 무표정으로 고개를 꺾는다.

'와씨.'

대학생은 깨달았다. 〈127 Section〉의 '박사'를 따라 한 무대 의상이구나!

그리고 한 박자 늦게야 그 인물이 배세진이라는 것을 인지했다.

"…!"

배세진은 말 한마디 하지 않았는데도 평소 아이돌 배세진과 전혀 다른 인물로 보였다. 아까 영어로 외칠 때 목소리도 알아듣지 못할 정도였다. 심지어 대학생이 테스타를 너무 잘 알고 있던 사람인데도, 아니, 그래서 더 낯설었다.

그 짧은 순간에 배세진은 자신이 부여한 캐릭터성을 어필한 것이다.

'뭐야.'

김래빈의 팬은 전에는 찜짝, 이제는 마스코트처럼 취급하던 깍두기의 전문 분야 재능에 침을 삼켰다.

그리고 다시 전환된 화면구도. 7명의 밴드 멤버들이 쓰러진 병사들을 무시한 채로 유유히 주인공의 테이블을 지나가는 것이 짧게 비쳤다. 배세진은 돌아보지도 않고 말했다.

[또 들으러 와.]
[그것, 음, 참, 영광….]

그러나 주인공의 말이 끝나기도 전에 화면에서 사라지더니, 문 열고 나가는 SF 효과음만 남는다.

슈욱!

[……]

그것을 화면 안에서 눈을 크게 뜬 채 지켜보던 주연 둘은 곧 모가지를 숙이고 속삭였다.

[봤지. 이런 동네야.]
[……오.]

주인공은 눈을 끔벅였다.

[그럼 나 방금….]
[그래, 거의 죽을 뻔했어. 그보다 내가 좋은 계획이 있는데….]

영화관이 다시 웃음으로 가득 찼다. 출연한 카메오가 누구인지 아
는 사람만 누리는 재미와 반가움이었다.
그리고 김래빈의 팬은 팝콘을 든 채로 짧게 충격에 휩싸여 있었다.
웃음으로 마무리한 그 신은 누가 봐도 이 세계관의 도입을 주인공과
관객에게 효과적으로 소개하기 위한 방법이었다.
유머와 반전, 그리고 멋짐. 세 가지 덕목을 모두 갖춘 카메오의 출연.
'와 X발.'
T1이 이렇게 일을 잘할 리… 아니, 아니다. 이것도 결국 멤버가 잘 받
아먹은 덕이다. 그 새끼들 덕이 아니다.
'배세진….'
유독 하드캐리한 멤버의 이름을 답지 않게 읊조리던 김래빈의 팬은
벼락 맞은 듯한 깨달음을 얻었다.
그러고 보니, 설마 연주하던 곡이?

그리고 술집에서 들은 밴드의 음악이 최종 전투 신에 이어 엔딩 스크롤에서 보컬과 함께 흘러나온 순간, 그녀는 자신이 틀리지 않았다는 것을 깨달았다.

－Exploding far away

팝송에도 짝 달라붙는 이 고음, 그리고 이 돌아버리게 좋은 OST를 뽑은 게 대체 누구겠는가.
'김래빈! 박문대!'
그녀의 픽은 역시 실패하지 않았다!!

그리고 그녀가 영화 시사회가 끝나자마자 다시 접속한 인터넷에서는, 벌써 이 짧은 카메오와 OST로 인한 파장이 터지고 있었다.

슬슬 테스타 투어도 미국 몇 주만을 남겨둔 4월 중순.
"우리 영화관 또 가요!"
"시간 없어."
"그럼 만들어요!"
오늘따라 끈질기군. 나는 작곡 캠프에서까지 영화 보자고 노래를 부르는 차유진을 쳐다보았다. 이놈 때문에 투어 가는 도시마다 야밤에 도둑질하듯이 〈코스믹 거너〉를 보러 가는 중이기 때문이다.

'목격담도 꽤 떴지.'

하도 가서 슬슬 예측 샷을 노린 사람들이 노리고 찾아오자 중단했는데, 무슨 금단 증상이라도 온 것처럼 저러고 있다.

"차유진, 몇 초 안 되는 출연 장면을 재관람하기 위해 계속적으로 형들의 수면 시간을 뺏는 행위는 좋지 않…"

"내 목소리는 길게 나와! 그리고 우리 멋졌어!"

"하하, 그러게. 엔딩 크레딧에서 우리 곡이 들리니까 신기하더라."

그래, 설마 우리 곡을 메인 테마곡으로 채택까지 할 줄은 몰랐다. 모르긴 몰라도 지난번에 프로듀서가 직접 자리에 나온 것은 상상 이상으로 곡이 마음에 든 탓도 있었나 보지.

'그 새끼들이 기어코 돈은 더 안 쳐줬지만.'

홍보료로 써먹었다고 치자. 일단 작곡가 본인이 굉장히 신난 상태니까.

"예! 저도 무척 신기했습니다!"

"그래."

"난 안 신기했다? 래빈이 곡 진짜 좋았잖아~"

일등 공신에게 다시 한번 감탄이 쏟아졌다. 차유진마저도 고개를 끄덕였다.

"김래빈 곡도 멋졌어."

김래빈이 엄숙히 고개를 끄덕였다.

"급하게 제작하느라 다소 완성도 측면에서 아쉬운 부분도 있었지만, 촬영 이후 피드백과 함께 보완했으니 결국 부끄럽지 않은 수준으로 마무리되었다고 판단했어."

"GOOD~"

드물게 둘이 안 싸우고 의견이 일치하는군.

"바, 반응이 굉장히 좋아. 미국에서도… 기사가 뜨고."

"오~ 진짜?"

선아현은 드물게 서치까지 시도했나 보다. 색다른 일을 했더니 별 결과가 다 나온다. 녀석이 내민 기사를 번역해 전해준다.

"이번 라임스톤 영화의, 주요 삽입곡을 작곡한 것은 KPOP 소년밴드로…, 그 인상적인 카메오 출연자의 정체가, 대중을 놀라게 하고 있다, 고 해."

"오오~"

기사야 별거로도 다 뜨니 감탄은 이르지만, 실제로 미국 쪽 익명 커뮤니티에 들어가서 뒤져보니 알음알음 글이 올라오고 있긴 했다.

'일단 워낙 영화가 흥행에 성공했고.'

이건 우리가 어떻게 할 수 없는 부분이었는데 운이 좋았지. 어쨌든 그 잘나가는 영화에서 눈도장을 잘 찍어둔 덕에 벌써 우리도 글이 올라오는 모양이었다. 저화질로 유출되어서 떠돌아다니는 테스타 카메오 장면까지 첨부해서 말이다.

재밌는 점은 카메오라는 것도 몰랐는지, '조연인 줄 알았는데 다시 등장하지 않아 당황했다'는 말이 많았다.

-그 미친 밴드가 나중에 다시 등장할 줄 알았는데 아쉬워 :(그래도 엔딩 크레딧의 곡은 그들이 연주하던 게 맞지?

└카메오야 정체는 케이팝 밴드

└맙소사

그러다 보니 이젠 아예 이놈들이 누구인지 정체를 정리한 글이 올라오는 모양이다. 나는 〈코스믹 거너〉의 미친 밴드의 정체'라는 제목의 인기 글에 달리던 댓글들을 떠올렸다.

-*이게* 케이팝이라고?
-내 고정관념이 문제인 거야, 아니면 이 자식들이 예외인 거야?
　└둘 다야 (울면서 웃는 이모티콘)
-테스타는 내가 본 가장 재능 있는 케이팝 그룹 중 하나라서 난 놀라지 않았어
　└맞아! 내가 확신하는데 이 곡도 그들의 멤버-래빈의 것일걸? 그는 카메오 중 붉은 성게 같은 키보드를 가진 소년이야 :)
　└역시 케이팝 팬들이 튀어나오는군ㅣㅇ

그리고 좀 더 나가면 우리가 미국에서 호떡을 팔던 예능까지 말미에 추천으로 붙어 있는 경우도 잦다. 즉, 해외 반응도 기대 이상으로 준수.
"정말 전체적으로 반응이 좋네요."
"그러게."
그리고 여기, 아닌 척 이 모든 소리를 주의 깊게 듣고 있는 놈도 있다. 김래빈과 함께 쌍두마차 형태로 이 반응을 끌어온 장본인 말이다. 나는 고개를 돌렸다.
"형이 워낙 연기를 잘하시긴 했죠."
"…흐흠."

배세진이다. 주변에서 이러는 게 한두 번이 아니라 이젠 좀 쑥스러워하고 마는군. 처음에는 별 기겁을 다 하더니.

차유진이 환호했다.

"맞아요! 정말로 완벽해요!"

"사실 완벽하진 않았어. 최대한 분장과 상황에 맞게 대사 해석하긴 했는데 발음 문제도 있고… 아무튼! 고맙다고! 그, 네가 발음 많이 도와줬잖아."

"알아요!"

배세진은 그쯤 멈추고 순순히 시인했다. 여기서 본인이 정색하면 분위기가 머쓱해진다는 걸 드디어 의식하기 시작했나 보군. 아마 하도 좋은 평을 많이 본 것도 한몫했을 것이다.

나는 개봉 하루 만에 쏟아지던 호의적인 반응들을 떠올렸다.

-그냥 그쪽 배우인 줄 알았음

-미쳤네

-배세진 뭐야 배세진 뭐냐고 3초만에 만인을 사로잡는 할리우드 명품 카메오 연기 실화냐

사실, 내가 봐도 놀라웠다.

'현장에서 질문을 많이 하더라니.'

배세진은 차유진을 통역으로 쓰면서까지 대본과 상황에 대해서 최대한 많은 것을 파악하려 노력했다.

'마지막에 끝내면서 한 애드립도 한 컷에 통과됐지.'

애초에 카메오 대사는 유머성으로 하는 욕설과 시비 한 줄뿐이었다. 그런데 '마지막에 한마디 하는 게 더 재밌지 않겠냐'는 생각에 즉석에서 상의해서 나온 대사가 바로 저 애드립이었다.

–또 들으러 와.

후반 전투 신에서 우리 곡이 다시 나오는 걸 알아서 넣은 말장난이었다. 설마 엔딩 크레딧에 보컬까지 붙은 완곡이 나와서 회수될 줄은 몰랐지만 말이다. 어쨌든, 그만큼 연기나 끼와 관련된 놈의 능력치는 거의 압도적인 긍정 평가를 쓸어올 만큼 수준급이었다.
물론 덕분에 이간질하는 놈들도 나오긴 했다만.

-왜 아이돌 하는 건지 모르겠네 연기하는 게 서로 좋지 않나 테스타는 무대 퀄리티 올라가고 배세진은 잘하는 거 해서 좋고
　└ㅋㅋㅋㅋㅋ말투 봐 응 아냐
　└세진이 존나 프로아이돌 대깜찍 햄찌임 탈퇴 염불 안 받아요~

이 정도야 너무 뻔해서 그룹 팬들이 다들 준비된 자세로 틀어막긴 했다. 다만 그냥 영화 보고 온 일반 사람들이나 시네필 사이에서도 심상치 않게 이런 반응이 나왔다는 게 문제긴 하다.

-진짜 카메오만 하기엔 너무 아깝다 빨리 필모 쌓아줘
-20대 남배우 기근인데 역시 믿을 건 아역배우 출신인가

연차 차면 당연히 배세진이 연기로 완전히 커리어를 돌릴 거라는 예측과 기대 말이다.

'아무래도 아직도 아이돌보단 배우를 더 쳐주긴 하지.'

직업 수명과 특성 문제인가. 나는 짧게 생각하다가 그냥 어깨를 으쓱하고 그만뒀다.

'일단은 즐기게 놔둘까.'

지금은 테스타가 대상을 타며 그룹 위상을 쭉 올려놓은 직후라 여론이 무너지지 않고 균형을 유지 중이다. 애초에 이번 영화도 테스타가 OST로 참여했기 때문에 배세진도 그 일원으로 출연한 거니까. 배세진이 '당장' 그룹 활동 때려치우고 연기를 시작할 것이라 기대하는 분위기는 아니란 뜻이다.

그래도 개인 활동하면서 자연스럽게 그룹 활동도 병행하려면, 지금부터 신경 써야 하긴 했다. 그때 가서 이놈들이 어떤 걸 우선시할지야 모르겠지만… 일단은 선택할 수 있는 환경을 조성해 놓는 게 안전하니까.

'그룹으로 다양한 활동을 해서 성과를 잘 내놓는 게 좋지.'

그리고 이번 영화 작업에서 아직 제대로 공개되지 않은 것들이 그걸 도와주지 않을까 싶은데 말이다. 마침 비슷한 화제가 또 멤버들 사이에서도 돌아왔다.

"으음~ 형, 우리 OST는 언제쯤 완곡이 공개될지 혹시 따로 이야기 없었어요?"

우리가 부른 이 영화의 OST.

〈Black hole〉.

이건 정식음원이 나온 상태가 아닌데도 예고편에서 추출한 불법 음원까지 떠도는 중이었다. 구글에 영어로 자동 완성까지 되더라고.

하지만 우리도 음원 풀 권한은 없다.

"글쎄. 구체적 날짜는 전달 못 받았는데… 아마 영화사 스케줄에 맞춰서 공개되겠지."

나는 고개를 끄덕였다.

"그렇죠. 우리 앨범이 아니라 그쪽 OST 앨범으로 수록될 거니까요."

T1 입장에서도 계약이 그렇게 됐으니 별수 없을 것이다. ……그리고 사실 내가 이걸 노리기도 했고.

'이쪽에 권한 있었으면 벌써 개봉 첫날에 신나서 풀어버렸을걸.'

이런 건 수요가 최고조일 때 풀어야 제맛인데 여론에 뿅 차서 그때까지 못 참았을 것이다. 확신한다.

게다가 가장 중요한 다음 이유도 있다.

"라임스톤에서 알아서 할 겁니다."

바로 '라임스톤'이란 타이틀이다. 미국의 유명 히어로 영화 시리즈.

'이쪽 영화 OST로 발매되면 미국에서 엄청난 이득이야.'

낯선 외국, KPOP 가수의 이름이 아니라 친숙하고 멋진 라임스톤 타이틀을 달고 나오는 순간 곡에 대한 진입장벽이 사라진다. 선입견과 편견의 제거. 최고의 보상이었다.

'이러면 할 만하지.'

게다가 여기에 부스터를 달아줄 컨텐츠도 있고.

"미국 앨범이라니 그것 역시 신기합니다."

"그, 그렇네. 영화곡도 처음이었고… 고생 많았어, 래빈아…!"

"아현 형께서도 원활한 소통지원과 퍼포먼스 지도로 고생 많으셨습니다!"

나는 '경험만으로도 즐거웠다'는 식으로 대화를 주고받는 놈들을 보며, 머릿속으로 열심히 투자수익 계산을 갈겼다.

며칠 후, '성원에 대한 감사'라는 명목으로 라임스톤의 라벨을 달고 OST 음원이 발매되었다.

그리고 음원뿐만 아니라 짧은 동영상도 하나 세상에 풀렸다.

-이거 뭐지?
-헐 씨발

바로 우리가 촬영장의 술집 세트에서 찍은 라이브 퍼포먼스다.

그래, 라임스톤 새끼들이 이거 VOD나 디렉터스 컷이 아니라 홍보용으로 다 풀어버리기로 했더라고.

OST 음원과 공연 영상이 풀린 날. 잠깐 국내로 귀국하던 우리는 기내 WI-FI를 이용해서 태블릿 PC로 해당 동영상을 관람했다.

"와."

"편집이 확실히 다르네."

무대에서 쓰는 카메라 워크랑 좀 다르게 영화의 일부란 느낌이 들도록 편집해 놓으니 낯선 맛이 일품이다.

[Black- hole!]

악기를 다루는 손과 발, 턱, 조명과 뒷모습이 네온사인과 닮은 색색의 조명 아래 예술적으로 잡힌다. 전위적인 옷차림과 배경, 반항적인 퍼포먼스, 음색 뚜렷한 보컬까지. 〈코스믹 거너〉의 분위기를 한껏 살린 그 밴드 퍼포먼스는 정말로 볼만했다. 괴상한 우주 악기에는 실제 비슷한 악기 다뤄본 놈들이 나눠 붙어서 그런지 자연스러웠고.

[Hit it like a comet!]

나는 마지막, 센터에서 차유진이 마이크를 던지는 것을 아래에서 위로 잡는 카메라를 보고 고개를 끄덕였다. 확실히 영상에 제법 공을 들였다. 미국적 감성이 충만하지만, 워낙 영화 속 이 밴드의 이미지가 강렬해서 그런지 독특했다. 확고한 매력이 있다.
그리고 그건 내가 공연한 당사자라서 그런 건 아닌 것 같다.

[22,938,704]

공개한 지 몇 시간도 지나지 않았는데 벌써 몇천만 뷰가 넘어갔거든.
그 순간, 차유진이 휘파람을 불었다.
"우리 미국에서 인기 2위예요!"

"오오~"

"실시간 인기 동영상 순위 말이지?"

"맞아요!"

그렇게 이 조회수를 어디서 견인한 건지도 알았다. 목표 시장이다.

'됐다.'

영화빨이든 뭐든 일단 퀄리티 좋은 퍼포먼스 영상 조회수가 쭉쭉 올라가는 건 나쁠 게 없다. 밴드가 아닌 걸 설명하려면 시간 좀 걸릴 것 같긴 하지만 그거야 어디 토크쇼에서 에피소드로 삼아버리면 그만이고.

'인지도작 꿀인데.'

이걸 어떻게 극대화할지 머리를 굴리고 있을 때였다. 진작 영상을 다 보고 반응을 모니터링하던 옆자리의 큰세진이 갑자기 어깨를 쳤다. 뭐냐.

"박문대."

"왜."

"이것 좀 봐봐."

나는 놈이 내미는 스마트폰을 확인했다.

[테스타 OST 표절 논란 비교]

"…!!"

표절? 나는 당장 앞자리 김래빈의 얼굴을 확인했다. 그러자 큰세진이 고개를 저으며 내 모가지를 당긴다.

"계속 읽어봐."

"……."

나는 일단 눈을 돌렸다. 그리고 글의 내용을 읽었…….

테스타의 코스믹 거너 OST Black hole 브릿지 (1:30부터)

편곡 위튜버 '별의별곡' 채널 <127 Section> Time running 편곡 (2:56부터)

판단은 알아서.

+참고로 별의별곡은 공부하는 학생이지만 아마추어 아니고 공식 게임 테마곡에 참여한 적 있음

"…??"

뭐야 이게.

'왜 우리 편곡용 계정이 나오냐.'

나는 당장 김래빈을 불러왔다. 그리고 김래빈에게 해당 글을 보여주었다.

"…??"

놈은 2분 전의 나와 똑같이 멍청한 표정을 지었다. 나는 인내심을 가지고 리액션을 좀 더 기다려 보았다. 다행히도 김래빈은 곧 알았다는 듯이 소리쳤다.

"…! 그렇군요, 급하게 작업하느라 전에 제작해 둔 샘플 중 일부가 겹

친 듯합니다!"

"아."

"죄송합니다. 같은 세계관이다 보니 급한 작업 도중 제가 인지하지 못하고 그만…"

그리고 이어진 놈의 설명을 종합하자면 이렇다.

'기제작해 둔 비트와 샘플 중에 미친 듯이 골라서 OST 작업을 했는데, 아무래도 같은 세계관이다 보니 겹친 것 같다. 나의 불찰이다! 깊은 반성과 대책 세우기를 병행하겠다!'

"아니, 잠시만."

나는 김래빈을 진정시켰다.

"……."

"문대문대?"

나는 큰세진에게도 잠깐 멈추라는 제스처를 보인 뒤, 우선 '별의별곡'의 계정부터 들어가 보았다. 해당 동영상의 댓글창은 벌써 터져 나가는 중이었고, 주된 논조는 이거였다.

-고소 결코 고소

-별곡아 힘내라 형 응원한다

-처음 들었는데 너무 좋은 곡이네요 정말 표절곡과 비교가 안 됩니다 파이팅!

"오."

다들 신났군. 나는 턱을 문질렀다.

이건… 잘하면 써먹을 수 있겠는데.

'별의별곡'과 테스타 김래빈의 표절 시비에 대한 대중 반응을 좀 보자. 아니, 정확히는 테스타를 간만에 기가 막힌 명분으로 욕할 수 있는 이 상황에 신난 놈들을 유형별로 정리해 보았다.

우선 1번. 일명 '그럴 줄 몰랐는데'.

-김래빈 그렇게 빠들이 천재니 뭐니하더니 까보니 이지경.. 어휴
-너무 충격이야 대상까지 탄 아이돌도 이럴 줄은 몰랐어 정말ㅜ
-테스타 정말 실망임 한국도 조롱거리 되는 거 아니야?

나는 절대 테스타를 평소 나쁘게 생각하지 않았는데 이번 일로 크게 실망했다는 걸 강조하는 것이다.

물론 이걸 반대로 해도 치는 맛이 끝내준다. 그게 바로 2번이다.

일명 '그럴 줄 알았다'.

-관상은 사이언스
-아주사 때 악편 아닌 것 같았음 팬들 순둥 영업 쎄하더니
-이 테크트리 최종은 보통 마약이던데 김래빈 혹시 말 못하고 횡설수설하는

게?ㅋㅋ 킹리적 갓심

평소라면 미쳤냐고 역으로 공격당할 온갖 추측성 욕과 루머를 마음 껏 말할 수 있는 재미를 누리는 거지.

그리고 제일 핵심인 마지막 3번.

별의별곡 띄우기다. 피해자를 신격화할수록 잘못한 놈 팰 때 타격감 이 좋거든.

-별의별곡 채널 곡들 정말 반짝반짝 예쁘다 왜 표절한 건진 알겠어

-ㅋㅋ나 전공잔데 별의별곡 이쪽이 원류야 김래빈 꾸준히 참고하다 선 넘은 것 같은데

-진짜 천재를 두고 천재 코스프레 했네ㅋ

"그래서 현대의 모차르트, 천재라는 평을 받고 있는 별의별곡의 중 심 멤버 김래빈 씨의 반응을 예상해 보자면…"

"…감사합니다?"

"어, 그거다."

큰세진의 말에 멤버들이 한숨을 쉬거나 헛웃음을 터뜨렸다. 당장 SNS에 '별의별곡은 테스타'라고 올리려던 김래빈을 일단 말린 놈들은 입국하자마자 새벽 숙소에 모인 상태였다.

"래빈이는?"

"자, 잘 자고 있어."

"오케이."

"근데 왜 김래빈 말려요? 우리 빨리 우리라고 말해요! 정의의 맛 보여줘요."

"으음~ 유진아, 이런 건 좀 준비해서 말하는 게 좋아."

큰세진이 쓴웃음을 지었다.

"자기들이 오해한 건데 괜히 속았다고 화내는 사람들도 있거든."

"우… 찌질해요."

"좀 그렇긴 하지."

놈의 말이 맞았다. 물론 별의별곡이 김래빈을 주축으로 한 테스타라는 걸 밝히는 순간 주류 여론은 확 반전될 것이지만, 방법에 따라 쓸데없는 부작용이 나올 수 있다는 게 문제다.

나는 팔짱을 끼며 입을 열었다.

"우리가 일부러 홍보를 위해 노리고 했다는 말이 나올 수도 있고."

"그러게, 그것도 가능성 있네."

아예 OST 계약하자마자 위튜브 계정 만들어서 〈127 Section〉 관련 편곡을 올린 거다… 는 식의 여론을 만들려는 놈들이 있을지 모른다.

-솔직히 대처 이렇게 빠른 것도 그렇고 우연이라기엔 너무 절묘한데

-흠… 폐허공장 세계관 영화 OST 계약하고선 폐허공장 게임 편곡을 올리는 계정을 만들었다?ㅋ

-야 이건 너무 주작 같잖아 티원ㅂ스들ㅋㅋㅋㅋㅋ

이런 밑밥을 굳이 남겨둘 필요는 없지 않나.

류청우는 심각한 얼굴로 보충했다.

"하지만 오래 둘 순 없어. 래빈이가 너무 공격당하고 있더라."

"그렇죠. 심각한 오해니까."

회의한답시고 너무 오래 방치하면 저 증상은 더 강해질 것이다.

'사과하기 싫거든.'

표절 논란에 동조해서 욕했던 사람 중 꽤 많은 수가 자기가 틀렸다는 것을 인정하고 싶지 않아 할 것이기 때문이다. 그러면 어떻게든 내가 아니라 상대를 탓할 명분을 또 만들려고 하지 않겠는가.

선아현이 울상을 지었다.

"오, 오해라고 해도… 너무한, 것 같아. 래빈이, 해명도 듣지 않고 이렇게까지 먼저…"

"…그래. 너무 심해."

나는 고개를 끄덕였다.

"곡이 너무 잘나가는 부작용이죠."

만일 그냥 수록곡에서 논란이 난 거였다면 모르겠는데, 지금 이 OST가 국뽕 메타를 타서 말이다.

'대리만족이 박살 나서 대리수치가 된다고.'

이 건으로 해외에서 망신살 당할까 봐 더 격분하는 것이다. 국뽕 메타의 부작용이었다. 우리 타이틀이 표절 논란이 나도 이렇게 인터넷이 떠들썩하진 않았겠지.

"후."

나는 과열된 분위기에, 덩달아 올라가는 '별의별곡' 위튜브 채널 구독자수를 보며 헛웃음을 뱉었다. 머리를 들이밀어 확인한 큰세진이 경악했다.

"헐, 10만 넘겼네."

"그러게."

그 와중에 이렇게도 노이즈 마케팅이 됐군. 슬슬 수익 창출 계정으로 등록해서 저작권 뗀 금액이라도 정산받으라고 말해야 하나.

-화이팅!

-구독박았습니다 곡 진짜 지리게 좋네요

-☆★☆★☆라임스톤 여기봐 여기가 원조야 이 천재랑 해☆★☆★☆

-정말 놀랍다 대학생이라던데 역시 재능은 나이가 중요한 게 아닌 듯

해당 채널의 댓글을 읽던 배세진이 떨떠름한 얼굴로 중얼거렸다.

"…정말 김래빈이 욕먹는 만큼 김래빈이 인정받고 있잖아…?"

"그, 그러게요…."

기뻐하기도 슬퍼하기도 애매한 웃기는 상황이었다. 차유진이 기지개를 켰다.

"Whatever, 다음 거 잘하면 다 말 못 해요! 그냥 우리 빨리 알려요!"

한결같군. 그리고 놀랍게도 류청우가 진중히 입을 열었다.

"사실 나도 비슷한 생각이야."

"예?"

"내가 좀 낙천적으로 생각하는 걸 수도 있겠지만… 그냥 솔직하게 말하면 별 이야기 없이 괜찮을 것 같거든."

흠.

"솔직하게요?"

"그래. 우리가 왜 그 계정을 만들었는지 잘 설명하면 될 것 같아서. 사실 좋은 이야기잖아."

"으음."

정공법인가. 사실 입장을 낼 때 가장 옳은 방법이긴 했다. 사정을 솔직히 설명하는 것.

"그렇게 회사 통해서 정식 입장문을 발표하는 게 어떨까 하는데."

"……."

그때, 머리 뒤에서 낮은 목소리가 들렸다.

"그… 저는 찬성입니다."

"으악!"

"죄송합니다!"

고개를 돌리자 기겁한 배세진의 뒤에 엉거주춤하게 서 있는 김래빈이 보였다.

"너, 너 자는 거 아니야??"

"몇 분 전에 잠에서 깼습니다. 물이라도 마시고자 나왔는데 담소를 나누고 계신 것 같아 조용히 이동하는 중에 본의 아니게 이야기를 듣게 되었습니다!"

"어어…."

자리에 없는 놈 이야기하던 우리가 찔려야 하는 상황인데 왜 네가 변명을 하냐. 어쨌든 당사자가 나왔으니 의사를 들어보자는 분위기가 조성되었다.

"그래서… 래빈이는 이 의견이 좋다는 거지? 솔직히 전부 말하기?"

"네."

자리에 끼어 앉은 김래빈이 고개를 끄덕였다.

"사실 이 별의별곡 계정을 운영하게 된 것은 형들께서 슬럼프에 빠진 절 배려해 주신 선량한 도움이었으니, 그 점을 꼭 말씀드리고 싶습니다."

"래, 래빈아…."

"비록 저희가 더는 취미로 계정을 운영하긴 힘들겠지만… 다른 방향으로 또 건전한 취미를 개발해 보겠습니다!"

김래빈은 손을 불끈 쥐었다.

'오.'

나는 빙긋 웃었다.

"그래. 우리 그냥 솔직히 말하자."

"…!!"

옆에서 숙덕대는 소리가 들렸다.

"문대문대?"

"쟤 혹시 술 마셨어?"

나는 무시했다.

"래빈이 말이 맞아. 진심은 언제나 통하는 법이지. 솔직하게 가는 게 최고라고 생각한다."

"감사합니다!"

"…와~"

큰세진이 구라 치지 말라는 얼굴로 나를 쳐다본다. 이 새끼 봐라. 물론 아직 할 말이 더 남긴 했다만.

"그런데, 회사 통하지 말고 네가 직접 하는 건 어때."

"아, 그럼 테스타 SNS에…."

"아니, 거기 말고."

"…?"

"그럼 어디에 올리란 말씀이십니까?"

나는 웃는 채로 스마트폰을 돌려서 놈에게 보여주었다.

충격의 극대화. 가자.

표절 논란이 터진 후 한나절, 인터넷은 여전히 뜨거웠다.

이번 사태를 넘어 김래빈의 온갖 과거 루머가 짜깁기되어 끌려 나오기 직전까지 간 개판. 그 와중에도 음원 순위가 고공행진 중인 OST에 별점 테러가 쏟아지며 끝없이 화제를 재조성할 때.

-대박 별의별곡 라이브 시작함

기어코 표절당한 당사자가 등판했다!

[이번 표절 논란 관련 제 입장입니다.]

새로운 장작에 사람들은 흥분해서 미친 듯이 해당 영상을 클릭했다. 검은 썸네일이 지나고, 드러난 영상에서는….

[안녕하십니까, 별의별곡 채널을 운영 중인 테스타 김래빈입니다.]

-???

왜 네가 여기서 나와…?

순식간에 실시간 채팅이 물음표와 느낌표, 그리고 온갖 의성어로 가득 찼다. 그러나 사복을 입고 숙소의 방에 앉아 있는, 화면 속 김래빈은 진지한 얼굴로 자신이 들고 있는 종이를 참고해 입장 발표를 계속했다.

[우선 채널을 응원해 주시는 여러분 감사합니다. 그리고 물의를 일으켜 죄송합니다.]

-이게 뭐임

왜 표절 논란 당사자가 뜬금없이 다른 당사자의 채널에서 감사 따위의 말을 하고 있는가.

'설마 당사자와 원만히 합의했다고 말하려는 건가?'

'이렇게 억지 출연한 거면 너무 졸렬하지 않나?'

그러나 김래빈은 계속 말을 이었다.

[때는 지난 늦가을, 저는 갑작스러운 슬럼프에 의해 작곡에 난항을 겪게 되었으며… 그로 인해 멤버 형들께서 없는 시간을 쪼개어 취미 캠프 활동을 마련해 주셨습니다.]

[그 과정에서 이런 일이 벌어지게 된 것은 안타깝지만 어디까지나 제 실수이며, 멤버들에게는 어떤 책임 사유도 없다는 점을 말씀드리고 싶습니다.]

사람들은 그 저자세와 말투에서 김래빈이 표절에 대한 사과를 하러 나온 것이라 드디어 지레짐작했다. 덕분에 드디어 욕설이 쏟아지기 시작했다.

-취미 캠프에서 표절을 했다는 거임?
-아니 님 취미 캠프가 뭐 어쨌다는 건지ㅋㅋㅋㅋ사과 제대로 하세요
-아 가오 떨어지네 일반인 계정에서 뭐하는 짓이냐 소속사도 뒀다 국 끓여먹냐?
-어휴

[제 실수로 샘플이 섞이며….]

그 순간이었다.
갑자기 숙소 방구석에서 슬금슬금 멤버 하나가 나왔다. 선아현이다.

-???

그리고 김래빈에게 열심히 손을 흔들다가, 곧 통하지 않는다는 것을 깨닫고 엉금엉금 다가와 귓속말하고 도로 카메라 밖으로 사라졌다. 그제야 김래빈은 눈을 크게 뜨고 고개를 끄덕였다.

[아! 혹시 말씀드리지 않았습니까? 죄송합니다.]

-그러니까 뭐가ㅋ

[제가 별의별곡입니다!]

-??????

[죄송합니다. 제가 이것부터 말씀드려야 했는데 자세한 설명을 드리고 싶다는 마음이 앞서서….]

댓글창은 다시 혼란과 비명으로 가득 찼다. 애초에 실시간 채팅을 볼 수 있단 것을 모르는 김래빈에겐 아무 소용없는 일이었지만.

[정확히 말씀드리자면 이것은 테스타 전체가 취미 캠프에서 편곡 및 작곡한 작업물들을 올리는 계정이었습니다.]
[많은 성원을 보내주셔서 감사합니다. 최근에도 달아주시는 댓글을 보며 힘을 얻었습니다!]

-네?

[각 멤버가 편곡을 주도한 곡을 매치해 드리자면… 아, 오늘의 영상

주제를 벗어날 뻔했군요. 다시 한번 죄송합니다!]

　-당장 말ㅎ새1!!
　-미ㅣ미밈친 미친
　-실화냐

　실시간 반응이 외계어로 뒤덮였다. 그러나 김래빈은 준비한 대로 그저 왜 사태가 이 꼴이 되었는지만 열심히 설명할 뿐이었다. 그중 사족은 이것뿐이었다.

　[그렇게 여러분이 보내주시는 긍정적 반응에 힘을 얻어, 이 계정의 작업물들을 OST 컨택 중 포트폴리오로 보내기도 했습니다.]

　OST 계약을 딴 후 이 계정의 곡을 작곡했다는 의심이 나오지도 못하게 만들려던 것으로, 박문대가 은근히 밀어 넣은 문장이었다. 물론 김래빈은 단순히 감사를 전하는 것이라 생각해 진중히 말했을 뿐이지만.

　-와
　-나 진짜 상상도 못함
　-별의별곡 = 김래빈 갓천재 시대의 모차르트
　-ㅋㅋㅋㅋㅋㅋㅋㅋㅋㅋ아니 으악

　그리고 실시간 채팅은 순식간에 태세를 전환하고 유쾌히 나오기 시작했다.

재밌으니까! 그리고 김래빈은 자신들이 욕한 것을 비난하거나 탓하지 않고 본인이 오해를 불러일으킨 것이라 말하고 있으니까!

자신보다 더 심하게 욕하고 논란을 불러일으킨 녀석들을 비웃으며, 채팅창은 이제 별의별곡 옹호자로서의 정체성만 살리기 시작했다. 정말로 테스타에 반감을 가지고 들어온 어그로들은 바뀐 분위기에 밀려 사라지거나 눈치를 보기 시작했다.

-일단 욕박던 새끼들 어떡함 다 도망갔네
-아 개꿀잼
-이게 힘숨찐 메타인가 그거냐?

이후 이어지는 것은 김래빈이 대체 어떻게 OST를 작곡했으며, 왜 샘플이 겹쳤는지에 대한 구체적인 정황 설명이었다.

[제작 기간의 문제로 나흘 만에 데모 버전을 제작해야 했기에 그 과정에서 샘플이 겹치는 실수가….]

그리고 그마저 현대인에게 충분한 공감과 동정을 불러일으키는 상황이었다.

-마감…
-작밀레 당하고 있었구나

-ㅅㅂㅋㅋㅋㅋㅋㅋ이렇게 작곡하고 작곡이 취미라니 뭐하는 놈임

-아이돌 정말 쉽지 않다

이제는 순전히 대흥행 영화 OST 작업 과정에 대한 이야기를 듣는 유쾌한 분위기가 되었다. 김래빈이 준비한 발표 내용은 5분 내외였기에, 그리고 너무 길어져도 역효과가 났기에 슬슬 방송이 마무리될 타이밍.

[똑똑.]

[아!]

화면의 김래빈이, 구석에 반쯤 걸린 숙소의 문을 향해 고개를 돌렸다. 그러자 방문 뒤에서 슬금슬금 테스타 나머지 멤버들이 들어오기 시작했다.

-헐 테스타

-헐헐

-쟤들 왜 저랰ㅋㅋㅋㅋㅋㅋㅋㅋ

정말 회의실에 뒤늦게 들어오기라도 하는 것처럼 민망해하는 태도에 채팅창에 'ㅋㅋㅋㅋㅋㅋ'가 다시 쏟아질 무렵, 편안한 사복 차림의 그들은 김래빈을 가운데 두고 굳이 대형까지 맞춰가며 황급히 고개를 숙였다.

[물의를 일으켜 죄송합니다!]

사과 썸네일에 나올 법한 모습이 나오자 댓글이 다시 폭소로 가득 찼다.

[죄송합니다! 제가 제안했습니다! 취미로 좀 해보라고!]
[저희도 이렇게 될 줄 몰랐어요! 래빈이 죄 없어요!]

누가 봐도 진심이라 너무 웃겼다.

-ㅋㅋㅋㅋㅋㅋㅋㅋㅋㅋㅋㅋ야 우리가 미안하다
-얘네 놀라서 잠 못 잤을 듯
-고생했다 진짜ㅋㅋㅋㅋㅋㅋㅋ 아 너무 웃겨

그 무겁지 않은 분위기에 사람들은 이제 아예 마음 편히 사과까지 하기 시작했다. 논란이 유쾌한 해프닝으로 완전히 넘어가는 구간이었다.

[그럼 다음에는 실수 없는 모습으로 뵙겠습니다!]

마지막, 카메라가 어설프게 몇 번 흔들리더니 라이브가 종료되었다. 하지만 댓글은 여전히 상상도 못 했던 유쾌한 개판의 후유증으로 바글거렸다.

-아니 미쳤냐곡ㅋㅋㅋㅋㅋㅋ
-정말 재밌게 산다 얘들아

같은 시각, 인터넷도 비슷한 알림 글로 도배되기 시작했다.
웃겼기 때문이다.

[별의별곡 정체]
[김래빈과 김래빈, 표절 논란 원만히 합의해……jpg]

그리고 그것들이 적절히 퍼진 후에야, 테스타는 자신들의 공식 SNS에
증거물을 해프닝에 대한 감상처럼 업로드했다.

이제는 말할 수 있다… 작곡 캠프 산장에서 박문대가 마신 인삼주
(사진)

모든 건 타이밍의 문제였다.
다만 박문대가 예상하지 못했던 것은, 이번에는 이 타이밍이 예상보
다 더 기가 막히게 맞았다는 것이다.

"문대문대, 인삼주 매진이래."

"……."

나는 SNS에 인기 글로 공유되는 인삼 담금주 키트 판매자의 글을 확인했다.

-감히 기대한 적도 없던 성원입니다. 정말 감사합니다. 테스타 박문대 님의 이름으로 수익 일부를 기부하겠습니다. (절하는 이모티콘)

그렇다. 별의별곡 사태는 인터넷에서 완전히 밈이 됐다.

늦지 않은 타이밍에 유쾌하게 수습한 효과는 굉장했다. 딱히 취향 안 가리고 웃기는 반전 상황에, 대처까지 적절했다 보니 대놓고 온갖 곳으로 퍼진 것이다.

게다가 알아볼수록 웃기는 요소가 나온다고 하더라.

-지금 보니 계정명부터 나 테스타 부캐라고 소리를 지르고 있네 ㅅㅂㅋㅋㅋ ㅋㅋㅋ별의별곡ㅋㅋㅋ

-공부하느라 계약 못 한다고 천연덕스럽게 거짓말했던 그들의 과거.jpg (이미지)

-공장놈들이 컨택했을때 얘들도 비명 지르고 있었을 듯 삼고초려로 강제데뷔

별의별곡이 127 섹션의 보스 테마곡을 정식 편곡한 것도 재조명받으며, 당시 우리 심정을 짐작해 이미지 파일로 재구성한 유머 글도 떠돌아다니고 있었다.

'다들 신났군.'

덕분에 쓸데없는 논란 방어도 한 방에 끝났다.

-잘 짜여진 한 편의 바이럴 같은 건 나뿐?ㅎ

└대상 아이돌 테스타 대가리 오지게 박는 영상이나 보고 와라 (링크)

└짜고 해서 터트릴 생각이었으면 쓸데없이 공부한단 거짓말을 왜 함 존나
누가 봐도 실수임ㅋㅋㅋㅋㅋ

재밌는 판 깨지 말라 이거다. 욕했다가 태세 전환을 이미 한 번 했는
데, 또 욕하는 방향으로 태세 전환하는 건 피곤하고 재미없거든.

물론 팬 중에는 실컷 욕 박아놓고 태세 전환하는 놈들에게 환멸이
나 분노를 느끼는 사람도 꽤 있었다. 하지만 일단은 빠르게 분위기가
반전되었다는 것에서 크게 안도하느라 다들 테러당한 음원 별점 복구
에 더 신경 쓰는 분위기다.

'표절이 워낙 큰 건이긴 했지.'

나는 재생산되는 밈을 어디까지 부추기다 끊어야 선 넘지 않을까 고
민했다.

"오~ 이거 재밌네. 래빈이가 이거 따라 하는 글 올려보는 건 어때?"

"괜찮겠지."

일단 분위기를 더 좋게 만들기 위해 한 번 정도는 우리가 밈에 직접
호응하는 건 통과시켰고.

'적정선에서 딱 마무리되게 하면 좋겠는데.'

나는 어깨를 으쓱했다. 가능하다면 이대로 국내 민심 잡은 뒤, 미국

갈 때 에피소드로나 삼아버릴 생각이었다. 토크쇼에서 이야기하기 딱 좋지 않은가. 영화랑도 관련되어 있고.

그러나 그 계획은 실현되지 않았다. 당사자가 쓰기도 전에 웬 외국 놈들이 이걸 먼저 선점했거든.

"……?"

1차는 미국의 게임 위튜버였다. 애초에 별의별곡 편곡 계정은 〈127 Section〉 게임 팬인 이 위튜버에 의해서 게이머들에게 알려진 계정이었다. 그놈이 또 조회수 달달하게 빨아먹을 소재를 놓치지 않은 것이다.

[KPOP 보이밴드는 모든 곳에 있다... 날 속였어!]

이 제목으로 어그로를 끈 뒤, 클릭한 KPOP 팬들의 심기에 거스르지 않는 감탄과 환호 리액션으로 끝내는 것 말이다.

[오 미친 맙소사. 이 편곡 채널 주인이 케이팝 밴드인데 코스믹 거너의 그 밴드라고?]

[그리고, 그리고 이 게임 콜라보레이션 트레일러 영상도 걔들인 거지? 배우가 아니라?]

[어떻게 배우가 아닐 수 있어!]

[자기들 곡을 직접 쓴다고? 그럼 그 영화 사운드트랙도 애들이 쓴 거네? 그렇겠지, 애초에! 편곡 채널이! 쟤들 거니까!]

경악한 것처럼 이마를 짚고 하는 말 하나하나가 아주 KPOP 팬덤과 국뽕 중독자들의 마음을 설레게 하기 절묘했다. 그 와중에 워낙 미국 구독자 많은 놈이다 보니, 해당 게임 세계관에 관심이 생긴 라임스톤 영화 팬층에게도 이 소식이 전해진 모양이고.

-그들이 그들 스스로를 표절해? 굉장히 웃긴 사건이었네 lol 알려줘서 고마워
-사실 난 좀 덕통 당한 것 같아 뭐부터 보면 될까? :D
-자꾸 케이팝을 모든 설명에 붙이는 것 좀 그만해. 테스타는 그 틀에 맞춰지지 않은 고유하고 멋진 그룹이야!

그래. 아예 기존 케이팝에 편견이나 반감이 있던 사람이 이건 예외적으로 인정받아야 한다는 식으로 나오기까지 한다.
'오프닝으론 나쁘지 않군.'
저 예외 같은 소리가 좀 더 나오면 역으로 공격감이 되겠지만 그럴 수위까진 아직 안 갔으니 패스. 그러니 여기서 끝났다면 훈훈한 밑밥이 깔려서 도리어 에피소드로 써먹기 좋았을 것이다.
문제는 두 번째 놈이다.
"박문대! 이것 좀 봐."
"...?"
나는 배세진이 내민 위튜브 영상을 확인했다. 웬 토크쇼 장면이다.

[제이슨! 혹시 다른 곳에서 말하지 않은, 아주 희귀하고, 독특한 촬영장 일화를 들려주실 수 있을까요?]

[하하!]

[안 들려주시면 전 여기서 쓰러지고 모든 스탭들이 당신을 범인으로 증언할 겁니다!]

[알았어요! 알았어요! 어디 보자… 추가 촬영 진행 중에 아주 재밌는 일이 있었는데요, 바로 외국 스타의 카메오 등장이었죠!]

당시 술집 신에 출연했던 영화 조연 배우가 먼저 미국 방송 나와서 입을 턴 것이다.

"이 사람 기억나?"

"Nope! 아니요!"

"아니, 말 한번 안 해보신 분이 정말 천연덕스럽게도 이야기하시네."

아마 토크쇼에서 돌려막을 에피소드도 떨어졌고, 본래도 SNS에서 KPOP 언급도 좀 했던 인간이라 이러는 모양이다.

[무슨 라이브 공연장인 것처럼 그 작은 무대 세트장에서 '진짜' 공연을 해서. 와, 전 막 그랬죠. '역시 KPOP 밴드는 퍼포먼스가 죽여줘!']

[그런데 그다음엔 연기를 하는데 무슨 진짜 잘나가는 일류 연기자인 것처럼 하는 거예요?]

[그리고 그다음엔 자기들이 운영하는 비밀 편곡 계정이 있다는 것도 밝혀지고요?]

[대체 무슨 밴드가 그래요! 뭐 특수훈련이라도 받았나??]

이놈은 특별히 우리를 본 적도 없으면서 스탭에게 들은 소리를 잘짜 맞춰서 진짜처럼 이야기했다.

"그래도 소개는 잘해주시네."

"그러게요."

이것도 일종의 편견이 아닌가 싶다만, 어쨌든 동양의 은둔 절대고수라도 설명하듯이 이야기하는 꼴이 미국인들에게도 재밌게 들렸나 보다.

'애초에 내용이 웃기기도 하고.'

[사인을 받아뒀어야 했는데, 순식간에 사라져서 못 받았죠. 부디 다음 〈코스믹 거너〉 시리즈에서도 봤으면 좋겠네요.]

미국 황금시간대 토크쇼에 인기 영화의 출연진 입으로 나온 이 이야기는 파장이 꽤 컸다.

영화에 나온 그 미친 밴드의 정체가 은근히 궁금하면서도 굳이 알아보지 않은 사람들이 제법 인상적으로 이 말을 받아들인 것이다. 그 사람들은 알고리즘을 타고 테스타의 밴드 퍼포먼스, 표절 해프닝 영상, 그리고 우리의 게임 콜라보 트레일러들을 확인하기 시작했다.

-존나 믿기지가 않네 그러니까 그 간지 터지는 블랙홀을 나흘 만에 작곡했다고?

-서브컬쳐의 화신 같은 밴드네

-영어 곡 더 없을까? :(

└그들은 모국어로도 좋은 곡을 많이 만들었어 (링크)

-이 말 어떻게 들릴지 모르겠는데 서바이벌 프로그램 생존자 그룹이라는 게 정말 어울린다

덕분에 우리는 기묘한 4차원 외국 천재 이미지로 미국에 친근히 받아들여지기 시작한 듯싶었다.

'안 어울려.'

하지만 잘 이용해 먹을 생각이다. 나는 고개를 끄덕였다.

물론 이것도 클라이맥스는 아니었다. 멤버들을 다 입 벌어지게 만든 최종 결과가 남아 있기 때문이다.

며칠 후.

"이, 이거, 이거…!"

선아현이 내민 빌보드200 앨범차트.

[2. <Cosmic Gunner> Special Edition] new!

"…!"

해당 영화 앨범이 2위로 등장했다. 비록 가수가 있을 자리엔 테스타가 아니라 Soundtrack이 떠 있지만, 그래도 말도 안 되는 쾌거였다.

"허어억."

"와, 어, 와…. 이거 예상은 했지만 대박인데요?"

여기서 끝이 아니었다. 우리가 맡은 이 영화의 메인 테마곡은 빌보드 Hot100에 따로 차트인하기까지 했다.

[9. Black hole] new!

"으아악!"

무려 9위. 물론 몇 년에 한 번씩 영화 OST가 빌보드 1위를 하는 경우가 있다고 듣기는 했으나, 그래도 여기서 한 자릿수가 나올 줄은 몰랐다.

'이게 되네.'

"형! 김래빈 기절해요!"

"안 했어…. 하지만 긴 숙고 없이 나흘 만에 제작했으며 샘플 중복 사용이라는 실수까지 저지른 곡이 받아도 괜찮은 등수인지에 대해……."

"OK 김래빈 멀쩡해요."

난리 났군. 그리고 그럴 만한 성과다. 나는 제정신이 아닌 것처럼 비명을 지르는 놈들 사이에서 류청우에게 목소리를 낮춰서 물었다.

"이거 금요일 발매도 아니었죠?"

"그래. 아니었어."

특히 일주일 치 성적 풀 반영이 아닌데도 이 등수라는 건 말도 안 되는 쾌거였다. 나는 분석 점수를 확인했다.

'온에어 점수도 괜찮군.'

알지도 못하는 그룹의 곡이지만 라디오 여기저기서 틀어준 모양이다. 과연 메이저 영화 만세다. 진입장벽이 누그러진 미국 시장은 그야말로 꿀덩어리, 꿀 자체였다.

작전 성공이었다.

"좋아."

"가, 감사 글이라도 올릴까…?"

"그러자~! 빌보드 글 공유도 하고!"

나는 신난 놈들을 보며 다시 한번 고개를 끄덕였다. 이 기세와 분위기가 죽기 전에….

"그리고 다음 앨범 작업해야지."

"아."

이렇게 물이 터질 듯이 밀려들어 오는데 보트에 모터를 달지 못할망정 노도 늦으면 곤란하지 않은가. 라임스톤으로 잡은 이미지가 빠지기 전에 다음 앨범으로 알 박기 간다.

나는 목을 꺾었다. 옆에서 류청우가 온화하게 말을 얹었다.

"그래. 지난번 캠프 때 우리가 상의했던 것보다도 정말 결과가 좋아. 다들 정말 고생 많았고… 우리 앨범도 잘 만들어보자."

놈들이 열심히 고개를 끄덕인다. 아무래도 진짜 성적이 나오니 더 동기부여가 되긴 하나 보군.

"네, 네…!"

"최선을 다하겠습니다. 영화 OST에 새롭게 관심 가져주신 분들뿐 아니라 기존 리스너분들께서도 즐겁게 듣고 보실 수 있도록 정진하겠습니다!"

"좋아! 테스타 화이팅합시다~"

"음, 그럼 식사하고 바로 시작할까?"

성취감에 고조된 놈들이 신나서 제 발로 괴악한 캠프 일정을 수험생처럼 쭉 짜낸다. 좋은 자세다.

그리고 좀… 고맙기도 하고. 나는 이들 중 나만 가진 사정을 떠올리며 눈썹을 꿈틀거렸다.

……'케이팝 레코드 경신' 미션 달성.

'여유 일자가 생각보다 빠르게 줄어들었어.'

본인 말에 따르면, 큰달이 류건우 몸에 붙어 있을 수 있는 건 8월까지다. 이제 여유 기간은 4달뿐이었다. 그 안에 미션을 달성해야 한다. 계획대로만 간다면 가능성은 충분하다만….

[형 저 블랙홀 너무 잘 듣고 있어요 정말ㅜㅜ 근데 혹시 이거 차유진님 생각하시면서 만든 건가요? 블랙홀이라 괜히 그런 생각이 드네요!]

…그 와중에 당사자는 재촉도 질문도 없이 사는 게 영 떨떠름하긴 하군. 아예 희망도 안 가졌다 이건가. 나는 혀를 찼다.

'무조건 더 살게 만든다.'

"자, 우리 밥 먹고 바로 각자 노트북 가지고 나옵시다~"

그리하여 미국 투어 전 한 주, 나는 이 7일을 온전히 다 써서 타이틀곡과 컨셉 작업에 매달리기로 결론을 내렸다.

다만 계획과 실행이 언제나 일치하진 않는 법이라 문제였지.

나흘간은 별 특이사항 없이 강행군이 이어졌다.

"커피는 이제 금지."

"문대문대 빨리 이 형 좀 설득해 봐."

"포기해."

컨셉은 거의 윤곽이 나왔고, 뮤직비디오 시놉과 앨범 디자인도 다

뽑혔다. 사실상 타이틀만 제대로 작업하면 되는 상태였다. 다 스마트폰까지 떼어놓고 작업에 열중하고 있을 무렵.

"10분 휴식!"

"예이~"

평일 오전. 짧은 휴식이 주어지자 나는 간만에 스마트폰을 확인했다. 혹시 다른 소식 있나 싶은 마음이었는데, 거기에는 소식 대신에 웬부재중 통화가 여럿 찍혀 있다.

[VTIC 신청려 선배님]

"…?"

'뭐야.'

뜬금없어서 더 불길했다.

나는 잠깐 갈등하다가 놈에게 전화를 걸었고, 통화는 순식간에 연결되었다. 이놈도 스마트폰을 들고 있었나 보군.

"선배님."

−후배님.

대답하는 목소리는 별 이상 없이 차분했다.

그러나 다음 말은 내용이 별로 차분하지 않았다.

−잠깐 문 좀 열어주시겠어요?

뭐?

"무슨 문을요."

−현관.

"……"

설마. 나는 부정하면서도 일단 멤버들이 흩어져서 휴식 중인 거실을 지나 숙소의 현관으로 향했다. 그리고 체인을 걸어놓은 상태로 문을 열자, 그 틈으로 바깥이 보였다.

"……!"

"……"

전화기를 들고 있는, 별 표정 없는 면상.

진짜 청려다.

'돌았나?'

이 새끼가 다짜고짜 남의 숙소에 찾아온 것이다.

…주소를 알려준 적도 없고 사전에 약속을 잡은 적도 없는 사람이 다짜고짜 문 앞에 서 있는데, 초인종도 안 눌렀으면서 뜬금없이 부재 중 전화는 더럽게 많이 건 상태.

그런데 그 새끼가 이미 주옥같은 미친 짓 전적이 있는 놈이라면?

'X발.'

나는 체인 사이로 보이는 청려의 표정을 다시 확인했다. 여전히 놀랍도록 표정 없는 얼굴이다.

"왜 왔냐."

"일부러 찾아온 건 아니에요. 숙소 돌아가는 길에 들러봤어요."

"주소를 알려준 적은 없을 텐데."

"지난번에 이야기했잖아요."

그런 적 없다.

"몇 층에 사는지 알려줬잖아요."

"……."

그래, 전에 새벽에 개 데리고 있는 놈을 만났을 때 '류건우'의 정보 언급 전에 분위기를 풀기 위해 지나가듯 말하긴 했다. 그리고 내가 어느 라인쯤에 사는지 안다면 당연히 어디 사는지 알 수 있겠다만….

'그건 정보 수집해서 끼워 맞춘 거잖아 새끼야.'

어디 재시작같이 비빌 구석 남아 있는 놈이나 거침없이 가질 법한 버릇이다. 이 새끼가 이 정도 사회적 판단도 못 할 정도로 맛이 가진 않았을 텐데.

그러나 청려의 말은 거기서 끝난 게 아니었다.

"전해줄 소식이 있어서."

"무슨…."

그리고 예상치 못한 답이 나왔다.

"콩이가 아파요."

"……!"

뭐?

"지금 병원에 맡기고 돌아오는 길이에요."

나는 그제야 이 새끼의 괴상한 태도가 무엇인지 맞게 해석해 냈다. 놈은… 경황이 없던 것이다.

'…X발.'

나는 다른 의미로 한숨을 참았다.

"잠깐."

달칵.

나는 체인을 풀고 다시 문을 열어 밖으로 나왔다. 어차피 이 층에는 우리 숙소뿐이니 상관없겠지.

"…어디가 아픈데."

"급성 신부전."

청려의 눈이 살짝 뒤틀렸다.

"그 직전까지 갔죠. 일하는 사람이… 포도를 가져와서는 제대로 안 치워서."

"……."

"이건 또 처음 겪는 일이네요."

그 '일하는 사람' 뒤통수에 오함마를 갈겼다고 해도 믿을 만큼 평온한 목소리다. 나는 미간을 눌렀다.

"사과는 받았냐."

"그게 중요한가요? 입 좀 움직인다고 대신 아픈 것도 아닐 텐데."

평생 써도 못 벌 돈 벌어놓은 놈다운 가치 판단이었다.

'개 챙기느라 일단 튀어나왔다 이거군.'

그리고 조치를 끝마치고 나니… 돌아오면서 여러 생각이 들었나 보지.

'이거 알려주려고 그렇게 전화를 한 거였나.'

나는 부재중 전화의 이유를 짐작했다. 그리고 청려는 조용히 말을 계속했다.

"그래서 한동안은 콩이 근황 사진이 없을 테니, 설명해 줄까 하고."

"……."

"후배님, 콩이 좋아하잖아요."

나 원 참.

"문자로도 할 수 있었을 텐데."

"아."

설마 지금 깨달았냐? 그러나 놈은 얼른 말을 틀었다.

"음… 바로 얼굴 보고 할 수 있으니까요?"

"전화로 말할 수도 있었고."

"그건 예고용이었죠. 말없이 찾아오면 실례니까. 숙소에 다른 사람도 있을 테니 조심하는 게 맞잖아요."

"……내가 숙소에 있을 건 어떻게 짐작했는데."

"없으면 돌아가면 되는데 짐작할 필요가 있나."

굉장히 합리적인 것처럼 개소리를 늘어놓고 있다. 제정신이 아닌 건 맞군. 나는 눈을 문질렀다. 아무래도 이 새끼 더럽게 초조해서 누군가와 대화하고 싶은데, 본인이 그런 상태인 걸 전혀 모르는 모양이었다.

"…네 개는 멀쩡할 거야."

청려가 고개를 옆으로 숙인다.

"그래요? 어떻게 확신하는 건지 모르겠는데."

"전문 병원에 맡겼을 거 아니냐? 거기서 보호자를 바로 돌아가게 해줄 정도면 괜찮은 거겠지. 너한테도 아마 경과를 설명했을 텐데."

"……"

놈은 꽤 오래 허공을 보다가, 다시 입을 열었다.

"그렇긴 했죠."

"……"

"빨리 조치해서 신장이 크게 상하진 않았나 봐요. 수액도 잘 맞았고. 가능성은 낮지만, 혹시라도 콩이 상태가 갑자기 악화되면 연락주겠다고 했죠."

"그래."

"어차피 내일부터 스케줄이 있어서 내가 케어해 줄 수도 없는 상황이고."

"그렇지."

나는 고개를 끄덕였다.

"잘 판단했는데 왜."

"글쎄요. 역시 살다 보면 예상할 수 없는 우연한 사고가 참 자주 일어나는구나 싶어서?"

"…음."

놈의 눈이 어두웠다. 개 이야기이길 바란다. 설마 포도 흘린 놈에게 사고가 나게 해주겠다는 건 아니겠지.

'사실 어느 쪽이어도 썩 좋은 징조는 아닌데.'

아무래도 저놈 인생에서 그 개가 차지하는 비중이 굉장히 클 것이다. 이 새끼가 이렇게 멘탈 나간 건 VTIC 메인보컬이 나가리된 이후 처음 아닌가.

'…비슷한 상황이긴 하군.'

통제 불가능한 요인 때문에 삶에서 중요한 무언가가 망가질 것 같을 때 말이다.

이거… 자칫하면 리셋증후군 재발하는 건 아니겠지. 이러다 골드 2 죽이고 경과 좀 보자는 말이 튀어나와도 안 어색할 것 같…….

'그건 안 되지.'

나는 짧게 침묵하다 입을 열었다. 이 새끼도 삶의 중심에 뭘 두든 좀 마음 편히 살 필요가 있다.

"어떻게 살아도 사고는 일어나지. 누구든 그걸 다 대비하는 건 불가능해."

"……."

"그러니까 일어난 사고에 잘 대처하는 게 중요한 거겠지. 그런 면에서, 넌 오늘 꽤 잘한 것 같은데."

"…!"

"네가 빠르게 조치해서 개가 많이 아프지 않았잖아. 그 덕분에 다시 건강해진다니 다행이고."

나는 다시 한번, 짧게 결론을 내렸다.

"잘한 거야."

"……."

청려는 잠깐 멍하니 서 있다가, 천천히 고개를 끄덕였다.

"…네. 그래요."

"그러니까 너희 개가…"

"맞아요. 콩이가 후유증 없이 잘 회복되면 문제는 없죠."

여전히 말은 안 통하는군. 그럴 줄 알았다.

그래도 한결 여유가 돌아온 건지, 말투가 진정되었다. 그리고 표정도 평소다운 상태로 돌아왔다.

"퇴원하면 한번 보러 와요."

"봐서."

나는 고개를 끄덕였고, 놈은 그제야 면상에 웃음기가 돌아왔다.

'됐군.'

왜 날 죽이려고 한 새끼를 사후 케어까지 하고 있어야 하는지 모르겠다만, 정신 차려보니 무급으로 노동 중이다. 그것도 다른 노동을 해야 하는 시간에 말이다.

'작곡 캠프 휴식 시간이…'

나는 그제야 손에 쥐고 있던 스마트폰을 내려다보다가, 부재중 전화와 마지막 통화의 시간 텀이 꽤 차이가 난다는 것을 깨달았다. 거의 30분이었다. 청려는 생각보다 이 현관문 밖에 오래 서 있던 모양이다.

'저놈 기준으로 비합리적인 수준의 시간 낭비다.'

왜 그 개를 데려왔는지 자세한 사정을 아는 게 나뿐이라 답답해서 그런 것 같은데 말이지. 나는 좀 갈등하다가 입을 열었다.

"너희 그룹 사람들은 알고 있냐."

청려는 순순히 입을 열었다.

"아니요. 지금은 숙소에 없어서. 다 회사에 보내놨거든요. 그 일 때문에."

"…?"

그 일?

"아."

청려가 고개를 옆으로 숙였다.

"후배님, 오늘 인터넷 안 봤구나."

"……"

"그래요. 전화를 일부러 안 받은 게 아니라면 그게 맞겠네요. 스마트폰을 안 쓰고 있죠? 앨범 준비 중, 아니면 휴식인가."

이 새끼 왜 자꾸 남 상태를 추리하려고 드냐.

"무슨 일이 터졌는데."

설마 또 사회면인가. VTIC의 남은 놈 중에 그럴 싹수로 보이는 놈은 없었다만, 그럴 것 같은 놈만 일 치는 건 아니더라고.

하지만 청려는 심드렁했다.

"일이 터진 건 아니고, 올 일이 왔다고 해야 하나."

"올 일?"

"음? 다들 입대해야죠."

"…!!"

뜬금없이 뇌리에 벼락이 내리쳤다. 벌써 날짜가… 아니, 우리야 좋다만, 너희 아직 아닐 텐데.

"아직 기한 남지 않았나? 너희 무슨 훈장 받아서 입대 연기했다고 들었는데."

"음… 기간 맞춰서 하기로 이미 이야기가 끝나서."

청려가 희미하게 웃으며 벽에 기댔다.

"그룹 수명을 더 늘리려면 그게 가장 좋다고 합의를 봐서요."

"…아."

설마.

"동시 입대. 동시 제대."

"……."

설마가 사람 잡았다.

그룹 전원이 같은 타이밍에 입대해서 제대한다는 희대의 단체 행동. 제일 빠르게 완전체로 복귀가 가능하긴 하지만, 그 사이사이 개인 활동을 아예 틀어막는 극약처방. 그 짓을 진짜 하는 놈들이 있을 줄이야.

"그래서 말했잖아요. 올해 대상은 좀 쉬울 거라고."

"……."

나는 천천히 고개를 끄덕였다. 이제야 이해가 된다.

"그럼 너도 가는 거겠고."

그러면 그렇게까지 멘탈이 깨진 것도 리셋증후군이고 뭐고 그냥 입대 전 심란함도 한몫한….

"음? 아니요."

야.

"6개월만 간다니까요. 하하, 내년에나 가죠. 다 같이 제대하는 편이 더 강렬한 게 당연하지 않나?"

정말 한결같이 주둥아리로 사람을 잘 긁는 놈이다.

"그러니까 올 연말에 시상식엔 나만 나오게 되겠네요. 그게 오늘 언론에 보도되었다, 그런 상황이죠."

"그러냐."

"네."

어쨌든 청려는 새삼스러울 것도 없다는 듯이 말했다. 좀 가라앉아 보이긴 했으나 특별한 수준은 아니다.

'난리 났겠군.'

나는 인터넷 상황을 짐작해 보다가 그만뒀다.

"기분 좋지 않아요? 이기기 힘든 경쟁자가 사라져 주는 건데요."

"안 가도 이길 수 있어."

"아, 그래요."

안 믿는다 이거군. X발.

"넌 기분이 어떤데."

"글쎄요. 좋진 않죠. 공백기 관리가 까다로워서."

예상보다도 철저히 업무적인 반응이다. 같이 지내던 놈들이 다 빠진다는데도 이놈은 큰 인간적 감흥이 없어 보였다.

'흠.'

"좀 신기하긴 하네요. 여기까지 와본 건 처음이니까."

"……"

"숙소도 혼자 쓰겠고…"

말하던 놈은 순간, 입을 멈췄다. 그 순간 현관문에서 소리가 나기 시작했다. 띠딕, 문이 열리는 소리다.

"…!"

그리고 상반신이 불쑥 고개를 내민다. 큰세진이다.

"문대문대, 왜 밖에 나갔…,"

아무래도 쉬는 시간이 거의 끝나는데 내가 안 보여서 찾으러 온 모양이다. 하지만 곧 근처에 서 있는 청려를 보고 말을 멈췄다. 망할.

"이세진."

"잠깐."

그리고 놈은 순식간에 태세를 전환했다.

"아, 선배님. 안녕하세요!"

"안녕하세요."

"이야기 많이 전해 들었습니다. 여긴 어쩐 일로…"

"많이?"

"……"

큰세진은 잠깐 말을 멈췄으나, 곧 똑같은 말투로 대꾸했다.

"네~ 많이."

그 와중에 현관문 뒤에서 김래빈이 외치는 소리가 들린다.

"형, 누가 오셨습니까?"

"음~ 그게,"

"잠시만."

안 되겠군. 나는 큰세진을 잡고 문 안으로 들어왔다.

쿵. 문이 닫히자마자 큰세진이 얼굴을 굳혔다.

"박문대, 저 사람이 여기 왜 있어."

"개가 쓰러져서… 아니, 아무튼 우리 관련된 일은 아니고. 그보다 VTIC 군대 간다는데."

"뭐??"

"헉, VTIC 선배님들께서 벌써 군대를 가십니까?"

"……."

"맙소사. 그걸 알려주시려 찾아오신 겁니까?"

나는 튀어나온 김래빈을 보고, 일이 생각보다 커지고 있다는 것을 바로 깨달았다. 거실에 모여 있던 놈들이 최소한 김래빈 목소리는 다 들었거든.

"군대??"

"…지금 밖에 그놈이 있다고?"

"오우, 문대 형이 선배 불렀어요?"

"…! 혹시 저희 작업에 도움을 주시기 위해 조언을 받고자 섭외하신……."

"잠깐."

나는 일단 대화를 멈췄다. 식은땀이 다 나는군.

"우선 내가 부른 게 아니야."

"그러면?"

나는 적당히 놈의 사정을 섞어서, '개가 사고를 당했는데 지인이 다 바빠서 딱히 이야기할 곳이 없어 찾아왔다' 정도로 변명했다. …아니, 생각해 보니 변명이 아니라 사실인데. 얼떨결에 그렇게 됐군.

"우, 강아지 안됐어요…."

"그렇군요."

내가 청려와 개같이 싸웠다는 정도만 아는 놈들은 그럭저럭 납득하는 얼굴이었다. 배세진은 당장 대문 열고 꺼지라고 외칠 것 같은 얼굴이었지만 류청우가 말리는 중이니 괜찮겠지.

나는 당장 클로징 멘트를 뱉었다.

"일단 보내고 올게."

"아, 나도 대선배님 배웅해야지~"

"……."

그래 마음대로 해라.

나는 굳이 큰세진을 떼어내지 않고 다시 현관을 열었다. 청려는 여전히 벽에 기대어 서 있었다. 그냥 돌아가지 좀 새끼야.

"다들 집에 있었나 봐요. 음, 곤란했다면 미안한데."

"됐습니다."

골치가 다 아프군.

"사과의 의미로 알려줄 걸 생각해 냈거든요."

"예?"

청려는 어깨를 으쓱하더니, 곧 스마트폰을 열어서 파일 하나를 내 쪽으로 전송했다.

"…?"

"…음원 파일이잖아."

큰세진이 말이 맞았다. 하지만 곡은 아니었다.

[미래의 한낮 라디오 - 스페이서 권희승 cut]

그것은 골드 2가 출연한 한 라디오 방송 컷이었다.

골드 2, 권희승.

이놈이 속한 그룹인 '스페이서'의 활동은 대강이라도 추적하고 있다. 당연한 일이었다. 같은 소속사의 같은 계열 후발주자라면 이변이 일어나진 않는지 항상 확인해야지. 게다가 어쨌든 미래를 약간이라도 아는 놈 아닌가. 무슨 이득을 보고 있을지 모른다.

물론 그건 이놈을 눈여겨보는 주목적은 아니지만.

'써먹을 손패여서 그런 거지.'

나는 몇 달 전, 첫 번째 연말 시상식을 준비하는 놈을 회사에서 만났던 것을 떠올렸다.

─안녕하십니까, 선배님!

정확히는 놈의 상태창을.

시기상 상태이상 기간이 얼마 남지 않을 타이밍이었건만, 놈에겐 아직도 상태이상이 떠 있었다. 다만 내용이 달랐다.

[!상태이상 : 메이크 잇 워크]
-아이돌이면 역시 팀워크가 답인가?
: 기간 내로 팀이 공동 작업물을 발매하지 못할 시, '실패'

기존의 것 대신 새로운 상태이상이 자리를 차지하고 있었다.

-채서담 형님이 알아서 그만두신 후로 팀 분위기가 진짜 좋아졌거든요! 이대로면 저희 다 사이좋게 쭉 가면 미션 성공…. ……? 이미 성공했다구요?

-으에에엑! 또 있다고요? 저 또 뭐 해야 해요? 뭐지??

즉, 놈은 이미 첫 번째 상태이상을 클리어했는데, 두 번째가 튀어나온 것이다. 아무래도 11개월은 1년에 가깝다고 시스템이 판단했나 보다. 이놈이 두 번째 상태이상을 받은 걸 보면.

'…조건이 가혹해진 건가?'

이건 확실하지 않으니 젖혀두고. 어쨌든 새로운 시스템 이용자를 찾을 필요 없이 한 놈이 계속 가지고 있는 건 나에겐 나쁘지 않은 상황이었다. 품이 덜 드니까.

그리고 상태이상 조건의 '공동 작업물'이야 셀프 프로듀싱을 의미하는 걸 테지. 이거야 같은 소속사니 내가 좀 관여하면 1년 내 클리어도 무리 없을 테니 딱 관리하기 좋았다. 덕분에 가끔 컨택하며 동향을 잘 살폈다고 생각한다.

……눈앞의 VTIC 리더 새끼가 음원 파일을 내밀기 전까지만 해도 그렇게 생각했다는 뜻이다.

"왜 그러지? 확인해야죠."

"……."

개만 아니었어도 저 주둥아리를 그냥 두지 않았을 테지만, 일단 넘어가고. 나는 다시 골드 2가 출연한 라디오의 음원 파일을 내려다보았다.

'이 라디오 프로그램.'

'미래의 한낮 라디오'라면 나도 기억난다. 꽤 전통 있는 프로그램으로 우리가 신인일 적에도 나간 적이 있다. '미래'라는 예명의 방송인이 진행하는데, 말장난 삼아 10년 뒤 상황을 짐작해서 하는 미래 콩트가 유명했지.

-김래빈이 저한테 곡 100개 줬어요!

-차유진, 아무리 10년이란 세월이 지났더라도 동일 인물에게 100곡이나 주는 건 힘든….

-200개 줬어요!

-못 줘!

-애들… 아니, 30살 아저씨들 진정하세요.

나는 김래빈과 차유진이 했던 환장스러운 개판 콘트를 잠깐 떠올렸다가 지웠다. 그리고 자연스럽게 의심스러운 눈으로 스마트폰 화면을 쳐다보았다.

'이놈도 설마….'

나는 음량을 최대한 작게 해서 파일을 재생했다. 진행자의 목소리부터 들렸다.

[…특별한 친분으로 화제가 되고 있는데요, 우리 권희승 씨가 VTIC의 청려 님, 테스타의 박문대 님과의 우정이 여전하다는 소문이 자자해요.]

망할.

[최근엔 10주년 우정 여행을 다녀왔다고요? 어떻게 친해지셨나요?]

[네… 저희가 다 미래를 알아서 친해졌어요.]

[네?]

[…! 그 미래 라디오를 알아서~ 우리 진행자 미래 님을 알아서, 그 공통 친분으로요!]

[아하~ 10년 전 희승 씨께서 우리 라디오 첫 출연이 굉장히 인상 깊으셨나 봐요.]

[그, 그렇죠! 하하하!]

"……."

아마 순간적으로 진행자의 이름과 라임을 맞춰보는, 프로그램 띄우

기용 콩트를 하려다가 무심코 말한 것 같았다. 그리고 말해놓고서 본인이 '헉, 그러고 보니 이거 맞는 말이네?' 하고 움찔 굳은 거지.

'이 긴장감 없는 새끼가….'

이 새끼가 초반 인터뷰에서 '친분 있는 선배님'으로 우리 둘을 찍었을 때 조졌어야 했나. 나는 한숨을 참았다.

'…큰일은 아니다.'

미친 듯이 바쁜 신인 스케줄 속에서 잠도 거의 못 잔 상태라면 흔히 나올 법한 실수다. 아마 권희승의 팬들도 첫 라디오인데 쓰잘 것 없이 타 그룹 친분이나 물어봤다고 욕이나 퍼붓고 묻었겠지.

다만 청려가 나에게 굳이 이걸 알려준 이유는 알겠군. 나는 스마트폰을 쥐었다.

'경고인가.'

좋게 보면 충고. 다른 새끼들과 비밀을 공유할 때의 위험성에 대해서 말이다.

"이건 관리가 필요한 것 같아서. 내가 할 수도 있지만… 후배님이 그걸 썩 좋아할 것 같지도 않고."

놈이 빙긋 웃었다.

"우리가 동업 중인 게 그리 주의력 있는 부류는 아닌 것 같다, 음… 그 정도는 알려주면 좋을 것 같아서요. 어때요?"

"……."

"원래 사람 관리가 가장 어렵잖아요."

저건 비단 골드 2만 의미하는 게 아니다. 내가 내 옆에 있는 놈에게 비밀을 떠들어둔 것도 포함한 거겠지.

"박문대."

마침 큰세진이 입을 열었다. 놈은 돌아가는 꼴을 나름대로 짐작한 건지, 굳은 얼굴로 작게 중얼거렸다.

"얘… 권희승도 관계자야?"

"음?"

그러나 반응은 내가 아니라 다른 놈이 먼저 했다.

청려 말이다. 놈은 약간 의아하단 얼굴로 나와 큰세진을 번갈아 보더니, 곧 알았다는 듯이 고개를 끄덕였다.

"아, 모르는구나. 미안해요."

"……."

"내 이야기도 했다고 해서 다 이야기한 줄 알았지. 여기까지였나."

그리고 약간 감탄한 표정으로 면상을 돌린다.

"선 잘 지키네요. 후배님."

이 새끼가 진짜. 나는 쌍욕을 참으며 침착하게 대꾸했다.

"그렇게 내 행동이 선 넘어서 망할까 봐 근심 걱정이 들었으면 진작 말하지 그랬냐."

내가 큰세진에게 이 지랄 맞은 비현실적인 상황을 설명한 게 불만인 것 같은데 말이다. 그러나 청려는 고개를 옆으로 숙일 뿐이다.

"음… 오해가 있는 것 같은데요."

오해?

"후배님. 나는 이런 일로 손해를 보지 않아요."

"…!"

"이런 구설수에 휘말릴 때 쓸 좋은 해명이 한두 가지도 아니고."

청려가 빙긋 웃었다.

"어떤 단어와 표현이 통하는지 다 검증해서요. 이제 와서 남의 말실수로 타격받기도 힘들어요."

"……."

"내가 이런 걸 한 번도 안 경험했을 거라 생각하진 않았을 텐데. 머리 좋잖아요."

나는 놈을 쳐다보았다.

"너도 다른 사람에게 말한 적이 있다고."

"당연하죠. 혹시 쓸 만할까 했거든요. 그런데 해보니 효용이 부족해서 안 하는 거예요."

청려는 잠깐 회상에 잠겼는지 허공을 쳐다보았으나, 곧 초점을 회복했다.

"그러니까 이건 내가 아니라 후배님을 걱정해서 하는 말이에요. 말했잖아요. 사과의 의미로 하는 말이라고."

X발. 나는 미간을 눌렀다.

제일 열 받는 건… 저게 진심 같다는 점이군.

"그러냐. 그럼 들어라. 일단 골드 2는… 한번 날 잡고 관리할 거고."

나는 눈치껏 입을 다물고 대화를 듣던 큰세진을 쳐다보며 말했다.

"이쪽은 네가 걱정할 필요 없어. 어디서 떠들어댈 녀석도 아니고."

"…당연하지."

큰세진이 주먹을 내밀었다.

'이걸 꼭 이 상황에서 해야 하냐.'

그래도 여기서 호응 안 하면 그게 더 웃기겠지. 나는 주먹을 마주쳐

줬다. 그러나 청려의 면상은 심드렁했다.

"네. 뭐… 후배님 말을 믿겠다고 했겠죠. 보통 그래요."

뭐?

"하지만 여기서도 오해가 좀 생긴 것 같은데… '믿는다'는 게 '이해한 다'는 뜻은 아니에요."

"…!"

청려는 남의 말을 옮기는 것처럼 거침없이 중얼거렸다.

"우린 친하니까, 오래 알고 지냈으니까, 같은 그룹이니까… 다양한 이유를 붙여서 '믿는다'고 말하고 싶어 해요. 그럴 만하죠. 안 믿으면 멤버가 정신병자라는 건데, 그건 믿기 싫잖아요."

"……."

"그런데 그걸로 끝이에요. 그 후엔 썩 협조적이지 않아서 뭐… 이쪽 은 폐기했어요. 도리어 귀찮아져서."

놈은 부드럽게 말을 이었다.

"같은 경험을 하지 않는 이상, 이런 비현실적인 상황에 공감할 수 있 을 리가요. 그러니 후배님도 너무 큰 기대를 하진 말아요."

"……."

'이래서였나.'

이놈이 그렇게 오래 같이 지내온 본인 멤버들에게도 인간적 연대감 을 느끼지 못하는 것처럼 구는 건 여기서 기인한 것도 있나 보군.

거의… 다른 종을 대하는 것 같은데. 약간 섬뜩하기까지 한 판단이 다. 심지어 큰세진이 앞에 있는데도 저 말을 하고 있다는 점에서 더욱.

"음."

나는 팔짱을 끼고 입을 열려 했다.

그때였다. 한발 먼저 옆에서 빤질빤질한 목소리가 들렸다.

"근데 선배님, 저는 굉장히~ 문대에게 협조적인데요."

"…!"

큰세진이다. 이놈은 또 왜 이래.

"아하, 그래요?"

"그럼요. 에이~ 사람이 어떻게 다 똑같은 경험만 하고 커요? 저흰 친구잖아요. 친구끼리 서로 같은 점, 다른 점 있어서 좋은 거죠~"

"그렇게 말하는구나."

"네. 별로 공감 못 하셔도 어쩔 수 없죠, 뭐! 사람마다 사정이 다른데요. 정말 괜찮습니다~"

'넌 친구가 없어서 모를 수도 있지'를 이렇게까지 돌려서 멕일 수 있다니 놀랍다. 문제는 그 대상이 맛 간 예전 기억을 되새김질하던 청려라는 건데.

'눈 뒤집히는 건 아니겠지.'

나는 청려가 표정 없이 큰세진을 바라보는 것을 확인했다.

"……."

"……."

아니, 너도 괜히 실실 웃으면서 같이 노려보지 말아라, 좀. 나는 한숨을 참으며 상황을 정리했다.

"그래. 뭐… 각자 생각이 있겠지. 아무튼 라디오 파일은 잘 들었고, 걔는… 잘 쾌차하길 바란다."

"그래요. 이야깃거리 생기면 언제든 연락해요. 후배님."

"네~"

큰세진이 천연덕스럽게도 대신 대답한다. 무슨 산적 두목 오른팔이냐? 분위기 죽여주는군.

띠링.

그 순간, 타이밍 좋게도 현관문이 열렸다. 벨소리가 솔직히 거의 반가울 지경이다.

그리고 이 행동의 수행자는… 약간 긴장한 기색의 선아현이었다.

"저, 저기… 캠프, 회의 시작 시간이 벌써 지나서."

"…!"

"아, 미안해요. 일하는 중이었구나."

청려는 웃으며 살짝 고개를 끄덕였다.

"그럼 들어가 볼게요."

"그래."

"네, 네!"

드디어 파장 분위기군. 얼른 들어가라.

그러나 청려는 바로 몸을 트는 대신, 약간 머뭇거리다가 말을 덧붙였다.

"콩이가 돌아오면 연락할게요."

"…그래."

나는 마스크를 쓰는 놈에게 고개를 까닥했다. 그래도 저놈의 개는 멀쩡하길 바라면서.

청려는 그대로 등을 돌려 엘리베이터를 타고 사라졌다.

"들어가자."

"으응."

우리도 드디어 현관 안으로 도로 들어갔다. 그리고 큰세진은 앞장서서 거실로 가는 선아현을 확인하더니, 그쪽에 들리지 않을 정도로 작게 숙덕였다.

"와, 대선배님 말 진짜 짜증 나게 한다. 어우, 문대문대. 어떻게 지금까지 참았어?"

"……."

순간 '그렇지!' 하고 외칠 뻔했다는 게 스스로 쪽팔리군.

"그냥저냥."

"으음~ 그래. 박문대 반말도 막 쓰던데 스트레스 해소는 좀 됐겠어?"

"……."

그러고 보니 어느 순간 그랬군.

나는 킬킬 웃으며 내 등을 때리는 놈을 보다가, 입을 열었다. 일단 아까 대화 내내 이놈이 궁금했을 부분부터.

"권희승 관련 이야기는…."

"아~ 알지, 남의 사정이라 말 못 한 거잖아. 내가 그 정도는 딱 들으면 알지~"

맥락상 권희승이 내 다음 타자라는 걸 이미 다 이해했는지, 큰세진은 거기선 특별히 불만이 없어 보였다.

"근데 이미 알았으니까 희승이 입단속은 내가 시킬까? 내가 또 이런 건 잘하지~"

"일단 좀 보고."

안 끌어들이려고 했는데 이제 아주 시스템 파괴 목표까지 술술 불게 생겼다. 나는 한숨을 쉬면서 놈을 달고 거실로 복귀했다.

"그 자식 갔어?"

"네. 들어갔어요."

큰세진이 너스레를 떨었다.

"으~ 너무 문대한테 친한 척하더라고요~"

거짓말 한번 천연덕스럽게 하는군.

"…! 그걸 그냥 뒀어?"

"아니, 지금까지 제가 말싸움하다 온 거거든요?"

"…그래. 그럼 다음엔 내가……."

"형이 하면 진짜 싸우니까 안 돼요."

"야!"

나는 동명이인 둘이 편하게 싸우도록 두고 내 자리에 가서 앉았다. 그러자 먼저 그 옆에 앉아 있던 선아현이 입을 열었다.

"무, 문대야. 혹시, 무슨 일 있었어…? 이야기가, 생각보다 길어진 것 같아서…."

"…음."

나는 짧게 갈등했으나, 곧 뼈대는 사실대로 이야기했다.

"별건 아니고, 의견 차이 때문에 말이 좀 길어졌어."

"아…."

선아현은 머뭇거렸으나, 다시 힘겹게 입을 열었다.

"그, 무슨 의견이었는지…."

"……."

"아, 아냐. 미안…!"

미안할 일이 아닌데 사과부터 하는 버릇은 여전하군. 나는 한숨을 참았다.

'…이걸로 두 번째인가.'

선아현이 내 이야기를 말해달라고 한 게 말이다. 딱 집어서 비밀 없냐고 물어본 건 아니다만 영 찜찜하긴 하다. 큰세진은 들었다는 걸 이놈이 다 짐작한 것 같아서 말이지.

나는 '미안할 필요 전혀 없고 좀 개인적인 사정이었다'라고 말하는 대신 입을 닥쳤다. 왠지 저 말은 역효과가 날 것 같았거든.

'당장 선아현 표정이 나쁜 것도 아니니 상황을 좀 더 지켜볼까.'

그렇게 상황이 마무리되는 듯했다.

그러나 그날 저녁, 캠프에 참여하는 선아현의 태도가 갑자기 바뀌었다. 나쁜 쪽으로? 아니다.

지금껏 없던 만큼 적극적인 태도로.

시작은 캠프 스케줄 회의였다.

"그럼 컨셉용 이미지 레퍼런스는 더 안 모아도 괜찮겠죠? 이대로 할까요?"

"저는 괜찮습니다!"

"그래. 그럼 혹시 다른 의견 있는 사람은…."

이건 보통 없다는 걸 가정하고 하는 대사다.

"저, 저요…!"

"…!"

그런데 한 번도 남의 말을 제치고 끼어든 적 없던 놈이 이 말이 끝나기도 전에 손을 든 것이다. 류청우는 약간 당황한 것 같았으나, 친절히 놈에게 물었다.

"그래, 아현이는 어떻게 생각해?"

"좀, 좀 더 범위를 넓혀서 한 번만 더 수집해 봤으면, 좋겠어요. 아직 시간이 있으니까…."

"음…."

그리고 선아현은 아예 직설적으로 반대 의견까지 내고 있다.

'쟤 무슨 일 있어?'

'우리 혹시 지금 마감하면 도덕적으로 문제 생기나?'

멤버 놈들이 눈으로 이런 소리를 해대기까지 이르렀는데, 선아현 말은 여기서 끝도 아니었다.

"이틀, 정도는 더…! 안 될까요? 전에 프로젝트팀 직원분께서, 말씀하신 데드라인이 모레 오후니까… 스케줄이 그러면, 이, 일찍 드려도 더 빨리 진행되지는 않으니까요…!"

땀이라도 흘릴 것 같은 기세로 설득 근거까지 알아서 붙이기 시작한다. 그리고 그 근거라는 게 또 그럴싸한 사실이기까지 하다.

"아, 그러고 보니 그랬지."

"와~ 아현이 그걸 기억해? 3달 전인데…."

"으응, 기, 기록해 둬서…."

특출난 아이디어를 내진 못한다. 그러나 주어진 상황에서 좋은 판단을 하고, 끈기 있는 주장을 한다. 그건 선아현이 평소 보여주던 모습과 일맥상통하긴 했다.

"그, 그러니까…! 이틀 더, 생각해 보자…!"

"그, 나야~ 당연히 찬성이지! 그쵸?"

"으음, 그렇지."

다만 기세가 평소에 열 배쯤 되니 박력이 남다르다. 다들 놀라서 휘말려 들어가는군.

'이게 무슨 일이야.'

좋아해야 하나 싶다만, 어쩐지 좀 찜찜했다. 갑자기 무슨 심경의 변화가 있어서 이놈이 이런단 말인가.

"문대는, 어떻게 생각해!?"

간 떨어지는 줄 알았다.

"…나도 네 말에 동의하지."

"으응!"

이젠 아예 나한테까지 동의를 수집해 간다. 생전 보지 못한 적극성이다.

'뭐지.'

그리고 저녁의 작곡 회의 때도 이 기세는 마찬가지였다.

"저, 저는… 곡에 좀 더 현악기 반주가 들어갔으면 좋겠어요!"

"오오."

"현악기 중에 어떤 걸?"

"날카롭고 경쾌한, 극적인 소리를 다 낼 수 있는…, 그, 예시로 들자면, 바이올린 피들이요! 컨셉에 좀 더 적합한 느낌이, 될 것 같아요…!"

"피들?"

그리고 선아현은 피들이 무엇인지 더 열심히 부가 설명하기 시작했다. 바이올린 연주 기법 중에 가장 덜 클래식하여 따로 명칭이 붙었으며 컨트리스럽게도 음이 튀고, 어쩌고저쩌고….

"오오."

무슨 발표라도 하는 것 같다. 흥미롭게 듣고 있던 차유진이 거의 박수라도 칠 자세다.

"그거 좋은 의견이에요! 형 멋졌어요!"

"으응!"

그리고 선아현은 이 말에 얼굴이 터질 것 같아졌을지언정 사양도 안 한다.

"……."

뭐지? 정말 무슨 상황인지 모르겠다.

'뭐, 그래 봤자 다른 놈들이 강하게 말할 때 정도긴… 한데.'

그래, 심적 변화가 생겨서 적극적으로 참여하고 싶다면 좋은 일이다. 사실 그간 선아현이 말에 잘 못 끼어들었던 거지, 멤버들이 자기 주장하는 정도를 평균 내보자면 그보다 그리 심하다고 볼 수도 없고 말이다.

"그러면 아현 형의 말씀대로 날카로움과 부드러움을 두루 갖춘 동시에 현 편곡과 어우러지는 현악기로 바이올린을 넣어보겠습니…."

"아, 아니! 그냥 바이올린이 아니라 피들! 피들로! 했으면, 좋겠어!"

"네, 넵!"

"……."

아니, 좀 심한가.

'무슨 죽느냐 사느냐 문제가 달린 수준으로 애가 달려드네.'

"열심히 해보겠습니다!"

"고, 고마워…!"

배세진까지 눈치를 보는 가운데 회의는 그렇게 선아현의 주도로 이어져 가다가 마무리되었다.

그날 밤. 주방에 앉아서 탄산수를 들이켜던 큰세진이 진지하게 물었다.

"문대문대, 진짜 우리 앨범 못 내면 누가 망한다든가 그런 슬픈 사연 있는 거 아니지?"

"……."

"헉, 아니면 설마 문대가 밥값 좀 하라고 아현이를 괴롭힌… 어우씨!"

그럴 리가 있냐. 나는 등을 얻어맞은 놈이 엄살을 부리는 것을 보다가 한숨을 참았다.

"…다른 이유가 있겠지. 그런 건 아닐 거야."

"그래? 으음… 뭐. 하기야."

나쁜 상황은 아니라고 판단했는지, 큰세진은 어깨를 으쓱하고 똑같이 넘어갔다.

"친구라고 사람 사정 꼬치꼬치 다 알아야 하는 것도 아니고. 그렇지?"

"……."

남의 사정 꼬치꼬치 다 캐어간 놈이 저렇게 말하니까 어쩐지 열 받는군. 그 와중에 선아현은 캠프 야간 개장 끝나자마자 자기 방으로 후다닥 달려가서 안 나오는 중이다.

'뭘 하는 건지.'

나는 침음을 참다가 입을 열었다.

"…선아현이 좀, 소외감을 느끼지 않을까 싶은데."

"응?"

"지금 뭐만 하면 걔 놔두고 너랑 나만 이야기하고 있잖냐."

사실 나이든 짬이든 직급이든 똑같은 관곈데 말이다. 이 부당 대우에 빡쳐서 회의에서 폭주하는 긍정적인 방향으로 스트레스를 푸는 거 아니냐는 것이다.

큰세진은 한번 돌이켜 생각하는 듯 고개를 주억거린다.

"음, 좀 그랬을 수도 있겠네. 에이, 그래도 아현이가 그럴 스타일은 아니지 않… 아."

놈이 탄식한다.

"아현이가 학교 다닐 때 영 친구 질이 별로였지?"

"…그래."

"그게, 음… 좀 안 좋은 기분 들었을 수도 있긴 하겠다."

큰세진이 힐끔 나를 돌아보더니 꽤 진지하게 물었다.

"어떻게 할 거야?"

"……."

내가 알겠냐.

물론 저놈도 진짜 대책을 내놓는 게 아니라, 비밀 공유 어떻게 할 거냐 거겠지. 결국 선아현의 이상행동 원인이 이 초자연 현상을 우리끼리 알고 있기 때문이라면 말이다.

"으음… 물론 내가 너한테 이래라저래라 할 순 없는데, 그래도 아현이는 네 이야기 듣는다고 태도가 변할 것 같진 않은데?"

"……."

그건… 나도 그렇게 생각하긴 하지. 워낙 속없이 착한 놈이라.

나는 짧게 한숨을 쉬었다.

"야, 그리고 우리가 너 혼자 정신연령 아재라고 따돌리지도 않을⋯ 아! 야, 방금 진짜 아팠다?"

그래. 20대의 팔 힘이다, 새끼야.

⋯아니, 사실 찔려서 손이 먼저 나간 것 같다는 게 제일 쪽팔리는군. 나는 낄낄거리는 큰세진을 보고 한숨을 쉬었다. 놈은 웃음을 멈추고 나서야 화제를 돌렸다.

"아이고, 그리고 말 나와서 말인데⋯ 그 희승이는 어떻게 말하면 될까? 뭐, 나도 요 모임에 초대됐다, 그렇게 설명하고 좀 타이르는 정도로 해?"

놈이 히죽히죽 웃었다.

"아니면 나도 확 미래에서 왔다고 해버려? 와, 진짜 웃기겠네."

"그만해라."

그 타이밍도 안 맞는 가설 파괴자 사례 들이댈 생각을 말아라.

"그런 장난 안 통해. 이건 바통 터치 형태로 전해지는 것 같으니까."

"오~ 문대 이것저것 많이 분석했네. 역시 문대문대야. 그거 알아내려고 희승이를 그렇게 신경 써줬구만?"

눈치 빠른 새끼. 나는 손깍지를 꼈다.

"그래, 골드 2는 써먹을 곳도 있고."

"⋯⋯."

그러나 큰세진은 잠시 대답이 없었다.

'뭐지.'

그러더니 갑자기 의문스럽다는 듯, 진지한 얼굴로 입을 다시 열었다.

"근데 문대문대."

왜.

"아까도 물어보고 싶었는데… 그 골드 2, 혹시 희승이 말하는 거야?"

"…!!"

그걸 어떻게 알….

"……."

잠깐, 내가… 아까부터 그걸 육성으로 말했나?

"맞구나! 너 희승이 골드 2로 부르고 있었어? 왜?"

"……그"

"잠깐, 잠깐. 내가 맞춰볼게. 설마… 〈아주사〉에서 골드 등급이라?? 설마 거기에 넘버링한 거야?"

"……."

"이것도 맞아?? 아 대박이네 이거! 와~ 박문대 매정한 것 좀 봐! 〈아주사〉 끝난 지가 언젠데 아직도 골드야!"

X발. 나는 폭소하는 놈을 보며 이를 갈았다.

"내 마음이다. 왜."

"너 진짜 쪽팔…. 아니, 아니, 미안해. 너무 웃었지? 야, 진짜 미안~"

이 새끼 마음에 없는 소리로 얼버무리려고 하네.

그러나 큰세진은 진짜 얼굴을 가다듬더니, 눈을 빛낸다.

"문대문대, 나 진짜 궁금해서 묻는 건데…. 혹시 세진이도 그렇게 불렀어? 어, 막 〈아주사〉 때 애들 다 그렇게 분류한 거야? 내가 골드 1인가?"

꿈도 크다.

"…그냥 큰세진이었는데."

"오~ 뭐야. 그래도 별명이네. 좋아 좋아."

나는 고개를 주억거리는 큰세진을 보고 한숨을 참았다. 미치겠네.

"그럼 언제까지 그렇게 불렀어?"

"……."

"문대문대?"

지금도 그렇게 부르고 있다 새끼야.

나는 징징대는 놈을 두고 방으로 돌아가서 취침했다.

다음 날도 앨범 제작 캠프는 계속되었다.

그리고 선아현의 기세도 계속되었다.

"우리 계속 이렇게 진도가 안 나가면 밤까지 해야 해요. 야근하기 다들 싫을 겁니다. 그러니까…."

"야, 야근…! 하자!"

"……어."

그렇게까지… 할 일인가? 이 정도면 캐릭터 붕괴다. 나는 무슨 특수장치 만난 차유진이라도 되는 것처럼 열정을 불태우는 선아현을 보고 입을 다물었다.

"형, 저는 야근 싫어요!"

"그, 그래도 해야 해, 필요하면…!"

어쭈. 이제 차유진에게 싫은 소리도 하는군.

물론 나쁜 것은 아니다. 오히려 능률적으론 좋은 일이다만, 아무래도 저거… 무리하는 것 같아서 말이다. 나는 목뒤의 식은땀을 몰래 슬쩍 닦아내는 선아현을 보고 결정했다.

'안 되겠다.'

운이라도 띄워봐야겠군.

"고생하셨습니다~"

"자, 정리하자."

나는 저녁 식사 후 회의가 잠정 종료되자마자 방으로 떠난 선아현을 따라 놈의 방을 방문했다. 똑똑.

"…!"

"나야."

쿵. 문을 열고 들어가자, 책상에서 뭔가를 가리려는 듯 엎드린 선아현이 보인다. 뭐 하냐?

"차, 찾는 물건이라도, 있어…?"

"그냥 대화 좀 하려…."

나는 가까이 다가가다가, 이 녀석이 뭘 가리고 있는지를 깨달았다.

기사, 리뷰, 평점. 그건 우리의 기존 앨범 관련 내용들을 다 프린트해 정리한, 일종의 스크랩북이었다.

[가장 중요한 부분?]

[표현력의 문제]

그리고 이 녀석이 달아놓은 듯 유려한 필체의 코멘트가 여기저기 깔끔히 정리되어 있었다. 그것뿐만이 아니라, 이 녀석이 반사적으로 가린

전자 리더기에도 뭔가 떠 있었다.

[에드거 앨런 포 전집 5]

…이거 설마.

'따로 만들고 있었나.'

누가 봐도 모든 것은 테스타 새 앨범을 위한 준비 자료였다. 그래도 일단 한번 물어보자.

"그게 다 뭐냐."

"…! 아, 으응, 이건……."

선아현은 몇 번 머뭇거리는 것 같았으나 곧, 제법 확신 어린 목소리로 대답했다.

"세, 세진 형이 말해주신 '에드거 앨런 포'의 작품 중에… 우, 우리랑 더 어울리는 소재를, 찾은 것 같아서."

"…!"

"거, 검은 고양이도 근사하긴 했지만… 조금, 그, 〈부름〉이랑 겹치는 느낌도 들고… 테스타가, 제일 잘하는 걸 접목해 보고 싶어서."

선아현은 긴장한 것 같았으나, 희미하게 웃고 있었다. 그리고 이놈이 말하는 것은 벌써부터 그럴싸했다.

"……."

"여, 여기."

나는 이 녀석이 약간 떨리는 손으로 내민, 전자 리더기 아래에 깔려 있던 노트를 받아 들었다. 그 안에는 작품명과 이와 접목했으면 하는 테스타의 기존 컨셉군이 적혀 있었다.

나는 빠르게 노트에 강조된 몇 글자를 읽었다.

[에너지의 분출]
[몰입감, 속도감]

그러고선 쭉 노트를 읽었다.

"……"

"아, 아직 보기 좋게, 정리 글이 나오지 않아서… 말하지 못했어. 그, 근거가 없이 말하면… 안 되니까."

선아현은 다소 민망한 것처럼 고개를 숙였다.

"나는… 말을 잘, 못하니까…. 내용이라도, 충실히 구성하면, 좋을 것 같아서…"

나 참.

"오늘 하는 걸 보니 그런 걱정 안 해도 됐을 것 같은데."

선아현의 얼굴이 벌게졌다.

"고, 고마워. 그래도 마무리 단계를 더하면……"

"아, 그렇게 따로 작업 중이셨군요!"

"…!"

깜짝이야. 고개를 돌리자, 저쪽 책상에서 헤드폰을 끼고 작업 중이던 김래빈이 어느새 기기를 벗고 고개를 돌린 상태였다.

'언제부터 있었냐'

쥐 죽은 듯이 반응도 안 하고 작업만 하고 있어서 못 봤다.

"요 며칠 숙소에서 지내는 동안 아현 형님께서 매번 읽고 계시던 게 앨범 리뷰였을 줄은 몰랐습니다."

"으응…."

선아현은 얼굴이 시뻘게져서 긍정했고, 김래빈이 알았다는 듯이 고개를 주억거린다. 그리고 눈을 빛냈다.

"투어 기간 동안 생긴 새로운 취미인 줄 알았는데, 그토록 시간과 품을 들여 대단위의 분석을 진행하고 계실 줄이야… 역시 성실함과 재능을 두루 갖추신 면모입니다."

"……으, 으으응."

굉장히 사양하고 싶단 얼굴이면서도 기어코 긍정한다. 나는 피식 웃었다.

"맞아. 훌륭해."

"…!"

"내용도 좋아. 바로 건의했어도 됐을 거야. 이대로도 충분해."

"지, 진짜…?!"

그럼 여기서 거짓말하겠냐.

"그래."

깔끔하게 말하자면, 이건 누가 초안만 던졌어도 혹했을 내용이다.

'결론 도출 과정이 워낙 깔끔해.'

물론 세상엔 김래빈처럼 영감이 솟아나서 한 방에 사람 홀리는 걸 뚝딱 만들어내는 케이스도 있다. 그러나 때로는 퍼즐처럼 수많은 조각을 맞추고, 채반처럼 촘촘히 걸러 만드는 단 하나의 경우의 수, 정답을 찾는 놈도 있는 법이다.

그리고 지금 이놈의 판단이 그랬다. 이 녀석이 한눈에 보기에도 엄청난 양의 기존 테스타 앨범 자료를 다 훑어보고 분석해서 내린 결론은… 대단히 매력적이었다.

'고생 많이 했겠어.'

나는 캠프에 제대로 참여하지 못해 우울해하던 놈을 떠올리다가 내심 감탄했다. 이건 기대 이상이었다.

"나도 이건 당장 해보고 싶은데."

"…!"

선아현의 눈이 더없이 초롱초롱 빛났다. 거의 감격한 것 같다.

"무, 문대야. 정말… 고마워."

"좋은 의견 내줘서 나야말로 고맙지."

그러나, 선아현의 말은 끝나지 않았다.

"그, 그럼… 있잖아."

음?

"그, 나도… 혹시, 그, 무슨 일인지…"

그 순간, 나는 이놈이 말하는 '무슨 일'이 뭘 지칭하는지 깨달았다.

'이거… 비밀 까라는 건가?'

아무래도 내가 뭘 오해한 것 같다. 이놈의 적극성은 빡침에서 온 게 아니다. 이 눈치 보는 태도는… 어디 비밀 결사의 자격 증명이라도 치르는 눈치다.

"아, 아니! 아니야…. 나, 나는 이걸 좀 더, 정리하고 있을게…"

아니라고 하는 것치곤 제법 기대가 가득한 얼굴로, 선아현은 슬금슬금 책상을 향했다.

"저도 좀 봐도 괜찮겠습니까?"

"으응!"

"……."

…아무래도 선아현은 내 예측보다도 대단히 생산적인 방향으로 두 감정을 융합해 움직인 것 같다. 앨범 캠프에 기여하고 싶은 마음과 동갑내기들에게 인정받고 싶은 마음 두 가지를 말이다.

'이거… 이 판국까지 와서 말 안 하면 X 될 것 같은데.'

"……."

에이 X발. 나도 모르겠다.

'자리 만들든가.'

이러다 이놈 저놈 할 것 없이 입 무거운 놈들한테는 다 말하게 생겼군. 나는 마른세수를 했다.

어쨌든 이날 밤, 결국 회의를 소집한 선아현은 발표를 진행했다. 그리고 안목 괜찮은 놈들답게 반응은 나랑 비슷하게 나왔다.

대호평이었단 뜻이다.

"…나도 이쪽이 더 마음에 들어."

"그럼 이 방향으로 가닥을 잡아서 열심히 가보면 되겠네요. 아현이 굿인데?"

"으응, 고, 고마워…. 감사, 합니다!"

아이디어를 낸 당사자부터 현실주의자까지 다 두루두루 마음에 들어 하는 모습에, 선아현이 꾸벅꾸벅 고개를 숙인다. 분위기는 굉장히 화기애애하게 선아현에게 박수를 보내는 듯 밝았다.

다음 말이 나오기 전까지는 말이다.

"음, 그럼 일정 재점검해야겠구나."

"…?"

류청우가 빙긋 웃었다.

"그 말은… 지금 최종까지 나온 구성안을 다시 다 수정해야 한다는 말이니까."

"……."

"……."

선아현이 눈을 깐다.

"죄, 죄송해요."

"무슨 소리야. 앨범 컨셉이 좋아지는데 좋은 일이지."

직장인의 비애가 느껴지는 답변이었다.

'케이팝 불지옥 야근 캠프… 재개장.'

그나마 다행스러운 것은, 이 야근 캠프가 효과가 출중했다는 점이다.

"이거 하나만 추가하죠."

"으음."

그리고 기왕 이렇게 된 거, 내가 넣고 싶었지만 밸런스상 제외했던 것도 추가했고.

'이게 최종이다.'

날이 완전히 따듯해졌을 때쯤, 우리는 새 앨범 발매 준비를 끝마쳤다.

테스타의 앨범 티저가 공개된 것은 5월 중순이었다.

그들이 카메오 출연한 영화, 〈코스믹 거너〉가 국내에선 800만 관객을 동원할 정도로 글로벌 대흥행에 성공하며 극장에서 내릴 즈음.

-물 들어올 때 노 저어보려고 급하게 나오는 거 아니야?ㅋㅋ
-아 제발 셤별 인기 견인하는 건 자본맛이라고 제발 급하게 하지마라
-레이블까지 차렸는데 왜 이렇게 주먹구구식처럼 느껴지냐...

몇몇 사람들은 예고도 없이 티저 공개 3일 전에야 불쑥 튀어나온 컴백 기사와 소문에 수군거렸다.

박문대의 첫 번째 홈마도 손톱을 물어뜯기 직전이었다.

'본부장이 영 미국병 든 멍청이 같은데…! 설마 테스타한테도?'

본부장이 용케 미리내에게 꽂혀서 그동안 마수를 피해갔는데 이제는 정말 헛바람이 들었을지도 모른단 생각이 불쑥 든 것이다. 물론 수군대는 사람은 일부고, 테스타 컴백 소식을 들은 대부분은 〈코스믹 거너〉를 통해 차오른 뽕에 취해 있었다.

그것도 사실 좀 걱정스러웠다.

-대박 대박 테스타 깜짝 컴백 미친ㅠㅠㅠㅠ
-빌보드 또 들겠네와 벌써 설렘

'…이놈의 기대치가 끝도 없이 오르네.'

문대는 한 번도 자신을 실망시킨 적이 없지만, 어디 사람 하는 일이 매번 자기 맘대로 되는가.

'문대랑 애들이 잘해도 회사가 또 멍청한 짓하면 소용없잖아…!'

기사 말미에 붙은 회사 관계자의 말에서 '다양한 글로벌 팬덤을 즐겁게 해줄 이번 앨범'이란 표현까지 불안했다.

-두근두근! (링크)

그래도 테스타의 컴백 기사를 공유하며 이런 코멘트를 달긴 했지만, 이것도 대외용 반응이다.

'나는 네임드다…. 자중… 한다…….'

팬사인회에서 자기가 그린 사과떡 스티커를 볼에 붙여주던 문대가 유독 그리웠다. …최소한, 컴백하면 그건 또 볼 수 있을 것이다. 팬사인회는 할 테니까.

'그래. 믿고 기다리자.'

사실 텀만 봐서는 슬슬 컴백해도 안 이상할 시즌이기도 하지 않은가! 그녀는 제법 순수한 팬심으로 그렇게 마음을 정리했다.

그리고 사흘 뒤.

-떴다! 떴다!

긴장과 설렘 속에서 클릭한 티저는, 아지랑이처럼 피어오르는 검은 연기와 함께 시작되었다.

펼쳐지는 것은 어둡고 그윽한 근현대의 연회장. 그림자가 짙어 살짝 불길한 듯 우아한 그곳에서, 가면을 쓴 화려한 인영들이 춤을 춘다.

실루엣이 겹치고 아우러졌다. 20세기 예술 영화의 한 장면 같은 컷이 몇 초쯤 이어진다 싶을 때.

갑작스럽게 소리가 바뀐다.

-우르르릉!

천둥.

"…!"

빛이 번뜩이는 가운데, 화면은 어둡고 창백한 연회장 밖 야외로 풍경을 바꾼다. 비가 추적추적 내리는 한밤중 성문 위, 창밖으로 새어 나오는 연회장의 불빛들.

[……]

철퍽.

그리고, 어느 맨발이 빗물 고인 성문 앞에 멈춰 선다. 그 살갗이 붉게 물들어 뚝뚝 떨어져, 물에 퍼진다.

오염된다.

"…!"

어딘가 섬찟한 카메라 워크와 편집. 그리고 천천히 시야는 올라간다. 드러난 것은… 붉은 후드를 쓴 얼굴 없는 그림자.

이목구비가 없는 가면.

고오오오

그 섬뜩한 괴기함을 확인했다 싶은 순간, 다시 화면은 시커멓게 변한다.
암전. 그 속에서 울리는 리프 멜로디.

–으으으으으음.

우아하고 느릿한 저음의 바이올린이 불길하고 선뜩하게 흐르고, 연회장 사람들의 웃음소리가 잦아든다.
앨범 타이틀이 뜬다.

[OVER the Masquerade]
[TeSTAR]

"…와."
분위기는 또렷했다. 우아하고 불길하고, 어둡고 고급스러운 느낌.

-와아아씨!
-대박!

일단 일부 네티즌들의 추측과 염려와는 달리 자본을 꾹꾹 눌러 만든 영상미가 탁월했다. 일단 국뽕을 기대한 사람들은 좋은 평가를 속속들이 내놓으며 신나서 떠들어대었다.

-어디 내놓기 안 부끄러울 듯
-사운드까지 고급진 거 보소ㅋㅋ

문제는 시간이 좀 지난 후에 발생했다.
이 난해하면서도 미학적이며 강렬한 분위기가 위화감을 조성한 것이다. 어디서 많이 보았기 때문이다.

-음... 브이틱 등등 미국에서 인기있는 케이팝 돌들 다 합친 것 같은 느낌
-미국 맛이 그렇게 달달했나봄ㅋㅋ ㅋ 벤치마킹 양심 없고
-얘네는 진짜 정체성이라는 게 없네 그냥 인기 있는 거 먹힐 만한 것만 박쥐처럼 옮겨 붙기;

어둡고 치명적인, 고급스러운 상징들이 미국 마니아층을 꽉 잡은 VTIC부터, 글로벌 기세가 국내보다 더 좋은 몇몇 아이돌들을 연상케 했기 때문이다.
사실 아이돌이 컨셉을 바꾸는 것이야 흔한 일이었으나, 정확한 타이밍에 노리고 들어온 것 같은 스위칭에 웃지 못하는 사람들도 속출했다. 소위 말해서 폼이 안 산다는 것이다.

-1군 가오 다 죽었다

-ㅋㅋㅋ그래도 미국 케이팝 파이는 좀 뜯어먹을 듯? 퀄리티는 대기업 답잖아

-이럴 필요까지 있었나 싶다 교묘하게 참...

"으으으음."

사실 좀 억지 쓴다 싶었지만, 위기감에 악에 받쳐 달려드는 타 그룹 팬들의 기세는 과했다.

'그래도 대중 반응은 괜찮은데.'

짧은 티저에서 여러 가지 고전적 상징물을 발견한 사람도 많았다.

-이거 에드거 앨런 포의 '적사병의 가면' 레퍼런스 같네요. 역병이 돌자 자기들끼리 호화로운 은신처를 만들어 살던 기득권층이 결국 역병의 소리 없는 방문에... 여기까지만 이야기할게요^^

└오 어떻게 응용할지 궁금하네요!

└대박 엄청 심오하고 위험한 느낌 날 듯

-위에 드럽게 어렵게 말하는데 걍 역병 돌자 지들끼리 잘 살려고 벽친 놈들도 다 죽는 공포소설임ㅇㅇ

하지만 그녀 역시도 어딘가 찜찜하긴 했다.

'이건 영화 출연분이랑 비슷한 이미지도 아니잖아.'

지나치게 무겁지 않은가. 평소 테스타답지도 않고….

"……"

어쨌든 걱정과 달리 퀄리티가 좋으니, 발매 초 어그로만 잘 견디면

문제없겠다고 결론을 내렸다.

'이번 활동도 커리어하이 가자!'

그러나 사실, 이런 그녀의 걱정과 고민은 이미 당사자들도 치른 상태였다.

테스타의 본질은 무엇인가.

그들이 가진 독특함의 근원은 어디인가.

-결국 하나로 돌아가는 것 같은데요.

선아현의 분석을 받아, 박문대는 이렇게 결론을 내렸다.

-재밌는 거죠.

바로 재미.

그리고 그 재미의 매력이 발휘하는 흡입력, 몰입감.

-그래서 아현이가 이걸 다 분석해서 뽑은 첫 키워드가 몰입감이겠죠.

그들은 절대 모호한 상징물과 암시를 주된 가치로 삼은 적이 없었다.

그건 부가적 이야깃거리일 뿐이다.

주된 가치는 하나였다.

'보고 듣는 재미.'

무대와 음원이 가지는 가장 토속적이고 근원적인 가치 말이다. 부담 없이, 찜찜한 뒷맛 없이 즐길 수 있는 쾌적한 즐거움. 테스타의 중심은 지금껏 변한 적이 없다. 그리고 그건 이번 앨범에서도 마찬가지일 것이다.

—갑시다.

티저 공개로부터 다시 일주일 뒤.
뮤직비디오가 공개되었다.

'으으윽!'
홈마는 손을 떨면서도 바로 영상을 클릭했다.
뮤직비디오의 장면은 반쯤 뜯겨 나간 성문으로 시작했다. 티저에서 이어지는 컷이었으나 분명한 차이가 보였다.
'…빛이 없어.'
희미하게나마 새어 나오던 연회장의 불빛이 없다. 그리고 빗물도 없다. 모든 것이 멈춘 음산한 그 한밤중 야외의 풍경.

고오오오

오싹함도 잠시, 성문 안으로 빨려들 듯 이동하는 카메라 워크는 불 꺼진 복도를 지나 어두침침한 연회장까지 이어진다.
부서진 가면들. 붉은 페인트. 이미 폐허나 다름없게 변한 그 난장판 속에서 티저에 등장했던 붉은 로브를 쓴 괴인영이 중심에 잡힌다. 누가 봐도 이 참상의 원인 같도록.

'으음……. 저게 역병인가.'

설마 멤버 중 하나인가? 저 섬뜩한 느낌이?

그러나 카메라는 더 클로즈업되지 않았다. 대신, 휙 장면이 바뀐다. 다시 성문.

－후우.

짧게 숨을 들이켜는 소리.

카메라를 등지고 서 있는 뒷모습은 반쯤 무너진 성문을 향해 있다. 적막 대신 들리는 밤의 숲 소리와 벌레 소리.

남빛 도포를 뒤집어쓴 훤칠한 사람.

그 순간, 음악이 돌아온다.

우우웅ー!

북소리와 트롬본 소리가 빠르고 웅장하게 교차하고, 앞에 선 이는 천천히 하늘을 올려다본다.

콰광!

천둥 번개가 내리친다. 비가 내린다. 하지만 음악 탓인지, 티저에서 봤던 음울함 대신 어딘가 시원하고 벅차오르는 장면이었다.

'어어?'

그 인영이 돌아서며 가면을 벗는 순간, 클로즈업된 샷이 얼굴을 잡는다.

박문대다.

"…!"

그림자가 진 그 목과 어깨, 귀까지 군복의 테크웨어적 요소가 SF 장비처럼 부착되어 있다. 하지만 그걸 제대로 확인한 것은 단 한 순간.

바로 다음 장면, 박문대는 머리에 쓰고 있던 남색 후드를 획 넘긴다. 푸른 기가 도는 하얀 머리카락이 휘날린다.

치칙!

그리고 머리 뒤로 글리치가 튀나 싶더니, 푸른빛이 갈기처럼 어깨 위로 돋아나 일렁인다.

"…!?"

박문대가 씩 웃었다.

[하!]

짧은 기합 소리와 함께, 음산했던 야외는 순간 공상과학적 야광 빛이 난무하는 무대의 장이 된다!

−저기 애타게 부르는 소리

들어, 뛰어드는 내 발소리

가장 먼저 나타난

선두!

첫 소절부터 멜로디 랩에 이어 시원한 고음이 창대를 찌르는 것처럼 반주를 가른다. 최고음과 함께 박문대가 뛰어내리듯 바닥을 치는 순간, 카메라가 뒤로 빠지며 인영 뒤에서 도포가 휘날린다.

그리고 그 사이에서 등장하는 다른 여섯의 사람. 센터로 치고 나온 김래빈의 저음 랩이 고음의 첫 소절과 엇갈린다.

-Yeah, give me that baton.
Rule의 상징, 정의의 종
오늘 울린다 더 크게
팽 팽 팽 창 창 한
출두!

박문대가 마지막 소절을 더블링했다. 질주하는 랩과 찌르는 듯한 고음이 만드는 속도감, 게다가 후드를 젖히고 휘날리는 퍼포먼스와 함께 즉시 후렴이 터진다.

-That's ma savior!
긴장은 버리고 즐겨
승리의 밤!

"허억."
짜릿하고 듣기 좋은 비트.

순간 뒤바뀐 분위기에 입을 벌리고 비디오를 보고 있자면, 어느새 7명은 카메라에 손짓하며 성문 안으로 뛰어 들어간다. 그들이 가는 곳마다 촛불에 노랗고 파란 야광 빛이 휙휙 돌아났다. 날카롭도록 경쾌하고 기교 넘치는 현악기의 반주가 보조하듯 따라붙는다.

그리고 다시 빨려들 듯이 주목되는, 붉은 로브를 뒤집어쓴 맨발의 섬뜩한 인영.

찌이이잉!

멤버들은 각각 색색의 일곱 연회장에 자리 잡았다. 그러자 각자의 파트마다 전투처럼 치열한 퍼포먼스 컷이 엇갈린다. 마치 빌런과 싸우는 히어로처럼.

"와."

충돌 임팩트가 멋지게 터지는 부분만 짧게 짧게 잘린 덕에 어설픈 액션 영화처럼 보이지 않았다. 그저 퍼포먼스의 역동성이 더 실감 나게 살아났을 뿐이다.

'이게 무슨 컨셉이지?? 이게 누구지?'

흥분한 홈마가 주먹을 쥐었으나 딱히 답은 나오지 않았다. 그래도 괜찮았다! 확실한 건 그냥… 전통 무관복 디테일이 섞인 테크웨어를 입고 미친 듯이 날뛰는 테스타가 멋지고 재밌었다.

그래, 재밌었다!

−올라타 이 춤사위에

당기는 활시위, 던져진 주사위

행진을 멈추지 마

선율!

어두운 연회장에 벼락이 내리친다. 빗물이 쏟아지며, 화려한 춤 주변에 터지듯 비산한다.
타오르는 듯한 파란 불빛의 잔상이 만드는 퍼포먼스의 장관. 그리고 자세와 몸을 연결해 거대한 공성포 따위로 분하는 것 같은 브릿지의 강렬한 안무.

—That's ma savior!

뻗어나가는 손. 붉은 후드는 순식간에 머리를 잡힌다.
그 순간, 폭주하듯 내달리던 퍼포먼스와 음악이 딱 멈춘다.

[……]

잡힌 머리 주변 천이 축 늘어지더니 붉은 후드가 바닥에 떨어진다. 그 속에는 아무것도 없다. 질병과 공포 그 자체의 형상화이기 때문이다.
남은 것은 차유진의 손에 들린 가면뿐.

<u>고오오오</u>

화면에서 백색소음이 흘렀다.
색감과 카메라 워크는 마치 공포영화처럼 바뀌며 옥죄어 오듯 가면

을 클로즈업했다. 이 불길한 징조에 오싹해야 마땅하다는 듯이. 그에 가면을 잡고 있는 차유진은…….

그냥 이해가 안 되는 듯 고개를 기웃거렸다.

"…?"

긴장감이 싹 가신다.

게다가 뒤에 서 있던 배세진이 아무렇지 않은 듯 나와서 가면을 뺏어 들더니, 거침없이 박살 내서 창밖에 던졌다.

[……!]

그리고 '됐냐?'는 얼굴로 나머지 멤버들을 돌아본다.

[짝… 짝짝짝!]

눈치를 보는 듯 어설프게 열심히 손바닥을 치는 멤버들의 4차원스러운 모습은, 격렬한 퍼포먼스와 대조되어 묘한 웃음을 지어냈다.

"아, 뭐야!"

홈마도 피식 웃었다. 화면은 서로를 격려하며 터벅터벅 연회장을 나가는 멤버들로 마무리되고 있었다.

─Ring the bell, Ring my bell

I wanna be your savior

더 이상 음산하지 않은 빈 연회장. 마지막 소절이 자막에 크게 뜨며, 깔끔하게 모든 소리와 컷을 끝낸다.

더 보고 싶게 만드는 완벽한 마무리였다.

"하……."

그러나 홈마가 뭐라 감상을 생각하기도 전에, 다시 영상이 돌아온다.

"음??"

구름이 걷히고 달빛이 내리쬐는 성문 안 공터. 일곱 개의 둥근 석상이 원형으로 배치되어 있는 것이 하늘의 시야로 잡힌 것이다.

그리고 그녀도 아는 석상이었다.

"…! 이거….'

경복궁 앞에서 본 적 있던 거대하고 둥그런 몸. 해태였다.

"…?!"

한국에서는 전통적으로 나쁜 놈들을 혼내주는 수호자적 성격이 강조된, 신비의 동물. 그리고 홈마는 벼락같은 깨달음을 얻는다.

"그… 그게 그래서!"

이건… 역병을 때려잡는 해태 컨셉이었던 것이다!

심지어 쿠키 영상까지 있었다. 사원의 문을 열고 시원하게 산 아래 도시로 뛰쳐나가는 멤버, 해태들이었다. 도시에서는 역병으로 사라진 적도 없다는 듯 이미 회복된 야경이 반짝이고 있었다.

"와……."

홈마는 입을 벌렸다.

지금까지 테스타 앨범 활동의 정수만 모아둔 것 같은… 역시 컨셉 퍼포먼스 전문 맛집은 뭐가 다른… 아니, 아무튼!!

'그냥 봐도 재밌고! 알고 보면 더 재밌다!'

그리고 테크웨어를 입은 멤버들이 미친 듯이 잘생기고 노래를 잘했다!

특히 박문대가!

몇 분 후, 흥분한 그녀가 간신히 진정하고 SNS를 켰을 때는, 이미 글이 넘쳐흐르고 있었다.

그리고 멤버들 역시 이 모든 걸 발 빠르게 모니터링 중이었다.

"…대성공인데요?"

"그러게."

우리는 갓 공개된 뜨끈한 뮤직비디오의 댓글과 SNS를 확인한 뒤 잠시 침묵했다.

아니… 그, 예상보다 훨씬 반응이 좋았다. 사실 컴백 당일이면 멘탈 박살 나게 더러운 반응부터 저주까지 온갖 피드백이 쏟아지기 때문에 가급적 모니터링을 자제하자는 분위기였는데….

'그럴 필요가 없네.'

-갓스타 갓컨셉 갓뮤비 그저 갓

-테스타!! 테스타!! 테스타!! 테스타!1 테스타!! 테스타!! 테스타!!

-아ㅋㅋㅋ테스타는 한국에 진심이라고~~~~아 개간지 해태 히어로 봤냐고~~~

어느 정도냐면, 영문 댓글로 뒤덮여서 거의 보이지 않아야 할 한글 댓글들이 무슨 죽순처럼 뮤직비디오 댓글창에 간간이 솟아 있을 정도. 그것도 평상시 팬들의 응원 댓글이 아니라 무슨 스포츠 경기처럼 달려드는 네티즌 댓글이다.

"어… 우리 진짜 대단한 걸 만들었나 봐요."

"그러게."

오죽하면 류청우가 '그러게' 리액션 로봇이 됐다.

"이런 적 처음이지 않나…? 완전 다 좋다는 말뿐인데?!"

"그러게요."

저건 나다. 류청우가 입 열기 전에 먼저 말해봤다. 배세진은 거의 스마트폰에 코를 박고 있었다.

나도 내 스마트폰 화면을 쓸어 넘겼다. 설마 싶어서 확인해 봤는데, 가장 표현이 과격하고 말 더럽게 하는 곳에서도 놀랍도록 좋은 평이 대세다.

-ㅅㅂ개좋자너 괜히 이 새끼들 대상 탔다고 가오 잡다 좆될까봐 잠못잠 딥슬립 아깝

-셤별 아직 몸은 10대 갓기임 퍼포먼스 봐라 연골이 살아 있어야할수 있지
  └ㅋㅋㅋㅋㅋㅋㅋㅋㅋㅋㅋ

-영화로 끈 어그로 진짜 알차게 빨아먹을 줄 알아ㅋㅋ 이래서 니들 못 놓는 거야 이렇게 독기 메타 계속 가자

"……."

뭐… 사실 반쯤 안티나 다름없는 곳이고, 이렇게까지 적나라할 줄은 몰랐다만… 어쨌든 이쪽은 '뼈를 갈아 넣는' 하드한 퍼포먼스를 선호하는데, 대중성을 저격했던 지난 타이틀로 대상을 탔으니 계속 그쪽으로 갈까 봐 미리 쌍욕을 하고 있던 모양이다.

'뭐 하러 그런 데에 기력을 소모하는지는 모르겠다만.'

근데 뚜껑 열어보니 진짜 〈Drill〉급 뼈를 갈아 넣는 퍼포먼스에, 이 사람들이 제일 좋아하던 행차의 향수가 느껴져서 일단 박수부터 치나 보다.

즉, 팬덤 내에서 괜한 분란이 일어날 소지가 없다.

"흠."

"헐, 문대문대 안 하겠다고 그렇게~ 말하더니 또 이상한 데 모니터링…."

"어 지금 끈다."

본인도 데뷔 초에 이런 악성 개인 팬 소굴 찾아보고 멘탈 깨졌던 놈이 훈수는 잘 둔다. 어쨌든 〈아주사〉 때도 아니고, 안구 건강을 위해 그냥 페이지를 닫긴 했다.

그래도 좀 떨떠름하다.

'솔직히 호불호가 꽤 갈릴 줄 알았는데.'

아무리 CG 잘 쓰고 편집을 잘 뺐다지만 아이돌 뮤직비디오에다 SF, 근현대 무도회장, 해태, 역병까지 넣었으니 말이다. 일반 대중이 소화하다가 소화불량 걸리는 경우도 꽤 나올 것이라 생각하면서도 감행한 일이었다.

그러나 호불호 위에 퀄리티 있고, 퀄리티 위에 평판이 있다고 하던가.

[미국 역병 때려잡는 테스타 해태, 해태스타의 등장에 입을 다물지 못하는 글로벌 반응!]

[한국의 맛 하면 테스타지! 테스타 신곡 'Savior(지키미)'의 놀라운 정체!]

영화 카메오 출연부터 거품 물고 따라오던 위튜브 채널들 제목 뽑는 것 좀 봐라. 나는 다시 한번 깨달았다.

'국뽕이구나.'

역시 국뽕 메타가 뇌절만 안 하면 최고였다. 돈값 하는 게 죽여준다. 막판이라도 주장하길 잘했군.

─너무 미국 쪽 레퍼런스만 있으면 또 지나치게 미국 의식한다고 국내 여론이 상할 수도 있으니까요.

─〈Spring out〉 쪽은 해외 반응도 좋았으니까, 그쪽 스팀펑크 조선 세계관을 외전 수준으로 살짝 맛만 넣죠.

물론 이게 반복될수록 뇌절이 되지 않는 선을 잡기가 말도 안 되게 까다로워지는데, 이걸 해내는 게 정교한 레퍼런스와 구조다.

'선아현이 진짜 3인분은 했군.'

오죽하면 저놈이 지금 뮤직비디오 반응을 몇 번이나 되감아 모니터링 중이었다. 자기도 뿌듯하다 이거겠지. 지금은 뭘 말해도 안 들릴 것이다. 아주 뮤직비디오 안에 들어갈 기세니까.

사실 현재 흥분 상태가 아닌 멤버가 없다만.

"뮤직비디오 조회수가 말도 안 되는 수치로 치솟고 있습니다. 영화 카메오 출연은 더없이 현명한 선택이었습니다!"

"그러게. …음, 그리고 에드거 앨런 포를 떠올린 세진이와 아현이가 정말 큰일을 해줬어. 거기에 문대의 해태 컨셉도 멋지게 잘 어울렸고."

"오오오!"

제법 정신 차린 류청우의 공치사에, 배세진은 꽤 침착하게 입을 열었다.

"…나는 소재만 준 거고! 사실 선아현이 다 했지."

"……."

이 와중에도 선아현이 못 듣고 모니터링만 하고 있다면 말 다 한 것 아닌가. 안타까운 것은 배세진이 시뻘게진 채 한 번 더 시도했다는 점이다.

"그… 선아현이 다 했."

"형, 남의 리액션에 미련을 버리세요. 우리 자연스럽게 없던 일처럼 넘어갑시다."

"야!"

"저는요? 저 연기 대단했어요!"

"아~ 유진이 박력도 좋았지!"

"큼, 그래. 그건 확실히… 괜찮긴 했어. 너 표정을 잘 쓰더라."

"히히."

얼굴에 금칠하는 것도 이쯤 되면 술자리 수준이다. 어디서 누가 소맥을 말아 와서 건배사를 외쳐도 이상하지 않을 분위기. 이어서 편곡을 사흘 만에 또 새로 잡은 김래빈과 안무 시안을 조합한 메인 댄서들에게 공치사가 쏟아진다. 곧 나한테도 쏟아지겠군.

음. 나라도 좀 땅바닥에 이놈들 발을 붙여놔야 하나.

"그리고 문대문대~ 문대가 진짜 이 캠프 다 만들었잖아. 완전 이 앨범 일등 공신이지~"

"그래. 사실 캠프에서 리더 역할을 한 건 내가 아니라 문대였지. 고생 참 많았어."

"형 정말 멋졌어요! 저 인정해요!"

"마, 맞아…!"

선아현 이놈은 언제 정신 차리고 여기 꼈나.

어쨌든, 나는 피식 웃었다.

"고맙습니다. 하지만 여론이란 게 빨리 변하다 보니 또 이상한 소리 나올 수도 있긴 하죠. 그래도 시간 지나면 또 소강될 테니 걱정 마시고."

그러자 히죽 웃는다. 이것들이?

"문대 부끄럽구나?"

"아니."

"알았어, 알았어. 그렇다 쳐줄게~"

이걸 한 대 쥐어박아야 하나.

그러나 재빠르게 화제를 전환한다. 눈치 빠른 새끼.

"여론이란 게 확실히 그렇지만~ 너무 열심히 준비해서 그런가? 무대 얼른 하고 싶네."

"모레 사전 녹화가 진행된다고 들었습니다. 굉장히 기대됩니다!"

무대 준비를 하면서 얼마나 굴렀는지 이놈들 아주 자신감이 넘친다. 하기야, 강행군이긴 했군.

—거기 대형 안 맞아요~ 다시! 숨 너무 헐떡이지 마시고요!

―5분만 쉬면….

―그럼 10분 늦게 끝나요~

"……"

마지막 체력 한 방울까지 다 쥐어 짜낸 그 상태… 음, 하마터면 떠올리다 동기화될 뻔했군. 나는 얼른 빠져나와 이후 스케줄 생각으로 돌아왔다.

'국내 음방 한 번 챙기고 미국 가야지.'

미국에 올인하는 것처럼 보이는 것도 악수다. 앞으로 어떻게 될 줄 알고 그런 짓을 하나. 그래서 국내부터 돈 다음에 미국 토크쇼 위주로 몇 군데 출연하는 게 원래 계획이었으나…… 그날 저녁, 약간 변동이 생겼다.

"여기서 우릴 부른다고요?"

"회사가 그렇다고 하네."

갑작스럽게 미국의 한 황금시간대 주요채널 예능에서 컨택이 들어온 것이다.

"승낙하면….""

"생방송 퍼포먼스라고 하고… 바로 다음 주 화요일이야."

"……"

그리고 모두가 상황을 파악했다.

"땜빵이네요."

"으, 으응."

정식 출연이면 이렇게 급하게 부를 리가 없지. 뭐 누가 사고 쳐서 구멍 난 모양이다. 큰세진은 어깨를 으쓱했다.

"음~ 그래도 출연은 출연이니까."

그래. 비록 토크도 없이 퍼포먼스만 하는 출연 자리지만 말이다. 우리가 잡은 토크쇼 대부분보다 시청률 잘 나오는 메이저 방송인 건 틀림없다.

"그렇게 사람 많은 나라에 출연할 아티스트도 얼마나 많겠어. 우리에게 바로 연락했다는 건 우리가 바로 다음 순위라는 거야."

"……."

영화 카메오로 반짝 얻은 관심이라도 확실히 의미 있는 일이긴 했다.

"그럼 할까요?"

"내 생각에는 거절할 필요까진 없을 것 같아. 상황만 된다면."

류청우의 말은 조용히 전원의 동의를 얻었다.

그리고 다행히 상황이 되기도 했다. 승낙하고 싶다는 의사를 전하자마자, 회사에서 발 빠르게 스케줄을 조정했기 때문이다.

"픽스됐어."

"오오~"

사실 예정된 결과였다.

'첫 국내 컴백무대가 Tnet이어서 다행이었지.'

테스타 이번 앨범 첫 공개 라이브 무대였는데 밀리게 생긴 것이니 열받을 만한 상황이었는데 양보한 것이다. 같은 T1 계열사라서겠지. 애초에 같은 이유로 Tnet이 단독 컴백쇼를 얻어간 거기도 하니까 그쪽에서도 물러났군.

소속이 깡패였다. 아니었으면 오퍼고 나발이고 날아갈 뻔했다.

"흠."

어쨌든 우리에겐 그리 나쁜 그림은 아니었다. 이 무대 하나만 하고 바로 다시 국내로 돌아올 테니 서운하단 팬도 많지 않을 테고.

'안 그래도 뮤직비디오 공개부터 첫 무대 공개까지 텀이 너무 길긴 했어.'

빌보드를 노리기 위해 금요일에 앨범을 발표하다 보니… 첫 국내 음방이 다음 주 목요일이어서 말이다. 거의 일주일쯤 붕 뜨는 건데, 기세를 이어가긴 좀 텀이 길었다. 그리고 그걸 이 업계에 관심 좀 있는 사람이면 다 알 것이다.

'분명 이걸 노리고 작업하려고 든다.'

아니나 다를까, 이틀쯤 지나니 '기대치 충족한 테스타'에 대한 흥분이 가라앉고 슬금슬금 초 치는 소리가 올라오기 시작한다.

[테스타 신곡에 대한 개인적 의견]

곡은 멋지긴 한데 솔직히 투머치한 것 같음 음원 듣고 있으면 이걸 대체 어떻게 라이브로 할지 의문…

뮤직비디오 퍼포먼스도 마찬가지야 근데 이걸 둘 다 동시에 한다고? 음….

사전녹음하지 않을까 하는데 좀 푸쉬식 식네 라이브가 테스타의 가장 큰 장점인데 자기들 발로 걷어찬 느낌이야

미국 노리겠다는 큰 그림은 알겠지만 초심은 잃지 않았으면 좋겠다 괜히 씁쓸함

+안티도 팬도 아니고 그냥 리스너임 증거 첨부 (음원 사이트 내역 캡처)

-헐 나만 이렇게 생각한 거 아니었구나 솔직히 약간 비판?하면 안 되는 것처럼ㅠㅠ 분위기 조성해서 그랬음 라이브 걱정이 욕도 아니고..

-테스타 워낙 라이브가 강점인 그룹이라 망하면 더 조롱거리 될 텐데 좀 그렇긴함

-뭐 지들이 어련히 자기 파트 오면 안무 좀 약하게 하고 하겠지 진짜 별걸로 다 ㅈㄹ..

베스트 댓글 세 가지가 이렇다.

"흠."

역시 잡음이 나오긴 하는데, 그게 기껏해야 라이브 걱정인가. 아주 좋다. 어지간히 트집 잡을 게 없나 보군. '정신 사납다, 내 취향 아니다'라는 감상평보다 강한 스트레스를 유발하고 싶었나 본데… 거참 뿌듯한 일이다.

그 와중에 영어권에서는 어디서 케이팝 좀 주워들은 새끼들이 설치기까지.

-그들이 정말 이 춤을 추면서 저 하이노트를 소화한다고? *정신 나감*

└진실을 말하자면, 그들 대부분은 미리 녹음해둔 노랫소리에 맞춰 춤을 춰 :(큰 기대는 하지마

└꺼져 케이팝 혐오자야! 그들은 거의 모든 무대에서 라이브를 했어. 조금만 기다리면 멋진 무대를 볼 수 있을 거야!

난리도 아니군. 〈코스믹 거너〉로 유입된 사람과 기존 팬들, 그리고 〈코스믹 거너〉는 좋아하지만 KPOP은 안 좋아하는 놈들이 섞여서 온갖 의견이 다 나온다. 중론은 '뮤직비디오는 개쩌는데 얘네 진짜 이렇게 하냐?'다.

그것도 좋았다.

'버즈량 달달하네.'

이런 유의 잡음은 무대 한 번이면 좋은 화제성 떡밥이 되어 정리되기 마련 아닌가. 물론 다 뚜껑 열어봤더니 잘할 때의 이야기긴 하다만…… 아까 무대 이야기 나오자마자 멤버들 반응 보면 잘할지, 못할지는 이미 결론 나왔다고 생각하는데 말이다.

나는 히죽 웃으며 목을 꺾었다. 어디 객관적 지표 한번 볼까.

'상태창.'

나는 간만에 홀로그램을 불러냈다.

얼마나 간만이냐면, 내 스탯을 제대로 확인하는 건 거의 반년만이다. 따로 레벨업 같은 걸 할 수 있는 게 아니다 보니 잘 안 보게 된단 말이지. 그래도 스탯 찍어놓은 게 사라질 만큼 녹록하게 살지는 않아서 말이다.

'여전하겠지.'

나는 잘 분배해서 이득을 봤던 순간들을 떠올리며, 새삼스럽게 내용을 확인했다.

'한번 볼…!'

그리고 놀랐다.

[이름 : 박문대 (류건우)]

Level : (―)

칭호 : 성공한 자 (아이돌)

가창 : S

춤 : B+

외모 : A

끼 : S―

특성 : 잠재력 무한, 탐닉의 시간(S), 미션 체질(S), 잡아채는 귀(A)

남은 포인트 : 1

'S가 왜 두 개야.'

아니, 무슨 놈의 스탯이 찍지도 않았는데 그새 이렇게 불었냐.

'끼는 왜 S 등급이 됐냐.'

내가 뭘 했다고 이게 S로 올랐는지 모르겠다. 무대 경험 빨이냐?

게다가 외모도 한 칸 올랐다. 이제 A등급 턱걸이인 A―가 아니라 진짜 A다. 이거 무슨… 뭐, 운동과 염색의 위력인가.

'자연 증가가 놀랍군.'

나는 허연 머리를 넘기며 팔짱을 꼈다. 내 생각보다도 내가 열심히 산 모양이다.

"흠."

어쩐지 좀 유쾌해지는데. 이 스탯 가지고 무대를 못 하기도 힘들겠다만…… 음, 약간 충격을 줘볼까. 나는 마지막 포인트를 미련 없이 분배했다.

"어디 해보자고."

나는 피식 웃으며 팔짱을 꼈다. 며칠 후에 인터넷을 다시 보면….

[와… 형 정말 프로 아이돌 스탯이세요…….]

"…!"

굴러떨어질 뻔했다. 나는 반사적으로 상태창 옆, 조그맣게 뜬 투박한 팝업을 떨리는 손으로 밀어내려 했다.

그러나 그보다 먼저 팝업이 또 코앞에 뜬다.

[허헐 이거 진짜 전달돼요? 대박! 아니 죄송해요 형 놀라셨죠?? 저도 될 줄 몰라서요!]

잠깐. 이거 말투가….

"…박문대?"

[네! 저 큰달이에요!]

이게 뭐야.

[형 식사는 하셨어요? 전 고등어 백반 먹었는데!]

나는 잠시 멍청한 얼굴로 허공을 쳐다보았다.

저건 류건우 몸을 쓰는 중인 박문대, 그러니까 큰달이 지금 띄우고 있는 팝업….

[형? 괜찮으세요?]

"……후."

납득했다. 나는 어깨에 힘을 풀며 한숨을 쉬었다. 갑자기 웬 사람 말이 떠서 귀신인 줄 알았… 아니.

"너 언제부터 이게 됐냐."

분명 이런 재주는 없던 놈인데 말이다.

[어, 잘 모르겠어요. 그냥 왠지 될 것 같아서 해봤는데… 되네요?]

"…그래."

저렇게 마음대로 쓸 수 있는 걸 보니…… 아무래도 상태창과 동기화가 막바지에 이른 모양이다. 썩 긍정적인 징조는 아니다만, 본인은 재밌어하니 쓸데없는 소리 말고 입 다물고 있기로 할까.

[와… 이렇게 시야 공유되는 기분 오랜만이에요. 약간 그… 형이랑 같이 몸 쓸 때 느낌인데요?? 우와!]

아니, 좀 너무 재밌어하는 것 같기도 하고.

나는 항상 정적인 설명 문구나 올라오던 상태창을 뒤덮는 채팅에 잠시 입을 다물었다. 위화감에 체할 지경이다.

[저 이모티콘도 쓸 수 있을까요? 이렇게 >_< 헐 된다!]

"그래 정말 놀랍다."

참 상상도 못 한 재주를 부리고 있다.

나는 한숨을 참으며 몸을 일으켰다. 류청우가 회사랑 통화하느라 나가 있어서 망정이지. 하마터면 웃긴 꼴 될 뻔했네.

[혹시 제가 경거망동한 거면 죄송해요…. 헉 이제 컴백 시즌이신데 혹시 어디 삐끗하시거나 한 건.]

"아니야."

나는 줄줄 늘어나는 팝업창의 문구를 막았다. 이게 누굴 약골로 보나.

"멀쩡하니까 그런 건 신경 쓰지 말고. 간만에 스탯 확인해서 집중하느라 좀 놀란 거니까."

[네…….]

좀 진정한 것 같다. 나는 문자뿐인데도 어째 능수능란하게 뉘앙스까지 전달되는 것 같은 팝업창에 눈썹을 꿈틀거렸다. 그래도 어디 써먹을 수 있을지 모르니 점검은 해둬 볼까.

"지금 말하는 걸 보니까 내 상황이 보이는 모양인데, 어디까지 보이냐."

[그냥 형이 보는 정도로… 넵. 똑같은 것 같습니다!]

"시야 말고 다른 건?"

[소리도 약간 흐리지만 들려요. 그 외에 다른 건 딱히 느껴지지 않구요!]

이제야 빠릿빠릿한 답이 나오는군.
"항상?"

[아뇨! 이렇게 상태창에 접속하셨을 때만 그런 것 같아요. 뭔가… 상태창을 켜시면 저한테 전자 신호 같은 게 오는 느낌이에요!]

그렇군. 그러니까 내가 상태창을 켜면 이놈에게 호출이 가서 동기화되는 형태인가.
'급할 때 여차하면 써먹을 수도 있겠는데.'
가능성은 지극히 낮지만 가령 몇 달 내로 또 무인도에 조난이라도 당하거나 하면 말이다. 나는 고개를 끄덕였다.
"그래. 일단 연락 방법이 하나 더 생긴 건 좋지."
네가 시한부만 아니면 말이다.

[그렇죠??]

팝업창이 작게 진동했다. 이거… 설마 신나서 이런 건가.

그리고 심지어 살짝 작아지더니, 곧 머뭇거리는 듯 느릿느릿 글자가 새롭게 작성된다.

[저… 가끔 상태창 보실 때 연락드려도 될까요?]

나는 피식 웃었다.

"당연하지."

[감사합니다!]

창이 다시 커졌다. 어지간히 반영이 잘되는 모양이다.

그리고 본격적으로 감상을 쏟아내기 시작한다.

[아, 형 정말 스탯 찍으시는 거 보고 너무 가슴이 뛰더라고요! 첫 라이브 진짜 실물 보고 싶은데 못 가서 아쉬워요!]

"네 생각에도 쓸 만해 보이냐."

[네! 저 기대돼서 심장이 입 밖으로 나올 것 같아요!]

테스타 보는 걸 입시생활의 낙으로 삼더니 어째 저놈 입에도 팬들이 쓰는 단어가 붙었네.

나는 대답을 위해 입을 열었으나, 후다닥 올라온 글이 먼저였다.

[정말 화이팅! 아, 저 이제 일하러 가볼게요! 점심시간이끝났ㅓ으아악]

"……."

그렇게 팝업창은 순식간에 글리치와 함께 사라졌다.

'진짜 개인 톡처럼 쓰고 있네.'

…적응할 때까진 시간이 좀 걸릴 것 같군. 나는 어깨를 주무르며 남은 상태창까지 껐다.

각설하고, 현실로 돌아오자. 지금 중요한 건 첫 무대.

'준비는 끝났다.'

연습량, 실전 경험, 비장의 한 수까지 전부 채워놨다. …어쩐지 퍼포먼스가 아니라 천하제일무투대회라도 나가는 것 같은 문구긴 하다만. 나는 떨떠름해하다가 피식 웃었다.

사실 별로 다를 건 없긴 했다. 칼만 안 들었다 뿐이지, 쪽팔리지 않을 성과를 내야 하는 건 똑같으니.

'진검승부로 가자.'

땜빵이라 변변한 특수 효과나 장치도 추가 못 했다. 주어지는 건 원래 무대에 설치된 폭죽 하나뿐. 그래서 더 좋다. 이 무대에 감명을 받는다면 공연한 당사자, 테스타 외의 이유를 댈 순 없을 테니까.

"문대야. 연습실, 가야 해…!"

"그래."

나는 방을 나왔다. 무대 첫 공개가 코앞이었다.

테스타의 첫 공연이 미국 유명 서바이벌 오디션 예능, 〈You got a chance〉에서 선공개된다는 소식이 강타한 인터넷.

-헐 이거 잔인하고 존잼인데 테스타 나와? 대박ㅋㅋㅋ 매화 두 팀씩 외부 퍼포머 있기는 한데 한국 아이돌 나올 줄은 몰랐다ㅋㅋ
　-이거 브이틱도 나온 적 없네 올
　-벌써 기대된다 한국 시간으로 몇 시에 보면 되는 거임?

트렌디하거나 핫한 퍼포머만 부르기로 유명하다, 굉장히 좋은 일이라며 사람들은 떠들어댔다. 그래도 여전히 라이브 걱정 글이 작정한 듯이 불쑥불쑥 튀어나오긴 했다.

-타이틀 겁나 잘했다고 사녹 후기 올라오던데
　└팬들은 원래 그런 거야 당연히 이 악물고 좋다고 하지ㅋㅋㅋㅋ 어차피 후보정 들어갈 거 아니까
　└저 미국 오디션 프로그램 거의 안 깔고 할 텐데 걱정되네; 테스타 라이브 잘하는 건 알지만 이걸?

이세진과 박문대의 트윈 홈마, 직장인은 그 반응들을 쭉 내렸다.
'이제 조금 있으면 테스타는 무조건 잘할 텐데 무슨 소리냐면서 과도

하게 추켜세워 주겠지.'

조금만 망해도 호들갑을 떨기 위해 말이다.

"쯧."

그녀는 혀를 찼다. 하지만 그러면서도 입꼬리가 움직이는 것을 굳이
막지 않았다. 왜냐하면, 이 사람이 바로 그 사전 녹화를 보고 온 장본
인이기 때문이다.

정말 자신답지 않은 짓이었다. 행사나 콘서트면 모를까, 팬 대우 쓰
레기 같기로 유명한 음악방송 사전 녹화에 직접 갔다 온다니.

'내가 그 새벽에 타 방송국의 홀대를 받아가면서 사람 틈바구니에서
기다린 값어치를 했냐고?'

충분히 했다. 아니, 공짜로 본 것이 수지타산에 안 맞는다는 생각이
들 정도였다.

'생방송이라 더 좋아.'

보정을 못 해서 더 좋았다. 자신이 아는 놈들이라면 이 판국에 절대
목이든 발목이든 관리를 소홀히 하지 않았을 테니까.

직장인은 고개를 끄덕이며, 침착하게 하던 보정을 마무리했다. 하지
만 그 손에서는 어딘가 기대감으로 인한 리듬감이 느껴졌다.

그리고 시간이 지나, 테스타의 미국 방송 퍼포머 출연 당일.

[다음은 축하공연인데요. 글로벌 KPOP 가수이자 〈코스믹 거너〉의
'그' 미친 밴드, 테스타입니다!]

프로그램의 중반부, 별 기대나 거창한 예고도 없이 짤막한 소개가 흐르듯 지나갔다. 애초에 준비할 시간도 부족했을뿐더러 실험 삼아 섭외한 축하공연 전반부 무대일 뿐이니까.

그리고 언제나처럼 중간 광고가 들어가고 다시 화면이 돌아왔다.

[······.]

방금까지는 오디션 참가자들이 올라가 있던 거대한 무대 위에 한 무리의 사람들이 올라서 있다.

붉은 의상의 댄서들. 그리고 그 사이, 검은 점퍼를 입고 마스크를 쓴 일곱 명.

-테스타!
-헐헐 나왔다

'의상은 괜찮네.'

너무 컨셉추얼하지 않고 자리에 맞게 현대적인 멋과 핏을 챙겼다. 직장인이 고개를 끄덕이는 사이, 검은 테스타는 마치 붉은 댄서를 가르고 밀어내는 듯한 군무 끝에 앞으로 나왔다.

가면을 쓴 댄서들이 고개를 따라 돌리며 노려보는 가운데, 강렬한 트럼본 소리와 함께 시작되는 비트.

노래.

박문대가 아무렇지 않게 검은 마스크를 벗어 던지며 보컬을 한번 긁어 올린다.

[저기 애타게 부르는 소리
들어, 뛰어드는 내 발소리]

이어서 안무에 슬로우를 건다. 그리고 질주.

[가장 먼저 나타난
선두!]

도입부 첫 소절의 초고음.
피치 하나 흐트러지지 않은 날카롭고 맑은 소리가 단단히 공기를
가른다.
쿵! 손이 바닥을 내리찍었다가 뛰어오르는 발소리까지 들리는 현장감.
하다못해 음계를 잡기 위해 넣어둔 AR도 없는, 깨끗한 하나의 소리다.

-?????
-와 씨 박문대
-라이브 맞죠?

'맞아!'
사녹에서 들었던 그 미친 안정감이 다시 직장인의 귀를 울렸다.
'저게 인간인가 싶은데.'

거의 서커스나 다름없는 그 묘기가 강렬한 인상을 남기고 지나가면, 이어서 김래빈의 낮고 정제된 랩 파트가 의미심장한 슬로우 안무와 함께 지나간다. 검은 앞머리에 덮인 눈이 빛난다.

[출두!]

그러면 다시 힘이 넘치는, 터지는 듯한 동작으로 안무가 이어지는 것이다.

[사월에 몰아치는 소나기
때아닌 방문자 (Hi)
굳은 맘을 두드려, 성큼
그 안으로]

발을 사용하는 안무에도 단단한 류청우의 중고음을 끝으로, 또 곡은 드랍된다.

[Now the rain fell]

피들의 익살맞은 소리에 맞춰 댄서와 함께 들어가는 코러스 전 드랍. 댄서에게 파묻힐 듯 격렬한 군무에서도 구성과 제스처로 기어코 튄다. 그리고 내레이션과 코러스까지 불러 버리는 집념.

[Whoa uh]

-저걸 다 부르네
-미쳤나봐;

테스타는 1절이 끝날 때까지 단 한 번도 에너지가 빠지지 않았다. 대충 흘러가거나 쉬는 순간도 없다. 사지 한쪽도 쉴 틈 없이 모든 강약 조절이 절묘하게 이루어지는, 흐르듯 폭발하는 퍼포먼스.
　히어로 무비라는 컨셉에 어울리는 기세.

[That's ma Savior!]

2절 도입 전, 뒤를 돌아 양팔을 움직이는 슬로우 안무.
　검은 점퍼는 마치 대학의 맞춤 점퍼처럼 등 뒤에 푸른 해태가 호랑이처럼 입을 벌리고 있다.

-이게 국뽕이라는 걸까?
-개신나
-테스타 숨 언제 쉬냐

웃음기마저 빠진 감탄 댓글이 미친 듯이 갱신된다.
　하나의 유기체 같은 구성에 환호가 들어갈 빈틈마저도 없이 꽉 찬 밀도, 그러나 눈을 사로잡는 와우 포인트와 몰입감 때문에 그 꽉 찬 느낌에서 올 만한 괜한 부담감은 전해지지 않는 것이다.

덕분에 직장인은 눈치챌 때마다 선뜩할 지경이었다.

'사녹에서도 이러더니.'

원래도 잘했지만, 슬슬 늘어질 때도 되지 않았나 싶으면 귀신같이 더 강한 걸 가져온단 말이다. 심지어 마지막 후렴에서의 거대한 포격 안무는 직장인마저도 심장이 짜릿했다.

[Yeah, that's ma Savior.]

달칵. 센터의 이세진이 빙긋 웃었다.

쿵!

날리는 듯 연결되는 안무에 빛이 비산하며, 반주가 다시 터진다.

"...!"

포격 같은 비트와 동작에 맞추어 무대 장치의 폭죽이 튀어나오게 만든 것이다. 절묘한 무대로의 연결, 이어서 터지는 가볍고 잔박이 많은 화려한 안무.

축제 같은 마무리였다.

[Ring the bell, Ring my bell
I wanna be your Savior]

쓰러진 댄서 사이로 테스타가 연달아 팔을 들어 올렸다 접으며 대형을 취한다. 그렇게 테스타의 첫 무대는 끝났다.

그리고 댓글과 현장이 폭발했다.

-으아아아아아아ㅏㅏ
-찢었다
-ㅋㅋㅋㅋㅋㅋㅋ이게 라이브가 된다고? 아주사 대체 뭘 배출한 거임?
-다시는 테스타를 무시하지 말아라

직장인은 댓글을 볼 새도 없이 숨부터 내쉬었다.
'독하다, 독해.'

독한 만큼 근사하고 매력적이었다. 변변한 특수 장치 없이 완전히 날것에서 시작해서, 날것의 박력으로 무대를 끝내 버렸지 않은가. 입이 벌어질 지경이었다.

'얘네 연골… 아니, 성대나 폐는 괜찮나?'

순간 의문이 떠올랐으나, 그렇다고 몸 관리하겠답시고 국내 방송 무대나 행사에선 사리면 그건 또 그것대로 보기 싫긴 했다.

'돈 많이 버니 알아서 관리하겠지.'

이 무대는 정말로 돈을 쓰고 볼 가치가 있었다. 게다가 이걸로 끝도 아니었다.

'사전 녹화에서는 저기에 추가로 인트로 야광 퍼포먼스까지 했어.'

그게 나오면 또 여론이 어떻게 갈지 벌써부터 기대된다. Tnet에서 방영될 이틀 뒤 컴백쇼를 떠올리며 그녀는 손을 꺾었다. 반응 보니 이제 더 실물 보기 어려워지겠다는 생각은 들지만… 뭐, 어쩌겠는가. 잘된 것을!

그녀는 자기도 모르게 웃었다.

'그래도 철도 철이니 대학 행사는 한두 번 뛰어줘라, 업로드감 좀 더 뽑자.'

그리고 놀랍게도, 그녀의 바람대로 테스타가 대학 행사를 하나 잡아 놓기는 했다. 물론 커리어상 중요한 것은 행사가 아니라 이후 정식 방송 스케줄이었지만 말이다.

같은 시간.

"후우욱."

"무, 물 좀."

무대에서 내려온 테스타 대다수는 거의 탈진 상태로 주저앉아 있었다. 환호 소리가 들리긴 했으나 그보다 눈앞이 핑핑 돌았다.

'했던 것 중에 제일 체력 소모가 큰 것 같은데.'

'폐가… 폐가 튀어나올 것 같습니다!'

어쩔 수 없었다. 물론 지금까지 테스타의 타이틀과 서브곡 중에도 어려운 퍼포먼스는 충분하다 못해 넘칠 만큼 많긴 했다. 다만 이렇게까지 혼신의 힘을 다 짜내야 겨우 에너지를 맞출 수 있는 무모한 수준의 한 곡 퍼포먼스는 없었다.

'그래서 의미가 있지.'

강렬하니까.

마찬가지로 바닥에 앉아서 갈비 부근을 누르고 숨을 몰아쉬고 있던 박문대는 눈을 빛냈다. 아까 무대 위에서 느낀, 그 딱 먹혔다는 육감이 틀린 게 아니라면 출연은 성공이었다.

'물론 제대로 모니터링을 해봐야 하겠지만….'

그래도, 이제 다년간의 경험으로 그의 무대적 감각도 꽤 잘 맞는 수준이 되어서 말이다. 그는 본래 예정해 놓은 프로그램 순서를 머릿속으로 점검한 뒤, 피식 웃었다.

"차유진."

"네!"

"다음 무대도 준비됐지."

아드레날린 효과로 홀로 스트레칭을 하던 차유진이 씩 웃으며 어깨를 으쓱했다.

"언제나 그렇죠."

박문대는 고개를 끄덕였다.

'좋아.'

다음은 시장 진출 2단계.

일명 '거리감 좁히기' 작전이다.

CHAPTER 26

테스타의 신곡은 첫 무대부터 상당한 반향을 불러일으켰다.

일단 방영된 본토에서부터 볼까. 나는 우리가 출연한 미국 예능, 〈You got a chance〉를 검색창에 넣었다. 그리고 뒤로 '대체 점퍼 입은 놈들 누구임' 따위의 영어 문장이 자동 완성되는 것을 확인하고 고개를 끄덕였다.

'정석적이군.'

미국 대중의 픽인 그 메이저 예능에서 했던 단 하나의 무대, 거기서 제대로 눈도장 찍었다는 뜻이다. 첫 번째 메이저 노출이 이래서 중요하다. 괜히 이 악물고 그 묘기를 다 집어넣은 게 아니란 말이지.

"왜 밴드가 아니냐는 댓글이 추천을 많이 받는데? 우리 연주하는 연기 너무 잘했나 봐, 다 놀라시네~"

"그래도 영화에서 사용했던 효과음과 악기를 활용하여 브릿지에 장르적 유사점을 넣어준 것은 제대로 연결된 듯합니다."

"오~ 그러네. 음악으로 위화감 느끼는 분은 별로 없다."

"여기 사람이 청우 형 누구냐고 물어봐요. 저 정답 적어도 돼요?"

"참자, 유진아."

영화의 이미지와 연결되며 여러 잡음과 호불호 발언이 나오는 것도 기껍다. 소중한 버즈량이다. 자연스럽게 뮤직비디오 유입량이 늘고, 글로벌 음원 사이트에서의 이용자 증가 폭이 도드라진다.

'국내에선 더는 기대하기 힘든 수준의 노출 효과야.'

무대로 인지도 생길 때 반응 수순을 그대로 밟아나가는 중이다. 아무래도 이건 국내나 외국이나 비슷한가 보다.

-무슨 트레이닝을 받았기에 저게 가능한 거지? 케이팝은 트레이닝을 받는 게 맞지?

└그들은 오디션 프로그램 출신이야 케이팝의 공장형 시스템의 수혜자-희생자가 아니라는 뜻이지!

…그 와중에 교묘하게 진실과 개소리를 섞어서 사이비식 영업 글을 올리는 녀석들도 있지만 이것도 이용할 생각이니 넘어가고. 어쨌든 호평이 과반수라 국내에서도 제대로 뽕을 맞은 것 같다.

-개잘해

-이게 후보정 없는 라이브라는 게 말이 되냐 팬들 밥 안 먹어도 배 부르겠네 존나 멋있음

-대포 다음 덤블링하는 안무 대체 무슨 수로 하는 거야;;; 나였으면 벌써 목 부러졌다

원래는 노출되어도 '팬들이 영업하네' 따위의 생각을 하며 클릭도 안 하고 넘겼을 사람도 기어코 보게 만드는 맛이 쏠쏠하다. 물론 클릭한 기대치를 충족할 만큼 무대가 잘 뽑히기도 했고.

이러니 무대 끝나고 폐 떨어질 것 같다며 머리 박던 멤버들도 태세를 전환했다.

"우리가 좀 잘하긴 했지. 와, 손가락까지 딱딱 맞더라고요?"

"으응, 다, 다들, 에너지도 좋고… 곡에 어울리는, 멋진 퍼포먼스였어."

"맞아요! 저 너무 멋있었어요."

이제 과거 시제를 올바르게 쓰게 된 차유진의 선언까지, 깔끔한 진실 확인과 수용의 과정이 끝났다.

'앞으로도 계속 수정 없이 가겠군.'

나는 흡족히 고개를 끄덕였다.

그리고 이어지는 Tnet의 컴백쇼와 국내 음악방송 무대들은 국내 여론을 한 번 더 잡았다.

'서브곡도 평 좋고.'

'검은 고양이'를 이용한 근대 느와르 스릴러 컨셉을 열심히 발전시켜 뒀는데 폐기하기도 아깝지 않은가. 서브곡에 써먹었다. 액션이 넘치고 호전적인 느낌의 타이틀곡과 달리 우아한 맛이 있다며, 이번 컨셉에 아쉬워하던 사람들도 취향 따라 잘 골라잡게 만들었다.

물론 아쉬워하지 않아 하던 사람들도 좋아했다만.

-난 둘 다 조아 사랑해 젠틀맨부터 요원까지 한 활동에 코드 다 하는 테스타의 갓성비

-고맙다 얘들아 진수성찬이네 (우걱우걱

이러니 모니터링할 때마다 멤버 놈들 얼굴에 아주 광이 돈다.

"이번 무대도 반응 다 좋아."

"이야, 피로가 싹 가시네요."

현실적으로 뽑아낼 수 있는 반응 중에서 가장 좋은 결과. 화제성 좋은 서바이벌 프로그램 출신답게 다사다난한 몇 년을 보낸 테스타로서는 드물게도 끓는 물도 얼음물도 아닌 따스한 환경이다.

사회면에 튀어나온 기사에도 베스트 댓글을 내려도 그저 좋은 말만 달린다.

-국위선양이란 이런 것이다 한국만의 고유한 해태 스타일~ 정의의 사도 해태를 전파하는 멋진 테스타~

안 그래도 관종의 업계에서 이건 거의 마약이나 다름없었다. 아이돌 희망 편 같은 이 모습을 꿈꾸며 다들 아이돌로 진로를 잡는 것 아니겠는가.

게다가 이쯤에 맞춰서 드디어 우리의 독립 레이블까지 활동 기사를 내기 시작했다.

[테스타 레이블, 'ORBIT'의 시작... "아티스트 계발 역량 발휘할 것"]

류청우가 기사를 보고 싱긋 웃었다.

"궤도라는 뜻이었지?"

"네."

내가 지었다. 본의는 아니었다.

'이 새끼들이 쓸데없이 거창한 이름 붙이려고 하잖아.'

처음에 회사가 내놓은 게 슈퍼노바였단 말이다. 왜 기획사 이름으로 어그로를 끌려고 하는지 도저히 모르겠다. 안 그래도 소속사 내부 레이블이니 굳이 더 띌 필요가 없을 것 같아서 내 선에서 정리한 것이다.

"행성 궤도 같은 느낌이라 딱 좋은 것 같아. 다시 들어도 잘 지었네."

"…감사합니다."

어쨌든 팬들은 좋아했다. 물론 주식하는 사람들도 그랬고.

-할리우드 영화부터 이 친구들 행보 아주 괜찮군요 기대치 안 줄입니다

-테스타 아주 훌륭해요 14층에서 탑승하길 잘했네요 연말까지 가지고 있을 예정^^

주말 내내 연일 해외의 반응을 번역한 좋은 소식들이 들리고 팬들은 넘치는 컨텐츠에 즐거워한다. 그리고 대중은 다음 주 목요일에야 윤곽이 드러날 빌보드 차트를 기대하며 김칫국을 원샷 했다.

-아니 무슨 미국 예능 하나 나왔다고 벌써부터..

-근데 이번에도 커리어하이일 것 같긴한데 아무튼 방심하지 말고 노동해라 노동!

-뭐야 테스타 번역 계정 왜 이렇게 많이 생김

그 상황을 부담스러워하면서도 본인들 역시 기대하게 되자 팬들은 행복, 기대, 걱정, 혼란으로 미친 듯이 글을 쏟아냈다. 그중에는 당연히 우리의 행보에 대한 것도 있었다.

-음방 돌고나면 미국가겠지

-○○간다고 기사 뜸 미국에서 러브콜 꽤 온 듯

-ㅋ온갖 어그로 끌면서 라임스톤에 빌붙으려고 하더니 진짜 이 악물고 미국가려고 애쓰네

└응 뭐라고? 느그돌은 끼워팔기로 엉덩이 들이밀었는데도 망했는데 킹스타는 현지 반응 오져서 열폭하고 싶다고?

└ㅋㅋㅋㅋㅋㅋㅋㅋ

오죽하면 어그로가 힘을 못 쓴다. 배세진이 떨리는 목소리로 입을 열었다.

"…사람들이 이렇게 호의적이기만 한 건 처음이야."

"그러게요."

국민 호감. 국민 아이돌로 금방이라도 자리 잡을 것 같은 이 분위기. 뮤직비디오 공개 때도 그렇게 분위기가 좋더니 벌써 공개 후 1주일이 지났는데도 여전했다. 누구라도 이 상황이라면 '꽃길만 걷고 있다'며 고개를 주억거릴 상황.

"응. 정말 좋다."

"네, 네……."

하지만 이 말을 하는 놈들의 얼굴에는 해피엔딩 맞은 사람 특유의 편안한 미소가 떠 있진 않다.

그럼 어떻냐고? 이마에 식은땀이 줄줄 흐를 것 같은 표정들이다. 속된 말로 '야 이거 어쩌지'. 예정된 X 됨을 생각할 때 나오는 그 얼굴 말이다.

원인은… 슬슬 때가 오고 있기 때문이었다.

"…근데 조금 있으면 이걸 우리 손으로 박살 내는 거지?"

"어."

나는 고개를 끄덕였다.

"…즐겨둘 수 있을 때 즐겨둬라."

"으응…."

스마트폰에 도로 코를 박은 놈들이 여론의 단맛을 즐겼다.

그리고 며칠 안 가서 쓴맛 담당이 고개를 들기 시작했다.

빌보드 차트 순위가 나오기도 한참 전. 한 주가 시작하는 월요일에 기사가 떴다.

[테스타, 미국의 인기 예능 출연… 대세행보 이어가나]

여기까지는 다들 올 것이 왔다고 생각해서 클릭한다. '아, 또 미국 예능 나오는구나' 같은 생각이나 하고 있었겠지.

하지만 기사를 정독하면 테스타가 출연한다는 예능의 정체가 뭔지 알게 된다.

[Don't mess it up]

한국에서는 별로 유명하지 않은 예능 프로그램이라 고개를 기웃할 수 있지만, 아는 사람이 증언하기 시작하면 분위기가 달라진다.

-아... 이거 너무 B급 감성에 별론데 막 이상한 챌린지 같은 거 시키는 거라 별론데....

말하자면 사람들에게 어려운 과제를 주고 망치게 하거나, 괴롭히고 반응 보는 유의 예능 프로그램이다. 한마디로 B급.

-이거 잘 나가는 애들 나오는 프로그램 아니야 왜 이런데 나오려고 하지?
-영화랑 첫 무대로 잡은 상위 클래스 이미지 다 까먹기 딱인데... 아...

그런데 테스타가 출연하는 건 이 안에서도 한 코너일 뿐이다. 게다가 보통 10팀이 한 코너를 구성하고, 출연 시간은 그 10팀을 통틀어 17분뿐.
'악수 중 악수로 보이기 딱 좋지.'
여기서 끝이 아니다.
참고로 이 프로그램과 동 시간대에 제법 교양 있는 유명 토크쇼가 방영된다. 그리고 VTIC을 필두로 하여 글로벌 인지도 있는 그룹들은 대부분 그 프로그램에서 퍼포먼스했다. 즉, 우리는 거기 출연할 수도 있는데 거절하고 이 B급 프로그램에 나오고 있는 것이다.
이쯤 되면 분위기를 짐작하겠지.

-돌았나

-여길 대체 왜 나와 나 이해가 안 되는데

-ㅋㅋㅋㅋㅋ답답해 뒤지겄네

심지어 KPOP 아이돌이 출연하는 건 처음이다. 애초에 이전 제작진 중 하나가 외국인 혐오 발언까지 했다 잘린 프로그램으로, 로컬 중에서도 로컬적인 색채가 강하다.

우리 대우가 좋을 리가 없다는 뜻이다.

-후....

-ㅋㅋㅋㅋㅋㅋㅋㅋㅋㅋㅋㅋㅋㅋ

이 소식이 인터넷을 한번 쭉 돌고 난 뒤에는 어떻게 되었느냐고?

"…음, 조용한데?"

"네."

어떻게 되긴, 아무 소식도 없었던 것처럼 무시당하고 있다.

'그럴 줄 알았다.'

여기서 이걸 테스타의 쪽팔린 착오라고 인정하면 대리만족감이 사라지고 지는 느낌이 들지 않는가. 본인이 즐기던 국뽕 맛에 안 맞으니 다들 못 본 척 일부러 언급을 안 하려 드는 상황이 도래한 것이다.

"팬분들도 조용한 편이야."

그건 또 다른 이유다.

'전략상 참는 거지.'

테스타 최근 기세가 너무 좋아서 더 열 받는데 동시에 그 기세에 초를 치고 싶지 않아서 쉬쉬하게 되는 것이다. 이미 잡힌 스케줄, 그것도 미국 예능 스케줄을 대체도 없는데 난리 쳐서 취소시키는 것은 아무 득이 없기 때문이다.

그래서 종합적으로, 테스타의 버즈량이 훅 꺼지며 달아오르던 칭찬과 반응도 촛불처럼 꺼졌다. 남은 건 국뽕 채널들의 없는 것만 못한 정신 승리형 옹호 영상뿐인 상황.

"……."

"……."

드물게 대중 마음을 상하게 하고도 욕 바가지로 안 먹는 상황이지만, 차라리 욕먹는 게 더 속 편할 수도 있다. 저기 봐라, 이 출연이 무엇을 위한 것인지 이미 아는 배세진까지 서글픈 얼굴로 업로드가 멈춘 해외 반응 번역 채널을 들여다보는 중이다.

"……."

"형."

"알아. 필요한 일은 맞는데!"

그래. 다 상의된 내용이라니까.

KPOP은 더 이상 미국에서도 낯선 장르가 아니고, 서브컬쳐로 팬층이 확고한 장르다. 이게 이득도 분명 크지만 결국 보던 사람만 보게 만드는 효과도 있단 말이지.

'그걸 피하려고 라임스톤 영화랑 합작까지 한 거고.'

그러니 이 판에 그냥 평탄하게 남들 다 하는 방향으로 가서는 라임스톤을 키운 파이를 다 먹을 수 없다. 배세진은 눈빛이 돌아오더니, 고개를 끄덕였다.

"…우리 계획대로 잘하면 돼."

"그렇죠."

나는 어깨를 으쓱했다. 그리고 옆에 서 있던 차유진의 어깨를 쳤다.

"얘가 다 정리했잖아요. 본토 사람이."

"맞아요. 저 믿어요! 제가 잘해요!"

"아니, 믿는다니까!"

나는 둘이 떠들게 놔두고, 마찬가지로 모니터링을 하다가 멈춘 선아현을 돌아보았다. 이번 활동에 공을 많이 들인 만큼, 확 식은 분위기를 신경 쓸 것 같아서였… 으나 놈이 번쩍 엄지를 든다…?

"나, 나는 당연히 믿어…!"

"…어. 고맙다."

"으응!"

그래, 음. 그렇다면 됐고……

'마지막 점검.'

나는 어깨를 풀며, 아직도 온건한 지난 첫 무대의 베스트 댓글을 한 번 더 확인했다.

내 이야기가 꽤 많다.

-누워있다가 박문대 도입 들어가는 순간 정자세함ㅋㅋㅋㅋㅋㅋㅋㅋㅋ미쳤나봐진짜

-AR도 이정도면 너무 티 난다고 숨소리 넣었을 텐데 양심 없다 비겁하게 성대로 승부하네

└ㅋㅋㅋㅋㅋㅋㅋㅋㅋㅋㅋㅋ

-박문대 투쁠 등급 메보 지렸다; 살살 녹는데

거참 스탯 찍은 보람이 있는 반응이군. 나는 내 상태창을 떠올렸다.
'S+'가 떠 있을… 가창 스탯을.

그렇다. 나는 남은 스탯 한 포인트를 보컬에 추가했다. B+인 춤에 넣
으면 A-로 알파벳이 바뀌는데, 왜 안 그랬냐고? 내가 각종 능력치 등
급 놈들을 실물로 보고 비교하며 확신했기 때문이다.

'S+ 등급이 완성형이다.'라고.

가령 드디어 이번 앨범 들어서 끼 스탯이 S+에 진입한 놈이 있다.

[이름 : 차유진]

끼 : S+

이 자식은 이제 길거리에서 아무 곡에 맞춰서 내레이션만 시켜도 사
람들이 쳐다볼 것이다. 전에는 좀 제멋대로인 감이 있던 튀는 느낌까
지 포인트로 작용한다.

그리고… 다른 스탯이 S+인 놈이, 다른 그룹에 하나 있다. 나는 인
상을 찌푸렸다.

[이름 : 청려 (신재현)]

춤 : S+

청려.

놈의 춤 S+ 등급의 지향점은 완벽히 KPOP 군무 센터에 최적화된 이상이다. 의도하는 느낌을 정확한 힘과 뉘앙스로, '이상적으로' 구현할 때 나오는 박력과 힘. 아마 어중떠중한 C, D 등급 놈들 모아다가 옆에 세워둬도 그럴싸해 보일 것이다.

사실 EX 등급이라는 건 무슨 전설 속 위인 수준일 것 같다는 점을 고려하면, S+가 사람이 예술로 승화할 수 있는 최종 단계라는 거겠지. 그러니 '내 노래가 안 통할' 경우의 수를 완전히 차단하려면, 가창을 S+로 등급을 올리는 게 최고였다.

'놓칠 수 없지.'

그리고… 굳이 춤을 안 올린 건 이유가 하나 더 있긴 했다. …내가 운영하는 건 솔로가 아니라 그룹이니까.

'춤은 잘 추는 놈들이 워낙 많아.'

내가 댄스 브레이크 센터를 할 것도 아닌데, 당장은 B+ 정도로도 이 팀의 군무를 완성하는 것에는 문제가 없다.

'내가 잘하는 걸 더 튀게 잘해야 해.'

자신이 맡은 역할을 한 치라도 더 높은 질로 소화하는 게 팀의 질에는 더 도움이 된다. 그리고 나 말고 다른 놈들도 다 그렇게 했고. 나는 한결 만족스러운 눈으로 주변을 둘러보았다. 모니터링을 멈춘 놈들이 제법 믿음직스러워 보인다.

어쨌든, S+가 된 보컬을 한 번 더 써먹을 타이밍이었다. 이 촬영은 무조건 잘 끝내고 성과를 낸…

"와~ 여기 제작진 중에 누가 우리 회사가 직접 컨택해서 자발적으로 출연하는 거라고 올렸나 봐. 이야~ 대단하다 진짜."

"……."

저 개X끼들은 촬영 끝나고 보자.

'그러니까… 유진이 여기 나온다는 거지?'

차유진과 같은 중학교 출신, 해나 해밀턴은 오랜만에 심야 TV 앞 카우치에 앉았다. 그녀는 고등학교 시절 차유진을 알았다는 것을 프로그램을 시청하려는 변명처럼 사용하고 있었다.

'어쨌든 몇 년 전에 한번 만나기도 했잖아.'

한국의 퓨전 간식-호떡을 판매하던 TV 프로그램 식당에서 말이다.

―[음… 우리 만난 적 있던가요? 중학교? 초등학교?]

―[아… 해나 해밀턴이야. 너랑 중학교 때 같은 반이었는데.]

―[아~ 해나! 반가워. 잘 지내?]

여전히 잘나가는 부류 특유의 느낌이 흘렀으나, 놀랍게도 서브컬처 KPOP을 직업으로 삼았던 차유진. 당시 그의 그룹(이제 밴드가 아니라 그룹으로 부른다는 것을 알았다!)을 인지한 것을 계기로, 그녀는 몇 번 그 그룹의 활동을 찾아봤었다. 그토록 잘난 또래 소년이 그녀처럼 서브컬처에 빠졌다는 것에 기묘한 호감이 생겼기 때문이었다.

그리고 몇몇 문화적 차이에 기겁하면서도 여기까지 왔다.

'핑크색으로 염색한 20대 이성애자 남성이라니.'

'…차유진이 이런 것도 한다고?? 애니메 매직 걸?'

'그들은 정말 서로를 신경 써주는 좋은 팀이야….'

감정 이입하면서 그들의 미국 예능 본방송을 시청하기까지 말이다.

[MESS~ MEEEESSS~]

익살스러운 원색 자막이 화면에 흘렀다. 해나는 떨떠름하게 그것을 보았다.

'이 프로그램 웃기긴 한데, 난 네가 여기에 왜 나오는 건지 모르겠어.'

-테스타는 여기 나오면 안 된다고!

-이건 그냥 이름 알리고 싶은 사람 괴롭히는 삼류 리얼리티쇼나 다름없는 가학적 유해 쓰레기야.

그녀의 계정에서 KPOP 팬이 부르짖고 있었다. 솔직히 어느 정도는 공감했다.

[오늘의 도전자는… 도전! 암전된 폐가, 이상한 소리가 들리는 붉은 관 속에서 30분 버티기?]

[그것뿐만일 리가! 겁쟁이가 되는 순간 사랑스러운 유니콘 인형이 쏟아집니다! 넌 패배자야!]

이렇게 챌린지의 탈을 쓴 조롱과 놀리기로 점철된 것이다. 거만하게 '당연히 가능하다'라며 도전한 사람을 놀리는, 자승자박의 구조이기에 윤리적 검열도 슬그머니 피하면서 말이다.

[부우우! 완전 쓰레기야!]
[방금 굉장히 겁먹은 것처럼 눈을 깜빡이지 않았나요? 그래요. 실패입니다, 이 패배자야!]

때로는 벌칙의 정확한 기준도 없다. 그냥 제작진과 MC가 가장 웃길 것 같은 타이밍에 벌칙을 줄 뿐이다. 심지어 가끔은 MC 본인이 당하기도 했으니까.

그래서 웃기긴 진짜 웃겼다. 어느 정도냐면, 가끔 위튜브에서 클립만 보는 해나에게도 MC가 낄낄거리는 소리가 그린 듯이 생생했다.

'그러니까 장수 프로그램이지.'

어쨌든 어느 정도 품위와 격을 지키려는 이미지의 소유자라면 나오기 적합하지 않았다. 그러다 보니 미국의 테스타 팬들도 불만을 토로했고, 제작진은 그걸 은근히 놀려먹으려 들었다.

-영광스럽게도 직접 출연하고 싶다고 그들의 회사가 '먼저' 말했는걸? (눈 굴리는 이모티콘)

나중엔 거기에 MC까지 가세했었다.

-신선하고 친절한 아시안 소년들.. 힘내 (선글라스 낀 이모티콘)

개판이었다.

'말 그대로 거의 싸울 뻔했지.'

고집 세고 보수적이면서도 좀 저질스러운 그 MC는 KPOP 팬덤과 불타는 신경전을 벌였다. 그런데 무서운 것은, 막상 촬영에 들어가자 제작진 측의 모든 언급이 뚝 끊겼다는 점이다.

'테스타가 괜찮게 했나 봐. 아니면······.'

···정말 비참하도록 망쳤거나. '그' MC가 장난의 선을 넘었다고 생각해 입을 다물 만큼 말이다.

"으음."

해나는 침을 한번 삼킨 뒤, 다시 TV를 보았다. 관에서 뛰쳐나온 출연자가 무지개 반짝이와 유니콘을 매단 꼴로 바지 벗겨지게 도망가는 꼴이 찍혔다.

[패배자~~]
[배우 안토니오 솔트레는 귀여운 겁쟁이 포니, 혹은 테디베어입니다!]

"······."

테스타가 저 처절한 꼴을 당하면 안 될 텐데.

그래도 테스타가 이번에 출연할 코너는 다행히 가수가 주로 출연하는 파트긴 했다.

[다음은… 나만의 길거리 가라오케!]

바로 '길거리 가라오케' 도전 코너.

[크루가 고심하여 고른 각종 명곡이 각양각색의 버전으로 어레인지 되어 흘러나옵니다!]
[과연 아티스트 도전자들은 이 명곡들을 제대로 뽐낼 수 있을까요?]

언뜻 보면 얼토당토않은 챌린지보다는 제법 전문적으로 보이지 않냐고 생각할 수도 있지만… 착각이다.

곧 깨닫게 되겠지만, 이 편곡이라는 게 순 우스꽝스럽기 짝이 없는 장난이기 때문이다. 게다가 모든 게 즉석이며 제대로 소화했는지 판단하는 건 모두 당연히 제작진 마음이었다.

'으윽.'

가수가 직업인 참가자들이라 보는 사람은 더 웃기고, 당하는 사람은 더 끔찍한 도전. 게다가 이번엔 벌칙도 끔찍하다.

[오늘의 벌칙은… 맛집 대포!]
[소셜 네크워크에서 가장 핫한 맛집의 음식만을 정성스럽게 준비했습니다! 이건 사실 벌칙도 아니에요, 그렇죠?]

펵!

"으으윽!"

그녀는 분쇄된 햄버거가 폭탄처럼 쏟아져 와서 얼빠진 출연진의 얼굴에 처박히는 것을 보았다. 웃을 뻔했다는 것이 수치스러웠다.

'저건… 저건 진짜 치욕인데!'

학교에서 괴롭힘당할 때나 보는 꼴 아닌가? 그러나 코너는 이미 경쾌하게도 시작했다.

[첫 곡은~ 'Counting ma green'!]

강렬하고 어두운 힙합곡이어야 했다. 그러나 알아들을 수 없는 과장된 발음의 놀이공원 행진곡으로 편곡되어 흘러나온다.

[오홍홍홍! 발랄하고 사랑스럽죠~]
[나나나나나난 나나난나나난~]

퍽. 퍽. 퍼퍼퍼 퍽. 명랑한 트럼펫 박자에 맞춰서 사람들이 얼굴에 대포를 맞는다.

가관이었다.

"푸흡!"

간주가 지나도록 멍하니 있다 맞는 사람. 한 소절 들어가 보려다 박자 다 밀려서 망하는 사람. 몇 소절 알맞게 잘 부르고 희망에 차 있다가 얼굴에 음식 처맞는 부류까지.

[출연진 : 이게 무슨 X….]

퍽!

[제스처가 구려!]

"프ㅎㅎ흡!"

그녀는 이를 악물고 웃었다. 안 웃을 수가 없는 원초적 웃김이었다.

"오 제발! 악!"

문제는, 그렇게 두세 곡이 지나갈 때까지도 테스타는 보이지 않았다는 점이다. 1초만 나왔다고 하더라도 분명 알아봤을 텐데 말이다. 음식으로 대포를 맞는 강렬한 장면을 놓칠 리가 있는가?

'설마… 편집?'

다행인지 불행인지 그건 아니었다. 테스타는 10분이 넘고, 코너 사이 배치된 광고가 하나 지나가고서야 등장했기 때문이다.

다른 출연진처럼 길거리에 서 있는 7명의 청년. 약간 스포트라이트를 준다.

[맞아요. 〈코스믹 거너〉 출연진이라 우대해 주는 거예요. 내가 거기 감독이랑 친하잖아요. 알죠?]

MC의 정신 나간 내레이션과 함께 다시 첫 곡, 해맑은 행진곡이 나온다.

"아아…."

이제부터 테스타가 화려하게 음식을 처맞는 것을 잘 보여주겠다는 거로구나. 그렇게 생각하며 해나가 몸을 말고 TV를 볼 때였다.

뚱한 얼굴로 점퍼에 손을 꽂은 채, 카메라 앞에 고정된 마이크를 보던 차유진이 빙긋 웃었다. 그리고 곧바로 행진곡의 도입부를 잡고 들어간다.

[출연진 : NANA, NANA, NANANNNNNA!]

"어."

그리고 테스타는 박자에 발맞춰 걷기 시작했다. 퍼레이드 스타일의 안무 같은 발걸음. 곧 자연스럽게 카메라 밑에 뜬 가사지를 확인하며 노래를 따라 한다.

얼굴에는 놀이공원 직원 특유의 밝은 자본주의 미소가 떠 있었다.

[출연진 : 돈의 맛~ 참을 수 없어 내가 가지지~]

상쾌하게 웃으며 돈 타령하는 가사와 놀이공원 반주가 기가 막히게 어우러지며 웃겼다.

"으하학!"

그리고 나름대로 그럴싸한 퍼레이드 제스처를 하나씩 하며, 돌아가면서 1절을 훌륭하게 버티는 것이다!

[네~ 뭐든 간에. 운 좋은 놈들.]

벌칙을 주는 데 실패해서 기운 빠진 MC의 목소리 뒤로 폭소하는 관객들의 소리가 삽입되었다. 그래서 더 웃겼다.

하지만 테스타의 분량은 여기서 끝나지 않았다.

[다음 곡!]

다음으로는 부드럽게 흘러가는 트렌디한 알앤비 밴드 곡을…… 극고음의 헤비메탈로 만들었다.

"으윽."

이 바뀐 키에 기겁해서 진입도 못 하고 얼굴에 음식 처맞은 사람이 몇 명이던가. 그러나 이번엔 하얀 머리의 멤버, 박문대가 아무렇지 않게 카메라 앞 마이크에 머리를 들이댄다.

그리고 입을 열었다.

[YEAAAAAAAAAAAAH!]

"…!!"

샤우팅.

표정도 안 변하고 그 고음을 쭉 뽑은 것이다. 목이 붉어져 핏대가 서 있긴 했으나, 그걸 눈치챌 만큼 무표정과 초고음의 임팩트가 적당하지 않았다. 그리고 그 뒤로 다른 멤버들이 자연스럽게 머리를 과격하게 흔들었다.

오오오오!

재킷 흔드는 게 약간 과장된 맛이 있어서 더 보기 좋다. 화면에 삽입된 관객 소리가 비명을 지르고 환호한다.

[…또?]
[그래, 뭐, 진짜 대단한 가수네. 나도 박수칠 수 있어. 짝짝짝. 들었지?]

다시 관객의 웃음이 터진다. 하지만 곧, 기운 빠진 MC의 목소리에 힘이 돌아왔다.

[그럼 다음 곡이 나가야죠… 다 알겠지만, 끝에서 망치면 진짜 웃기다니까!]

"어어?"
그리고 앞에서 아예 등장한 적 없던 새로운 반주가 나오기 시작했다. 지금 빌보드 차트에 올라 있는, 비트가 팡팡 터지는 잘 빠진 최신 디스코곡의….
발레 편곡이다.
"풉!"
해나는 에이드를 뿜었다.

[하하! 차이코프스키의 호두까기 인형이라고 들어는 봤냐!]

띠링~

이건… 이건 못 빠져나간다. 첼레스타의 영롱한 소리가 울리며 코러스가 들어온다. 대체 어디서 노래가 시작할 것인지도 알 수 없다.

'발레는 연주곡이잖아! 이건 노래 파트가 없어!'

웃기긴 기가 막히게 웃겼으나, 테스타가 빠져나갈 구멍이 없어서 웃긴 것이었다!

[하하!]

그러나, 테스타 중 한 명이 뒤에서 살며시 앞으로 나왔다.

검은 머리를 잘 넘긴 예쁜 청년. 그는 자연스럽게 두 다리를 교차하여 서더니, 우아하게 한 발을 들고 돌았다.

"…!!"

[뭐어어??]

푸에테.

그리고 그 순간, 뒤에 있던 6명이 눈길을 주고받더니 허밍을 시작했다. 메인 멜로디와 반주를 알아서 적당히 따라가는 구성.

아카펠라.

[…오 주님.]

"맙소사."

그리고 적절한 시기에 눈치껏 반주를 타고 도입부를 찾아 들어가 기까지!

[출연진 : 널 밤하늘로 데려갈 수 있어~]

화면 속 관객 소리가 환호한다.
반전은 언제나 즐겁다. 이 미친 짓을 다 해내니, 기어코 길거리에서 지나가던 행인에게 박수까지 받는다.

[애네가 뭐라고 박수를 줘요!]
[이게 무슨… 잠깐, 니들 다 짰지? 얼마 줬어?]

졸지에 역으로 깜짝 카메라를 당한 MC의 내레이션이 씩씩거리자, 관객들이 또 폭소했다. 여유롭게 하이파이브를 하던 차유진은 빙글빙 글 웃으며 고개를 까닥거린다.

[출연진 : 출연료 받았는데요?]
[아니!! 내 말은 너희가… 으아악! 돌겠네!]

"하하하!"
해나의 웃음소리에 맞춰 카메라 앞 마이크가 열 받은 퍼펫처럼 부 들부들 흔들린다.

[이건… 그렇지! 이건 사실상 실패야! 너무 잘해서 별로라고. 그렇죠?]

테스타는 서로를 쳐다보더니, 슬쩍 웃었다. 그리고 하얀 머리를 한 멤버가 태연하게 대꾸했다.

[출연진 : 아뇨. 모르겠는데요.]
[재미가 없으니 실패라구요, 이건 코미디 쇼인데!!]
[출연진 : 흠.]

그러자 테스타는 받아치며 콩트를 이어가는 대신, 다시 한번 눈길을 주고받으며 고개를 끄덕인다.
'뭐지?'
그리고 차유진이 입을 열었다.

[출연진 : OK. 다 때려치우고, 쏴요.]

"…!!"

펑!
그리고 진짜로 맛집 대포는 발사되었다.
한 번도 아니고 여러 번. 모두의 얼굴에.

퍽퍼퍼퍽퍼퍼퍼퍽!

"으아악!"

해나는 입을 떡 벌리고 그것을 지켜보았다. 테스타의 몰골은 앞전 사람들처럼 처참해졌다.

[출연진 : 아이쿠.]

이마 부근에 볼로네이즈 소스가 흘러내리게 된 차유진은 손가락으로 소스를 닦아냈다. 그러고도 씩 웃었다.

[출연진 : 맛있네요.]
[맙소사.]
[출연진 : 제일 재밌어 보여서 출연했는데요. 진짜 끝내주는 경험이에요.]
[얼른 꺼져주세요. 얼른.]
[출연진 : 그러죠. 좋은 밤 보내세요, 여러분.]
[출연진 : 좋은 밤요~]

멤버들은 피식피식 웃으며, 각자의 얼굴을 옷감이나 손 따위로 닦아내며 여유롭게 걸어서 카메라 밖으로 나갔다. 한번 봐줬다 이거다.

'와……'

하나도 겸손하지 않으며 자신감이 넘치는 데다 자신만의 세계가 확고한데, 재수 없진 않다. 이 동네가 아티스트에게 기대하는 모든 조건

이었다.

개성! 능력! 스타성!

게다가 〈코스믹 거너〉에 나온 그 밴드 이미지와도 딱 맞아 떨어지지 않는가. 거의 본인들이었다!

[뭐… 뭐……. 다른 녀석들 좀 틀어봐! 안 웃기잖아!]

그리고 화면은 다시 발레 편곡을 따라가지 못하고 맛집 대포를 맞는 출연자들로 마무리되었지만, 시청한 모두가 알았다. 엔딩은 사실상 아까 그 밴드가 걸어 나가던 장면이라는 것을.

"와아아우."

말 그대로, 인상을 주고 싶었다면 대성공이었다.

그리고 아나나 다를까 방송이 끝나자마자 MC의 계정에 새 글이 업로드되었다.

[내 집을 걸고 맹세하는데 조작하지 않았어. 진짜 미친 밴드야. #살려줘]

"와아아우!"

항복 선언이었다.

'난리 났네!'

그녀는 굳이 KPOP 계정뿐만 아니라, 오늘 프로그램을 본 사람들마다 본인 계정에 감상문을 쏟아내는 것을 자기도 모르게 검색했다. 그러면서도 생각했다.

'나는 이러고 있지만, 저들은 쿨하게 한국으로 돌아가고 있겠지?'

그래, 차유진이라면 그러고도 남을 사람이었다. 그의 그룹도 마찬가지겠지!

우리는 미친 듯이 한 놈을 헹가래 하는 중이다. 누구냐고?

"선아현! 선아현!"

"오오오!!"

"선아현이 다했다!"

당연히 선아현이지! 이놈이 계획도 안 한 애드립을 제대로 했다고!

솔직히 말하겠다. 우리가 좀 사기를 쳤다. 이놈들이 쓸 후보곡을 이미 다 정리해서 예상 답안을 공부해 간 상태였거든. 내가 〈아주사〉 때부터 맨날 하던 그 짓 말이다. 100회 넘게 끌고 온 장수 코너라 레퍼런스가 알차던데, 일단 곡은 바로 답이 나왔다.

'이 새끼들 최신 유행곡 절반, 10년 전 유행곡 절반 쓰네.'

프로그램을 오래 끌고 왔을 테니, 곡이 안 겹치려면 슬슬 곡 뽑을 범위를 고정해 놨을 줄 알았지. 그리고 편곡도 통계로 답이 나온다.

1. 프로그램에서 근 3년간 사용한 편곡 종류 빈도순으로 나열.
2. 최신 1년 중 새롭게 나온 편곡에 가중치 부여.

3. 단, 최신 3화 중에 사용한 편곡은 제외.

그렇게 곡 패턴과 편곡 패턴 쭉 뽑은 다음부터는 일사천리였다.

―이거 웃기냐?
―안 웃겨요!
―오케이, 여기엔 컨트리 편곡 안 쓰겠네. 패스.

본토 감성인 끼 S+에게 점검받고 편곡만 매칭하면 되니까.
'이걸로 절반 이상은 커버했어.'
그래서 이미 김래빈 주도하에 예상 편곡 느낌 쭉 뽑아서, 누가 곡당
메인 분담할지 끝내고 출연한 거란 말이다. 그런데….
'이 미친 새끼들이 어디서 발레를 들이대!'
내가 오페라까지는 짐작했는데, 이 X발 놈들이 노래도 안 부르는 연
주곡을 집어넣어 버릴 줄은 몰랐단 말이다. 근데 이걸 선아현이 선빵
으로 진짜 발레를 때려 버리는 바람에 대박이 났다.
'만약 이놈이 아니었으면 진짜 X될 뻔했다.'
이건 주는 곡을 하나부터 열까지 다 깔끔하게 컨셉질하면서 클리어
해야 의미 있는 짓이었으니까. 당황하는 게 최악의 수였는데, 당황할
뻔한 사태를 막아주다 못해 최고의 플레이를 해내니 다들 이 난리를
치는 거지.
"아니 근데 어? 아현이 무용으로 전과했다면서 그게 어떻게 거기서
딱 나오냐!"

"저, 전에, 응, 중학교 때 발표회에서 준비한 적이 있어서…."

"그걸 기억하신다는 게 정말 놀랍고 입이 벌어지는 어마어마한 사건입니다!"

"아니…, 이, 이런 건 몸에 익다 보니까……."

변명은 받지 않겠다. 어쨌든 선아현은 이동시간이 돼서야 박수를 받으며 시뻘게진 얼굴로 바닥으로 내려왔다.

"저…."

그런데 그 와중에도 말을 걸다 마는군.

'음.'

대충 이번 앨범 컨셉 대박 냈을 때랑 비슷하게 기대감이 어린 얼굴이다. 잘 알겠다.

'이야기 좀 듣고 싶다는 거지.'

전에도 그러더니, 나랑 큰세진만 떠드는 이야기를 같이 들을 만큼 능력 있는 모습을 보여준 것 같다고 스스로 판단한 모양이다. 그리고 사실 자격 같은 건 문제가 아니다만, 이놈이 이번 건수를 캐리한 건 사실이다.

'더 미루기도 그렇군.'

나는 큰세진을 돌아보았다. 놈도 고개를 끄덕인다. 그렇다면….

그래, X발. 입 열자!

참고로 말하자면, 진짜 머저리처럼 멍청한 발상이었다.

귀국길, 나는 곧바로 현실을 깨달았다.

'언제 말하냐.'

시간이 없다. 지금은 원하면 눈치껏 유동적으로 시간 뺄 수 있는 투어 시즌이 아니었다. 심하면 분 단위로 스케줄이 짜인 활동 초창기지. 당장 외출도 힘든데 이 미친 스케줄 중에 선아현과 따로 각 잡고 둘이서만 대화할 타이밍이 올리가 있는가.

하지만 답은 쉽게 찾았다.

"내 방 쓰면 되지?"

"…!"

"나 독방이잖아~ 스케줄 끝나고 밤에 이야기해!"

그렇지. 마침 숙소에서 독방 쓰는 놈이 사정을 다 아는 놈이었다. 굳이 나가서 자리 만들지 않아도 되겠군.

"물론 세진이도 잠은 자야 하니까~ 이야기 길어지면 내가 네 방 쓴… 문대문대? 듣고 있지?"

"어 고맙다."

나는 비행기에서 몇 가지 일정 시간을 조율한 뒤, 숙소에 돌아가자마자 따로 선아현을 부르기로……

"일단 나도 있을게. 아현이가 아무리 친구를 좋아해도 분위기는 조성하고 준비도 해야 사람이 믿을 수 있는 거야~"

맞는 말이다. 안 그래도 선아현은 나와 큰세진이 본인에게만 공유하지 않는 뭔가가 있다는 점을 신경 쓰는 것 같았으니 다른 당사자도 남겨두자.

나는 그날 공항에서 직행한 광고 촬영장에서 선아현에게 말을 걸었다.

"아현아."

"으응?"

"촬영 끝나고 숙소 가면 나랑 이세진이랑 같이 밤에 이야기 좀 할 생각…"

"으응! 다, 당연히!"

"어, 그래."

본인이 굉장히 적극적이었다. 덕분에 약속은 순식간에 잡혔다.

그렇게 일단 (몸은) 동갑인 셋이 큰세진의 독방 소파에 둘러앉았다는 이야기다.

"자, 다들 편하게 앉으세요~"

"아, 으응…!"

"……"

이 자식은 무슨 수로 본인 캐릭터 인형 열 몇 점을 침대 코앞에 두고 잘 수 있는지 모르겠다. 신경 줄이 쇠로 됐나? 어쨌든, 나는 인형 대가리들을 등지고 고개를 돌려 선아현을 쳐다보았다.

선아현은 긴장한 것 같았으나 그 이상으로 기대 중인 것도 같았다.

'눈이 번쩍거리는데.'

아니, 그럴 정도로 어마어마한 비밀은… 맞긴 하지.

그렇다. 당장 작년만 해도 이렇게 대놓고 말하게 될 줄은 몰랐으니까.

"흠."

나는 목을 가다듬은 뒤 입을 열었다.

"우선… 혹시 최근에 상황상 좀 소외되는 느낌이 들었다면 미안하다."

"아, 아니야…! 당연히, 으응, 나한테 말해줘야 하는 것도 아니고……. 다들, 열심히 일하느라, 그런 거니까…."

"…?"

잠깐. 나는 큰세진을 돌아보았다. 놈의 얼굴에도 당황한 기색이 스쳐 지나간다. 그 와중에 선아현은 얼굴을 붉히며 말을 계속한다.

"내, 내가 대화를, 잘 이끌어가거나… 업무적으로, 대단한 모습을 보여주지 못했잖아……. 으응, 쉽게 공유할 수 없다고, 생각해…."

"……."

야, 이거.

아무래도 선아현은 나와 큰세진이 무슨 거창하고 복잡한 물밑 업무라도 처리하고 있다고 생각한 모양이다. 그리고 본인이 충분히 믿음직스럽지가 않아서 그룹 일인데도 공유하지 않았다고 생각한 것 같은데.

나는 순간 최근 선아현의 행적을 돌아보다가 침음을 참았다. 그래서… 그렇게 나서는 일에 적극적으로 참여한 거였나. 이제야 퍼즐이 딱 들어맞는다.

'망할.'

꼬였군. 나는 미간을 누르려던 손에 힘을 줘 내렸다.

'이건… 내가 매몰된 탓이다.'

이놈의 비밀 때문에 류청우부터 큰세진까지 사건이 터지다 보니 그쪽으로 뇌가 고정된 것이다. 나한테 뭘 듣고 싶어 한다면 당연히 내 비밀일 것이라고 말이다.

"……."

그래. 그렇다면 다시 말해… 선아현에겐 굳이 내 정체에 대한 이야기를 꺼낼 필요가 없다.

'짐작도 못 하는 놈이야.'

대충 레이블이나 언론 문제 꺼내 들면서 적당한 거짓말로 얼버무려도 될 타이밍이다. 선아현은 그걸로 넘어가 주겠지.

'…하지만 그래도 괜찮은가?'

나는 주먹을 쥐었다. 그래놓고 앞으로 시스템 관련 일 처리할 때마다 또 이놈 빼놓고 할 텐데, 저놈 입장에서는 더 속은 기분이 들지 않나? 그럴 거면 차라리 말을 말았어야지.

'그쯤 되면 기만질 작작하라고 맞아도 할 말이 없다.'

차라리 일 관련 문제는 아닌데 개인적인 일이라 말하지 못하겠다고 깔끔히 하는 게 맞다. 서로 오해가 있던 거니까. 선아현이 좀 서운해할지도 모르겠다만, 어쨌건 일은 거기서 정리되겠지.

'…문제는.'

내가… 그러고 싶지 않다는 점이다. 웃기지만.

"……."

나는 반쯤 충동적으로 입을 열었다.

"그거… 일 문제는 아니었다. 애초에 네가 일 못한다고 생각한 적도 없고."

"으응?"

"그냥 내 문제야."

나는 침을 삼켰다. 어쩐지 좀 기분이 고양된다.

"내가 원래 박문대가 아니었는데, 박문대로 살고 있는 거라서."

"……??"

"그걸 떠들고 다닐 수가 없으니까 쉬쉬하던 거지."

"…으응?"

나는 지금까지 있었던 일을 큰세진에게 말했듯이, 선아현에게도 설명하기 시작했다.

"몇 년 전에 눈 떠보니까 남의 몸이더라고."

그래도 한번 말해봤다고 더 정리된 어투로 문장이 나오긴 하는데……

이거 정말, 맨정신으로 할 짓이 아니긴 하군.

"그래서 내 눈에는 일종의 홀로그램처럼…."

"푸흐흡!"

"…한 번만 더 웃으면 내보낸다."

"어어? 내 방인데 문대가 나가야… 죄송합니다. 그 인형은 팬분께 받은 겁니다, 문대 님 자중하세요."

술이 간절한 위기 구간이 몇 번 오기 했으나, 어쨌든 큰 라인은 잡아서 무사히 넘겼다.

'골드 2나 청려 이야기는 나중에 필요하면 하고.'

아예 힌트도 없었던 놈에게 너무 복잡하고 다양한 이야기를 할 필요는 없을 테니 말이다. 나는 큰세진에게 몇 번의 보충 설명을 받으며, 이야기를 끝마쳤다.

"…그래서 지금은 그냥 잘 지내고 있다."

"……."

끝마치긴 했는데… 반응이 없군. 좀 다급히 다시 입을 열었다.

"워낙 비현실적인 이야기라 쉽게 말 못 했어. 이놈한테는 반쯤 들킨 거기도 하고."

"맞아. 내가 또 워낙 눈치가 빠르잖아~ 박문대는 아무한테도 말 안

하려고 했는데 사실 내가 다 알아낸 거라니까?"

"……."

그리고 고개를 들자, 선아현의 멍한 얼굴이 보였다. 녀석은 몇 번 나와 큰세진을 돌아보더니 살짝 시선을 내렸다.

"…그, 그렇구나."

"그래."

그리고 침묵이 흐른다.

"……."

"……."

생각보다… 길게.

'…왜.'

질문도 안 하는 거지.

목뒤로 식은땀이 맺힐 때쯤, 선아현은 다시 입을 열었다. 그러나 말을 거는 대상은 내가 아니었다. 큰세진이다.

"…저, 저기. 세진이도 이 이야기를 전에 다 들은, 거지…?"

"맞아. 오래된 건 아니고… 몇 달도 안 됐어."

"어, 어떻게… 생각했어? 처음에, 듣고."

"음?"

큰세진이 어깨를 으쓱했다.

"문대가 굳이 이런 걸로 거짓말할 이유는 없잖아?"

"…!"

"내가 지금까지 봐온 문대가 있으니까… 그냥 그렇구나 했지."

"……."

큰세진의 말에 선아현이 고개를 다시 숙였다.

'무슨 생각인 거지.'

왜 나한테 내용에 대해 질문하지도 않고 저러고 있는 거지. 아니, 물론 상당히 충격적인 내용이긴… 하다만. 나는 혀를 물었다.

'쓸데없이 과한 추측 그만둬라.'

먼저 이야기 들은 놈 생각이 당연히 궁금할 수도 있지. 그래도… 나는 몇 번 손을 폈다 쥐다가, 그냥 놓고 입을 열었다.

"믿기 힘들면……."

하지만 이 문장은 끝마쳐지지 않았다. 선아현이 대답했기 때문이다.

"…아, 아니야. 믿어."

"…!"

녀석은 고개를 들더니, 약간 질린 안색으로 희미하게 웃었다.

"응……. 마, 맞아. 문대가 이런 일로, 거짓말할 사람이 아니라는 거… 당연히 알아."

"……."

"히, 힘들었, 겠어……. 문대야. 지금까지…. 고생 많았어."

어쩐지 말문이 턱 막혔다. 나는 몇 번 목을 가다듬은 뒤에야 차분하게 답변할 수 있었다.

"그래서 돈도 많이 벌고 잘됐잖아. 그럼 된 거지."

"으응……."

선아현은 조용히 대답했다.

"그래도… 혹시 힘들면, 이야기해 줘."

"문대 엄청 든든하겠는데? 백업이 둘이야~ 아, 청우 형도 좀 알지."

"……처, 청우 형도…?"

"아, 그 형은 좀 가족 사정이 있더라고…."

나는 큰세진이 설명하는 것을 선아현이 열심히 경청하는 것을 확인했다. 놈의 얼굴에는 집중력이 돌아와 있다.

"……."

괜찮게… 끝난 건가. 큰세진은 설명을 끝내며 너스레를 떨었다.

"우리 괜히 〈아주사〉 때부터 동갑즈가 아니네. 결국 문대 사정 다 아는 건 우리 둘뿐이잖아~ 잘해라 문대야."

나도 결국 웃긴 했다. 그리고 좀 고민하다가, 선아현에게 손을 내밀었다.

"그래, 잘 부탁한다, 아현아."

선아현은 약간 떨리는 손으로 맞잡았다. 좀 차가웠으나, 힘이 있었다.

"…으응!"

그리고 그 대답을 할 때, 녀석의 눈에서 보인 것은 분명 기쁨이었다. 그걸로 됐다.

다음 날에도 특별히 선아현의 태도는 변하지 않았고, 나는… 다소 안도했던 것 같다.

그리고 며칠 후. 약간 독특한 스케줄 하나가 돌아왔다.

"음, 내일이 우리 연희대 가는 날이구나."

"오우!"

근 2년 만에 돌아온 대학 축제 스케줄이었다. 작년에 워낙 몸값이 뛰어서 그렇지, 데뷔 때부터 한 번씩은 꾸준히 가긴 했다. 〈아주사〉 출신에 데뷔곡부터 음원이 잘돼서 일반 대학생들도 듣고 즐길 수 있을 수준의 대중 인지도는 됐거든.

그리고 대학 축제 공연은 꽤 재밌는 행사라 다들 반응이 괜찮았다.

"오~ 오랜만이네요. 재밌겠는데요?"

"그러게. 거기가 야외 공연장이지?"

덕분에 이렇게 대화가 시작되었는데, 몇 분 지나자 아예 대학 자체에 관한 이야기까지 흘러갔다. 뭐, 차 안에서 잡담하다 보면 늘 그렇지.

"…나중에 기회가 되면 청강이라도 해보고 싶긴 해."

"그렇군요. 저는 일과 병행하기 위해 사이버 대학교를 이수 중인 것을 후회하진 않습니다만, 그래도 다른 선택지에 대한 호기심은 있습니다."

그리고 차유진은 어깨를 으쓱거렸다.

"나 장학금 있었는데 한국 왔어요. 정말 대단해요!"

"와."

"그건 정말 대단하다."

누구도 반박할 수 없을 것이다. 김래빈도 고개를 끄덕이고 있으니까.

"왜 그랬는데."

"음, 춤 재밌어서? 그냥 있잖아요, 그러고 싶었거든요."

그리고 보란 듯이 잘됐으니 장학금 걷어찼다고 뭐라 하기도 그렇군. 아득바득 장학금 유지하면서 데이터팔이로 생활금 충당해 온 나도 전공과 전혀 관련 없는 직업을 가진 판에 말이다.

"형! 형은 대학 갈 생각 가졌어요?"

"딱히."

굳이 두 번은 안 가고 싶다. 그 생각을 하자 강제로 두 번 가야 하는… 이번에야말로 현역으로 가게 될지도 모를 뭔가가 떠올랐으나 일단 그만뒀다.

'후……'

금메달리스트와 외국인이 부럽군.

"OK~ 우리 캠퍼스만 구경해요! 몰래 하면 가능해요!"

"뭐… 시간 되면."

나는 말도 안 되는 차유진의 말을 들으면서도 꽤 희한한 기분으로 스케줄 목록의 대학 축제를 확인했다. 이유는 하나였다.

"문대문대, 여기가 졸업한 대학이지?"

"…어."

차유진이 뒷자리에서 내 어깨를 두들기는 것을 그만두자 큰세진이 숙덕인 말이다. 여기가 내가 다닌 대학이거든.

'이 몸으론 처음인가.'

굳이 여기 갈 일이 없었단 말이지. 그리고 이 소속사에서야 대학 행사는 그냥 페이 세게 부르고 다른 행사랑 거리 가까운 곳을 선착순으로 넣어서 말이다.

그런데 이번에는 이 학교가 제일 돈을 크고 빠르게 부른 모양이다.

'애들 등록금 한번 시원하게 쓰네.'

돈도 많은 새끼들이 매해 등록금은 그렇게 올려대더니. 나는 눈썹을 꿈틀거리며 스케줄을 넘겼다. 옆에서 큰세진이 나를 끼운 채로 굳이 반대편에 앉은 선아현에게 숙덕였다.

"아현아현~ 여기 문대가 다니던 대학이래."

"……그. 그렇구나."

선아현은 조심스럽게 내게 물었다.

"기분이, …어때?"

"…뭐, 그냥 그렇지."

나는 피식 웃었다.

"졸업한 지도 오래됐고, 캠퍼스도 한번 갈아엎어서 솔직히 그렇게 감흥은 없어."

큰세진이 씩 웃었다.

"알겠습니다. 큰형님."

"……"

그만해라 새끼야.

"크흐흐흡…."

나는 큰세진이 어깨를 떨며 웃음을 참는 것을 들으며, 한숨을 참았다. 선아현이 어색하게 웃었다.

'뭐… 어쨌든 무대만 잘하면 되는 거지.'

간만의 한국 행사였다. 나는 목을 꺾었다.

우리가 맡은 역할은 엔딩. 시간만 허락한다면, 앵콜을 서너 번은 부를 수 있는 포지션이었다.

'그걸 다 채울 여유 시간은… 없을 것 같다만.'

하지만 늘 그렇듯이, 세상일은 꼭 예상대로 흘러가진 않았다.

와아아아!!

귀가 먹먹할 만큼 울리는 음악 소리와 환호. 바깥을 확인한 차유진이 휘파람을 불었다.

"와우, 여기 사람 엄청 많아요!"

"오~ 그러게. 진짜 박력 있어."

관객이 많은 걸 하루 이틀 보는 것도 아니지만, 확실히 다 같은 색을 맞춰 입은 또래가 떼창을 하며 뛰는 것은 장관이긴 했다. 빠르면 30분 내로 저 앞에 서서 공연하게 된다고 생각하면 머리끝이 설 정도다.

"우리 차례는 3팀 뒤야. 몸 풀 시간은 충분하지?"

"넵!"

"예상 시간 내로 도착해서 정말 다행입니다."

"맞아. 어휴 고생 많으셨습니다, 매니저 형님~"

매니저는 안도의 한숨을 쉬며 관계자와 이야기하기 위해 뛰어다니기 시작했다. 우리는 대기실로 조성된 공간에 앉아 목과 몸을 풀며 기다리는 거고.

'이런 곳이 있었나.'

학교 다닐 때 워낙 축제에 관심이 없어서 그런가, 이런 공간이 있는 줄도 몰랐다. 아니, 알았어도 이런 곳은 들어올 일도 없었겠지.

어쨌든 공연이나 잘하면 된다. 대학 축제도 사실 그냥 행사인데 은근히 기대하는 사람이 많더라고. 대중성 척도로 써먹을 수 있어서 그런 건가, 직캠도 꽤 유명세를 잘 타는 편이고 말이다.

사실 오늘 아침까지도 끈질기게 비공개 상태인 라인업을 보고 감탄했다.

'이번에 추진한 게 누군진 몰라도 암표 안 만들겠다고 기를 썼군.'

물론 우리가 여기 오는 순간 밴 보고 다 들통난 것 같다만.

-테스타??? 테스타?

-이거 진짜 ㅌㅅㅌ 차 맞음?

　└○○팬들이 맞대

-미쳤네 올해 라인업 뭐냐 테스타까지 불렀냐고

-실시간으로 표 가격 오르네와우ㅋㅋㅋㅋㅋㅋ

동시에 이럴 돈 있으면 등록금이나 내려달라는 타당한 글도 올라왔으나, 우리 욕은 아니니 상관없다. 이제 졸업장도 없는데 내 알 바가. 그래도 돈값은 제대로 해야겠지.

"문대 형, 혹시 스트레칭 전 수분 섭취가 필요하십니까?"

"괜찮아."

"나 줘!"

"차유진 네가 나보다 물에 더 가까이 앉아 있어!"

여전하군. 나는 싸우는 걸로 몸을 푸는 두 놈을 두고 마저 스트레칭을 계속했다. 참고로 내 옆에서도 선아현이 큰 근육부터 작은 근육 순으로 착실히 몸을 풀고 있다. 매번 보던 것이다.

'숨 쉬듯이 하는군.'

하기야 저걸 키가 반 토막일 시절부터 했을 테니 당연하다. 흠, 좀 배워둘 걸 그랬나.

"아현아."

"으응?"

"그거 순서 한 번만 알려줄 수 있을까."

"다, 당연히…!"

선아현의 얼굴은 순식간에 밝아졌다.

'…그렇게까지?'

어쩐지 〈아주사〉에서 안무 배웠던 시절이 떠오르는데. 나는 반쯤 타의로 열심히 스트레칭 비법을 따라 했다. 선아현이 과하게 열심히 가르쳐 줬기 때문이다.

'이놈은 선생을 해도 먹고 살았겠는데.'

"마지막은… 다시, 전신으로."

"음."

나는 마지막 동작을 깔끔하게 마쳤다. 이거 정말 괜찮은데? 앞으로도 이대로 해야겠다. 진작 알아낼걸 그랬군.

"고맙다. 이거 좋네."

"……."

하지만 선아현은 한참 대답이 없더니, 갑자기 불쑥 입을 연다.

"저… 무, 문대야."

"왜."

"……아, 아니야."

선아현이 희미하게 웃었다.

"그… 오늘도, 같이 열심히 하자고, 말하고 싶어서."

"…그래."

그 이야기를 할 것 같진 않았는데. 나는 입을 다물었다.

'…역시 어색한가.'

내가 원래 본인보다 나이가 많다는 것에 대해 여러 생각이 들 수도 있겠다.

'…괜히.'

아니, 그만 생각하자. 일해야 하니 일단은 일 생각만 한다. 나는 쓸데없는 추측을 그만하고 자리에서 일어났다.

"준비합시다!"

그리고 잠시 후.

뛰어 올라간 야외무대는 벌써 열기로 뜨끈했다.

우아아아아아아!!

이미 다 쉰 목으로 또 질러대는 함성과 무대 밑에서 덕지덕지 밀려오는 사람들. 그 뒤로 흔들리는 사람들의 물결. 야생적일 정도로 과하다.

'이런 느낌이었던가.'

팬들이 아닌, 이렇게 대형 군집 공동체가 열정적으로 소리를 지르는 것도 또 색다른 맛이다.

아니, 팬도 계시군.

박문대!!

나는 기어코 응원봉을 들고 있는 용감한 몇 사람을 보고 피식 웃었다. 올라오자마자 작년 대상곡인 〈약속〉부터 부르고 나니 분위기는 대단히 좋았다. 이래서 대중적인 곡이 있으면 행사가 쉽다.

'떼창 듣는 맛도 있고.'

굳이 한쪽 인이어 내리고 들으면서 공연하는 놈까지 있을 정도니까. 그리고 약속의 마지막 반주가 끝나는 순간, 우리는 찢어지는 함성과 함께 똑바로 몸을 세웠다.

핸드 마이크가 전달된다.

"Take your star! 안녕하세요, 테스타입니다!"

우와아아악!!

숨을 몰아쉰 류청우의 선창으로 인사를 한 뒤, 토크가 부드럽게 지어진다.

"오늘 이렇게, 연희대학교의 멋진 학생분들을 만나 뵙게 되어서 정말 기쁜데…"

그런데 류청우가 이쪽을 보고 갑자기 피식 웃는다.

'뭐냐.'

그리고 자연스럽게 마이크를 댄다.

"…??"

"소감이 어떠신가요?"

이야… 이 새끼까지 사람을 놀리네. 졸지에 모교에 온 소감을 말하게 된 나는 한숨을 참으며 입을 열었다.

"열정적이고 정말 좋아요. 역시 빨강보단 무조건 파랑이 멋진 색이죠."

그리고 엄지를 든다.

'이게 국룰이지.'

학교 대표색 언급하며 라이벌 학교보다 좋다고 하기. 어차피 다들 이러고 옆 동네 가면 태세 전환해서 빨강이 좋다고 말하는 거 다 안다.

으아아아악! 으가갸악!

호응 좋고.

류청우가 웃으며 마이크를 가져가 말한다.

"그래서 저희도 파랑이 빨강을 이기는 곡 준비했습니다."

"저희와 댄서분들 움직임에 집중해서 즐겨주세요~ 다음 곡 갑니다!"

큰세진이 손을 흔들고 자리를 잡자, 바로 이번 타이틀의 전주가 흐른다. 나는 도입을 놓치지 않고 들어갔다.

"저기 애타게 부르는 소리,"

평소보다 시선을 많이 돌린다. 당장 보이는 카메라만 수십 대니까. 스마트폰 불빛 말이다.

"가장 먼저 나타난 선두!"

아아악!

고음 터질 때 리액션도 좋고.

나는 동작을 크게 쓰며 무대 위를 뛰어다녔다. 다음 곡, 그다음 곡까지도 기세는 줄어들지 않는다. 우리도, 관객도.

"후우."

"감사합니다!"

계약된 곡은 3곡이다. 하지만 시간이 괜찮으니 일단 앵콜을 하나 더 했다. 곡이 많아서 부담이 없다는 건 좋은 일이다.

"하나 더?"

"해요! 우리 해요!"

다음 앵콜 곡은 영화 OST였던 〈Black Hole〉. 걸어 다니면서 부를 수 있어서 체력 분배하기도 용이하고, 인지도도 좋아서 반응도 좋았다.

'성공이군.'

나는 직감적으로 느꼈다. 이번 학교 축제 이벤트로도 제대로 점수를 땄다는 것을.

요즘 들어 일이 착착 맞아떨어져서 그런가, 어쩐지 썩 부정적인 예감이 들지 않는단 말이지. 내가 아니어도 옆에서 흥분한 놈들이 내일 새벽 촬영이고 나발이고 또 다음 곡을 지른다.

"후욱, 저희 한 곡 더 할까요? 뭐 듣고 싶으신 거 있어요??"

피크닉! 피크닉!!
마법소년!

대중 픽 음원들이 우수수 쏟아진다. 우리는 피식피식 웃으며 소리를 들었다. 다 준비된 음원이니까. 좀 애를 태운 뒤에 적당히 함성 크기로 결정할 생각이었다. 그러나 갑자기 김래빈이 눈을 번쩍번쩍 빛낸다.

"저… 제가 한 말씀 드려도 괜찮겠습니까?"

"어? 그럼!"

"아무래도 대학인 만큼, 새롭게 사회로 나가는 준비를 하시는 관객이시니 저희도 데뷔곡을 부르는 게 어떨까 합니다!"

우와악!!

"……."

이놈이 이렇게 말 잘하는 놈이었나?

"…저도 동의합니다!"

배세진 이놈도 이렇게 적극적이었나? 오늘 다들 흥분하긴 했나 보다. 어쨌든, 분위기상 그럼 정답은 하나다.

"그럼 그렇게 할까요?"

네!!

"좋습니다! 〈마법소년〉, 노래 주세요."

류청우의 힘찬 부름에, 무대 밑의 스탭들이 사인을 주고받는다.

이제 이대로 〈마법소년〉 음원이 흘러나오면….

ㅡ오오오~ 오오오오~

"……!"

"어."

그때, 우렁찬 남녀의 코러스 소리가 스피커를 타고 나온다. 유명 클래식 음악에서 멜로디를 따온, 살짝 저음질의 과장된 밴드 사운드. 절대 〈마법소년〉 전주의 오르골 소리는 아니다.

바로 알았다.

'잘못 틀었어.'

우리가 엔딩을 끝낸 다음에 할 응원용 음원을 먼저 틀어버린 것이다.

"……으음."

한마디로 사고다.

'그럴 수 있지.'

흔히 행사에서 발생할 만한 사고다. 문제는 지금 7초쯤 지났는데 아직도 소리가 안 꺼졌다는 점이지.

'밑에서 난리가 났나 본데.'

우리가 여기서 당황해서 다 같이 얼어붙는 순간 앵콜 분위기를 조지는 것이다. 지금 스마트폰이 쫙 깔렸는데 안 되지.

'손이라도 흔들고 있자.'

즐기는 척해라. 나는 눈치껏 주변 놈들이 웃으며 리듬을 타는 것을 확인하고 비슷한 행동을 하기 위해 양손을 들었다가…… 문득, 깨달았다. 차라리 말이다.

'이러면 되지 않나?'

나는 앞으로 나가서, 바닥에 내려놓은 핸드 마이크를 들었다.

"…?"

그리고 코러스에 맞추어 입을 열었다.

[일어나는 기상! 나아가는 초상! 우우우우우~ 우리의 목소리!]

"...!"
구식 응원가가 자연스럽게 흘러나온다.

오오오!

이건 안 잊어버렸다. 이 철에 도서관 갈 때마다 길에 틀어놔서 말이다.
'그리고 가사는 시에서 따왔고.'
사실 가사 틀려도 된다. 호응만 끌어낼 수 있다면 말이다.

[목소리! 목소리! 목소리!]

나는 떼창에 맞추어, 과하지 않게 노래를 부르며 멤버들과 시간을
때웠다. 그리고 1절 후렴을 지날 때쯤 드디어 음악이 꺼진다.

와아아!!

"감사합니다."
다행이었다. 내가 2절은 모르거든.
그리고 웃음과 박수가 쏟아졌다. 웃긴 건 멤버들도 그러고 있다는

점이다만.

"앵콜 응원 잘 들었습니다~"

"멋지다!"

…뭐. 괜찮은 순발력이었던 것 같다.

"대박!"

"훌륭한 애드립이셨습니다, 형!"

귀갓길, 야밤에 숙소에 들어오면서 멤버들이 한마디씩 더 얹었다. 사실 배경지식으로 비빈 거라 좀 양심에 찔리긴 하군.

배세진이 작게 중얼거린다.

"트로트도 잘 알더니…."

"……."

그렇게 이해해도… 아니, 별로 틀린 게 없다는 점이 희한한 일인가.

그리고 사정 아는 놈은 사람들이 적당히 자기 방으로 흩어질 때 즈음에야 내 옆을 찔렀다.

"문대문대!"

그만해라.

"설마 너도 저런 행사 적극적으로 참여해서 막 배워둔 거야? 응원가를?"

그럴 리가 있냐.

"새내기 때 모아두고 저것만 가르치는 오티가 있어."

"진짜??"

"어."

큰세진이 폭소했다.

"야."

"미, 미안! 아니, 상상해서… 아, 흠."

그리고 옆에서 가만히 서 있던 류청우까지 소리를 낸다.

"큼!"

"……"

저 새끼도 아닌 척 계속 사람을 멕여.

'마음대로 해라.'

어쨌든 수습하면서 한 건 올렸으니 잘 됐지.

"아~ 문대 덕에 우리 또 인기 동영상 올라오겠네~"

그리고 큰세진은 아예 구석으로 빠져나가던 선아현까지 붙잡았다.

"아현아, 들었어? 문대 이거 따로 배웠대."

"……"

그러나 선아현은 돌아보지 않았다.

"…음, 아현아?"

"…으응, 들, 들었……"

선아현은 이번에도 돌아보지 않았으나 대답은 했다. 하지만 그 목소리가 잦아들었다. 그리고 숨을 몰아쉬는 것처럼, 어깨가 들썩인다.

'지금…'

느낌이 이상한데. 내가 말을 걸려던 순간이었다.

선아현이 비틀거렸다.

"……!"

"아현아."

"……욱."

숨 참는 소리. 혹은 헐떡이는 소리.

'…과호흡?'

그리고 선아현은, 순식간에 그대로 비틀거리며 뛰었다.

"…!!"

쾅!

현관 화장실로.

"선아현!"

나는 반사적으로 따라붙어서 문고리를 잡았다. 쿵!

……잠겼다. 왜?

옆에서 같이 달려온 놈이 외치는 소리가 들린다.

"아현아? 선아현! 너 괜찮아?"

욱, 욱, 하는 구역질 소리만 울렸다.

"문대야 비켜. 부수자."

"Watch out."

어디선가 뛰어온 차유진이 문에 몸을 무섭게 박찬다.

쾅! 쾅!

그리고 문고리 빠지는 소리와 함께 문이 열린다.

팅….

문을 열자, 세면대에 얼굴을 처박은 선아현의 뒷모습이 보였다. 그 사이에 무슨 짓을 한 건지 머리부터 푹 젖어 있다.

"선아현 너 어디 아파?"

"구… 구급차를 호출하겠습니다!"

"잠깐, 지금 애 상태가…."

나는 화장실 안으로 걸어 들어가서, 세면대에 선 놈의 어깨를 살짝 두드리려 했다.

어깨가 확 움츠러든다.

"…!"

그리고 작은 목소리가 들린다.

"미, 미안해… 문대야. 저, 정말 미안해……."

"…!!"

왜…….

"……."

"얘들아, 잠깐…."

등 뒤에서 류청우가 다른 놈들을 데리고 나가는 것이 얼핏 들렸다. 그리고 나는 벼락이라도 맞은 것처럼 서 있었다.

"…뭐가."

그 한마디 했는데, 댐이 터진 것처럼 말이 터진다.

"바, 바로! 말했어야 하는데…. 못, 못 말했어, 그, 그렇게, 같이 있는 게 좋아서…. 아, 안심이 돼서……."

"……."

"너, 널 생각해서, 정말 널 위해서라면, 말했어야 하는데, 무, 문대야."

선아현이 고개를 돌렸다.

얼굴이 새하얗게 질려 있었다.

"치, 치료를 받아야 해. 사, 상담이랑…. 지금, 너, 너는 활동, 활동을 할 때가 아니야…. 저, 점점 심해지고 있고… 아니, 이렇게 말하면, 안, 안 되는…. 제, 제대로, 말해야…."

"……."

"미, 미안…. 모, 못 믿고… 도, 도움도 안 되고…."

선아현의 얼굴이 시퍼렇게 변하며, 놈이 또 헐떡이기 시작했다. 그리고 나는 그 얼굴을 본 적이 있었다.

—아, 안녕하세요….

백일몽.

거기서 초면인 내가 다짜고짜 레티로 데려왔을 때 선아현의 상태.

'아.'

나는 거의 반사적으로, 놈의 상태창을 불러왔다. A와 S가 교차하는 거창한 스탯 항목을 지나… 그 밑.

특이항목.

특성 : 근성(비활성화)
!상태이상 : 자아존중감 결핍

상태이상.

[자아존중감 결핍]
−자신을 경멸합니다.
: 모든 능력치 두 단계 감소

그리고 깨달았다.
내가… 제대로 X신 짓을 했다는 것을.

축제가 끝났다.
　인터넷에는 테스타의 다양한 후기 글과 인증 사진이 범람했다. 대학 커뮤니티에서도 반응이 쏟아진다.

　-감히 거기서 응원가를 불러서떼창을 유도해?박문대명예연희인시켜주자
　└ㅋㅋㅋㅋㅋㅋㅋㅋㅋㅋㅋㅋㅋㅋㅋㅋ
　-야 킹스타 앵콜 3곡 조지고 감 밑에서 매니저가 울려고 했다는 증언 있음
　-몸값 제대로 뽑고 가네 그들의 상도덕 마음에 들었습니다

　호평. 호평. 호평. 직캠이 뜨고 댓글이 달린다.

　-라이브 미쳤다 와 이게 되네
　-워터밤도 하자... 이건 절대 사심이 아닙니다.

-이번 활동곡 직캠 많이 남겼으면 좋겠어요 현장감 있으니까 막 벅차ㅠㅠ

많이 남겼으면 좋겠다고.

지금 내일 스케줄이 가능할지도 모르는데, 장담해 줄 수 없는 내용이다. 화면을 더 내리면 내가 핸드 마이크 주워서 굳이 응원가를 부르는 애드립 영상도 있다.

-이게 바로 아이돌이라고 외치는 영상
-순발력 진짜 미쳤네

순발력? 아는 걸 하는 게 순발력이라면 개새끼도 호랑이로 불러야 할 것이다. 박문대는 정보 차이로 이득 보고 입 닦는 부류지. 위기 상황에 대가리가 잘 돌아가는 게 아니라.

정말 순발력 있는 새끼라면 거기서 다른 말을 했을 것이다.

그러니까⋯ 선아현의 말에.

─⋯⋯.
─미, 미안해⋯⋯.
─아니. 아니야.

모국어도 모르는 새끼처럼 단어만 반복하는 대신 말이다. 그래서 결국 다시 찾아온 놈들이 선아현과 나를 화장실에서 끌어낼 때까지 멍청히 서 있는 대신 말이다. 그때 차라리 내가⋯.

'그만.'

비생산적인 가정은 그만둔다.

다음 상황으로 넘어가서, 다시 생각을 진행한다. 그리고 나는… 내 방에 들어온 것 같은데, 선아현은 자기 방으로 간… 건가.

'아마도.'

밖으로 데려가진 않았다. 그럼 아직 숙소에 있을 수 있다는 뜻이고, 상태가 진정됐다는 뜻일 것이다.

"……."

나는 양손으로 얼굴을 눌렀다. 뇌가 굳은 것 같았다. 머리가 돌아가지 않는다….

대가리 굴려라.

네가 할 수 있는 일이 그것뿐인데 직무 유기하지 말고. 왜 상황이 이렇게 되었는… 아니지. 그렇게 말하면 안 되지.

'이 X 같은 상황을 왜 만들었냐고, 이 새끼야.'

나는 이를 악물었다. 어디서부터 내가 X신 짓거리를 했는지 물어본다면…….

당연히 처음부터.

'애초에 말할 생각을 말았어야지.'

이게 제정신인가? 그렇게 '알리면 정신병원행'이라고 예측해 놨으면 입 다물고 있어야지, 무슨 정신머리로 그런 비현실적인 말을 다짜고짜 입 밖에 꺼냈느냐 말이다. 다른 놈이 믿어줘서?

'사례 하나로 일반화하네 X신 새끼가.'

꼬리 잡혀서 해명한 판에 그게 먹히면 안도하고 넘어갔어야지. 왜 아무엇도 모르는 놈한테 또 떠들었냔 말이다. 객관적으로 이런 정신 나간 소리를 납득해야 할 무슨 이유라도 있나? 이게 '그러고 싶어서' 떠들 말이었나?

"쓸데없는…."

개짓거리를 해서 상황이 이 꼴이 됐지 않은가.

'선아현 상태이상이….'

다시 활성화된 이 상황을, 대체 어떻게 할 거냐고.

"……."

원인만 알면 다냐? 네가 X발 멍청한 짓을 했다는 걸 알았으니 근본적 해결책이라도 찾아낼 줄 알고 지금….

'닥쳐.'

나는 입을 막았다. 이빨이 손아귀를 짓누른다. 쓸모없는 짓 그만두고 이성적으로 다시 현실을 보자.

'해야 할 일.'

…어떻게든. 선아현의 상태이상을 다시 비활성화해야 한다. 녀석이 지금까지 상태이상을 비활성화시킬 수 있던 건 특성 덕이다.

'근성.'

[특성 : 근성(A)]

―자신의 마음가짐은 스스로 만드는 것. 집중력을 불태워 부정적인 상태를 누른다.

: 활성화 시 상태이상 한 가지(최우선순위) 상쇄

그런데, 이 특성이… 내가 떠든 개소리 때문에 비활성화되며 다시 상태이상이 돌아온 것이다. 나는 주먹을 쥐었다.

'전에는…'

전에는, 내가 가진 특성으로 선아현을 설득했다.

―그냥 '이걸 해내겠다' 정도만 생각해.

선아현은 내 말에 납득하고 지금 당장 앞에 놓인 일에만 집중하기로 마음먹었다.

그러나 지금 내 말이 설득력이 있을 리가 없다. 내가 바로 그놈이 일에 집중하지 못하도록 혼란스럽게 만든 당사자니까. 이미 내가 제정신이 아니라고 생각할 텐데 통할 리가….

"……."

뇌가 멍하다.

'할 수 있는 일이…'

설득할 방법. 전처럼….

나는 반사적으로 내 상태창을 불러왔다. 그러자 기다렸던 것처럼 팝업이 뜬다.

[형…]

큰달.

다른 말은 없다. 팝업이 흔들리는 것 같은데… 내가 맛이 가서 그렇게 보이는 건가.

아무렴 어떤가. 나는 잠긴 목소리로 중얼거렸다.

"특성… 혹시 다시 뽑을 수 있냐."

누구든 설득할 수 있는 그 특성 말이다.

"……."

상태창은 움직이지 않았다. 그리고 한참 후에야 작은 글씨가 올라온다.

[아뇨.]

아.

그래, 그럴 줄 알았다.

[죄송해요….]

"죄송할 거 없어."

왜 내가 개소리를 하면 다 사과를 하는 거지? 뭐 매뉴얼이라도 있나? 왜 나는 X발 이런 일까지….

[형 잘못 아니에요. 정말 아니에요.]

"맞는데."

누가 나한테 억지로 시킨 것도 아니고, 내 정신머리에 문제가 생겨서 발생한 일이다.

'판단력이 없어졌다.'

그거 외에는 다른 결론이…….

똑똑.

"문대야."

누가 부른다. 고개를 돌리자, 조심스럽게 방으로 들어오는 류청우의 얼굴이 보였다.

"아현이 진정했고, 괜찮아."

"……."

"네가 혼자 있고 싶다고 말했지만… 미안해. 내가 들어오고 싶어서."

류청우는 멋쩍은 것 같은 얼굴로 걸어오더니, 부드럽게 자신의 침대에 앉았다. 사과 좀 그만 듣고 싶다.

"형 방인데 형 마음이죠."

"…음, 알았어."

그리고 짧은 침묵이 흘렀다.

류청우는 그 후에 다시 입을 열었다.

"문대야. 네 사정을 다른 사람에게 말하고 싶은 건 당연한 일이야."

그래. 그리고 멍청하게 진짜 떠든 건 다른 문제고.

"지금은 타이밍의 문제였을 뿐이니까 너무 깊게 생각하지 마. 알았지."

"……."

그 타이밍을 고른 게 난데 말이다. 그러나 대답할 것도 없었다.

똑똑.

방에 또 누가 들어왔다.

'큰세진.'

놈은 들어온 방문을 다시 닫더니, 상황을 파악하자마자 즉시 굳은 얼굴로 말한다.

"박문대. 이건 내 탓이야. 미안해."

"……."

토할 것 같다.

"이게 어떻게 하면 네 탓이 되는데."

"내가 부추겼으니까."

저놈이 얼굴색 하나 변하지 않고 지금 뭐라고 하는 거지.

"내가 아현이가 당연히 믿을 거라고 생각해서 실수한 거야."

"……."

"네가 나한테 말할 때 너무 긴장한 것 같아서 이번에는 그러지 않았으면 좋겠다고 생각했거든. 내가 선 넘은 거야. 넌 그냥 할 일 한 거고."

"아니."

나는 관자놀이를 눌렀다.

"말한 건 나야. 그만해라."

"그러니까 그걸……."

큰세진은 뭐라고 더 말하려는 것처럼 입을 열었으나, 곧 닫았다. 그건 고마웠다. 안 그래도 대가리가 깨질 것 같았으니까.

"누구 잘못도 아니고 상황이 그렇게 흘러간 거니 둘 다 그만해."

류청우가 끼어들어서 정리해 버린다. 동의할 순 없지만 그러려니 했다. 하지만 다음 말은 그러려니 할 수 없었다.

"하지만… 문대야. 우리 잠깐 쉬는 건 어떨까."

"......"

뭐라고.

"2주 넘게 활동했으니 이제 며칠 쉬어도 괜찮을 거야. 소속사 편으로는 다 같이 독감이나 몸살에 걸려서 쉰다고 해도 괜찮고."

부드럽고 조심스러운 목소리가 이어진다.

"우리 조금 쉬면서 재정비할까?"

재정비. 활동을 멈춘다는 선택.

"......"

내가 양심이 있어서 선아현의 상태를 생각한다면 찬성해야 한다. 지금 타이틀의 정신 나간 라이브 난이도를 고려하면, 선아현의 능력치 하락은 바로 눈에 띌 것이다. 그럼 무슨 소리를 들을지 뻔하지 않은가. 온갖 욕과 논란감이 된다.

'쉬는 게 맞아.'

내가 제정신이라면 여기서 활동하자고 지랄하면 안 된다. 하지만….

나는 고개를 돌려서, 아직도 끄지 않은 상태창의 팝업을 쳐다보았다.

"......"

쉬면… 이 녀석이.

[형, 쉬면서 좀 스스로에게 휴식을 주세요…. 제발요.]

이제 얼마 남지 않았다. 이번 활동으로 레코드를 못 만들면 이게 죽는단 말이다. 상태창으로 돌아간다고. 그런데 이 새끼는 그걸 뻔히 알면서도 쉬라고 말하는….

"……이."

뇌가 터질 것 같다. X발, 뭐 이렇게 생각할 게 많고, 처리할 게 많고…
이게 대체 무슨….

불쑥 말이 튀어나왔다.

"나중에."

그만.

되지도 않는 소리 마라, 나중은 없다. 당장 새벽에도 스케줄이 있다.
4시간도 안 남았다. 이제라도 빠르게 정확한 판단을 내려야 한다. 효
율적으로….

"문대야."

누군가 어깨를 잡았다. 류청우.

"그럼 일단 사흘이라도 스케줄 빼두자. 사흘 가지고 문제 안 생겨.
이미 찍어둔 것도 많잖아. 알았지, 박문대?"

"……."

나는, 고개를 끄덕였다.

그걸로 뭘 할 수 있을지는 모르겠지만. 그러든가.

같은 시각 거실. 김래빈은 선아현이 자주 마시는 뜨거운 차를 손에
들고 고뇌 중이었다.

"아무래도… 두 분 사이에 사건이 생겼다고 봐야 해."

차유진은 고개를 저었다. 그의 친애하는 친구는 예술가로서 참 출

중한 재능을 가졌으나 이런 문제는 젬병이었다. 그래서 솔직히 말했다.

"다들 알아. 김래빈."

"……."

김래빈은 발끈하는 대신 좀 우울한 얼굴로 고개를 끄덕였다. 그만큼 상황이 심각하긴 했다.

'정말 난리잖아.'

선아현 형은 거의 자기파괴적 몽유병자 같은 모습에, 박문대 형은 충격으로 넋이 나간 것 같았다. 침대까지 반쯤 부축해야 했으니까.

차유진은 솔직히 왜 상황이 이렇게 된 것인지 이해할 수가 없었다. 서로 미안하다고 하는 것 같은데, 그럼 서로 나쁜 감정은 없다는 것 아닌가? 하지만 동시에 상황을 합리적으로 납득하긴 했다.

'뭐, 다들 친구가 별로 없던 것 같았어.'

그도 이렇게 서로를 무겁도록 중요히 생각하다가 결국 문제까지 무거워지는 관계를 종종 봤다. 참 서툰 사람들이었다. 그 진실함이 이 팀원들의 매력이기도 했지만 말이다.

'흠… 저 형도 그렇지.'

그는 배세진이 패배자의 얼굴로 비틀거리며 거실에 앉는 것을 보았다.

"나는… 왜 이렇게 말을 못 하는 거야."

아무래도 선아현에게 다정히 말을 붙이려다 실패한 것 같았다. 어쩐지 안쓰러운 마음에 그는 고개를 끄덕였다.

"저 말 잘해요. 저 말하고 올게요."

"자, 잠깐."

원래는 문대 형이 기운을 차리도록 먼저 가볼까 했지만, 아무래도 위로에 더해 조언까지 필요한 상황이 더 어렵지 않은가!

'그런 곳을 내가 가야지.'

차유진은 어깨를 으쓱하고 당당히 김래빈의 방, 그러니까 선아현의 방에 노크 후 들어갔다. 아무도 말리지 않는 것을 보니 그의 선택이 맞은 것 같았다!

"형, 저 들어가요."

"……."

삐걱.

문을 열고 들어가자 달빛 드는 창가 앞 침대에 선아현이 걸터앉아 있었다. 영혼이 빠져나가기라도 한 것처럼 뻣뻣하게 굳은 자세와 창백한 안색이었다. 사람이라기보단 폐허처럼 보였다. 그것이 그나마 진정제 덕에 가능한 모습이었지만.

"형, 몸 괜찮아요?"

"……."

선아현은 고개를 아주 느릿하게 끄덕였다. 약 기운 탓인지 눈에 초점이 없어 보였다.

"마음은 괜찮아요?"

침묵. 차유진은 옆에 걸터앉으며 바로 핵심을 찔렀다.

"저한테 아무 말 못 해요? 문대 형 비밀이라?"

"……!"

선아현이 시선을 돌렸다. 그제야 좀 사람 같아 보였다. 차유진은 어깨를 으쓱했다.

"모두 비밀 있어요. 저 안 들어도 알아요!"

뭐, 살면서 비밀이 없는 사람이 도리어 이상하지 않은가. 그리고 그런 비밀을 공유하느냐 마느냐는 단지 옵션일 뿐이었다.

비밀을 많이 공유한다고 더 친밀하고 좋은 사이인가? 그 사람을 더 제대로 아는 것인가? 차유진은 그렇게 생각하지 않았다.

'자연스럽게 이루어지지 않으면 그냥 무게가 되는 거야.'

어쩌면, 지금이 그런 상황일지도 몰랐다.

"뭐든 간에, 형은 그 비밀을 들었는데 거기서 모종의 문제가 생긴 거죠."

선아현은 여전히 미동도 없었으나, 낮게 읊조렸다.

"내, 내가… 망쳤어."

"그럼 고쳐요."

"……!"

"제가 쉽게 말한다고 생각하지 말고. 음, 형이 문대 형에게 마음이 상한 건 아닌 것 같아서요."

차유진은 선아현을 빤히 보았다.

"그럼 당장은 푹 자고, 맑은 정신으로 대화해서 고쳐보자고 생각하면 정리하기가 더 수월하잖아요."

긴장을 늦추고 패닉을 벗어나라는 조언이었다.

그리고 답변이 돌아온다.

"…아, 알아."

선아현이 갈라진 목소리로 낮게 중얼거렸다.

"…그, 그래서, 내가… 안 되는 거야."

"…!"

"매, 매번. 알면서, 알면서 아무것도 안 하니까…!"

그 말을 하는 선아현의 눈에서 차유진은 지독히 확실한 감정을 확인했다.

'저건…'

자기혐오, 분노였다.

선아현도 알았다. 왜 모르겠는가? 지금 이 꼴로 자신이 할 수 있는 건 없으니 입을 다물고 잠이나 자는 게 그나마 상황을 돕는 일이라는 것을.

하지만 그러고 있지 못한다.

불안하니까, 모든 걸 다 망쳤다는 공포가 정신을 지배하니까.

마찬가지로 박문대의 '비밀'을 듣는 그 순간에도 깨달았다.

'안 돼……'

문대의 지난 행적들을 말이다. 기억상실과 악몽, 극단적인 선택까지 고려하면… 이건 보통 심각한 일이 아니었다.

마음의 상처가 정체성 문제로 번지고 있는 징조로 보였다.

─나는 박문대가 아니야.

그리고 박문대에게 그 이야기를 꺼낼 가장 적임자는 자신이라는 것도 알았다.

'내가 해야 해.'

류청우와 이세진은 자체적으로 자신의 정신적 고난을 극복해 낸 사람들이다. 의학의 도움은 거의 받지 않았다. 그래서 건강한 그들이 박문대를 완전히 믿고 있다면.

'나뿐이었는데…!'

그 위험성에 대해서 제대로 말해줄 수 있는 건 자신뿐이었다. 그게 그나마 자신이 박문대에게 도움을 줄 수 있는 길이었는데, 제 역할을 다하는, 도움이 되는 친구와 동료가 되겠다고 그간 수없이 많은 고민과 결심을 했지만….

'그렇게 못 했어.'

…아니, 안 한 것이다. 신뢰와 친밀함으로 쌓은 소중한 관계가 그 말 한마디로 끝날 수도 있으니까.

그 가능성만으로도 너무 두려웠기 때문이다.

'나만… 나만 안 믿어줘서 싫어하면 어떡하지.'

'결국, 문대가 이상하다는 뜻이잖아. 그, 그러면… 안 되는데.'

'기분, 기분 나빠할 텐데…….'

하지만 입만 다물고 있으면, 그러면 계속 잘 지낼 수 있으니까 외면한 것이다. 선아현은 손아귀가 새하얗게 변하도록 손을 꽉 쥐었다.

'나는 문대가 어떻게 되든, 그냥 친하게 지내는 게 더 중요했던 거야…….'

그런 자신의 외면 때문에 문대의 증상은 더 심해졌다. 나중에는 정말로 문대가 활동을 하다가 큰 고초를 당하기라도 하면, 그래서 돌이킬 수 없는 상황이 되면…….

'내 탓이야.'

잠 못 이루고, 어떻게든 의심한다는 티가 나지 않게 정보를 모으려 애쓰면서 철저히 알았다.

－그냥 믿어버리면 안 될까?

정말 믿는 것도 아니면서, 그 자기합리화를 어떻게든 정당화하고 싶은 자신의 상태를 다 알면서도 결국 아무것도 못 하고 일을 망친 이유는 하나다.

'내가… 내가 도움이 안 되는 부류의 사람이어서야.'

변명할 여지가 없다.

자신은 좋은 일, 옳은 일에 대해서 그렇게 고민하면서도 결국 정말 소중하고 두려운 일에 대해서는 아무것도 하지 못한 것이다. 그리고 나약한 정신을 어쩌지 못하고 최악의 상황에, 최악의 방법으로 상대에게 쏟아냈다.

'도운 것도 아니야, 그건….'

그건 그냥 상처일 뿐이다. 친구에게 또 다른 상처를 준 것이다….

선아현은 목이 메었으나 분출하진 않았다.

'고통스러워하지 말자.'

이런 상황에서 자기연민은 사치였다. 그는 차오르는 것을 꾹 눌렀다. 울면서 사과하는 게 면죄부는 아니니까.

"……."

보던 차유진은 그답지 않게 혀를 찰 뻔했다.

'무슨 고행하는 중세 수도사같이 보이잖아.'

구체적인 내막은 알 수 없었으나 이 분위기만 봐도 보였다. 선아현은 고통스러워하고 있었다.

그래도 차유진은 할 말은 하기로 결정했다. 결국 어떤 사람이든 자기 발로 상념에서 나와야 하나, 그 사람에게 디딤돌은 건넬 수 있지 않은가!

"음. 알겠어요. 하지만 이건 상황이 좀 다르잖아요."

차유진은 손을 들었다.

"이번엔, 형이 하지 않으면 문대 형이 해요."

"…!"

"그 형은 무슨 일이 이 그룹에 터지든 결국엔 자기가 해결하려는 성격이니까."

선아현은 고개를 들었다.

"그런 형이잖아요. 형도 알죠?"

당연히 알았다.

"그러니까 이번에는 형 혼자 하냐 안 하냐의 문제가 아니에요."

"……."

"형이 행동하든가, 아니면 문대 형이 먼저 하든가. 둘 중 하나예요."

선아현은 이를 악물었다. 그렇다면.

…그렇다면.

새벽.

"가자, 콩아."

청려는 어젯밤에 드디어 돌아온 그의 개와 함께 길을 걷는 중이었다.

단지 내 산책로. 아직도 별다른 목격담 문제 없이 이용하는 코스였다. 본래 나오던 시간에 산책을 나오니 모든 게 원래대로 알맞게 돌아가는 느낌이 기꺼웠다. 고작 몇 년 안 된 루틴을 그렇게 불러준다는 게 우습지만 말이다.

"음."

그는 곧바로 희미한 미소와 함께 문자 하나를 작성했다.

[퇴원했어요]

사진은 지금 찍은 것을 보내면 될 것이다.

"콩아. 여기."

"왕!"

그리고 그가 활짝 웃는 개의 얼굴을 찍으려던 참이었다. 벤치에 앉아 있는 인영이 보였다.

"...음."

시간대 덕에 거의 없는 일이었으나, 그것 때문에 동요한 것은 아니었다. 아는 인영이었기 때문이다.

"후배님."

"……."

어두운 벤치, 검은 후드가 살짝 움직여 그 아래 내용물이 보인다.

아는 얼굴이다. 청려는 마스크 아래로도 보이는 창백한 혈색을 확인했다. 그 와중에 들리는 목소리는 담담하다.

"...물어볼 게 있는데."

"……."

아주 드문 일이었다. 그리고 이 드문 짓을 본인도 저지른 적이 있기에, 그는 마찬가지로 드문 결정을 내려줬다.

"그래요? 그럼 일단 들어갈까요."

박문대는 그렇게 VTIC 숙소로 초대받게 되었다.

어제만 해도 예상치 못했을, 즉흥적인 방식으로.

"들어와요."

"……."

검은 후드를 눌러 쓴 박문대는 약간 비틀거리며 현관 안으로 진입했다. 콩이가 끙끙거리며 그 주변을 맴돌았다. 넓고 조용한 숙소 안에 강아지의 울음소리만 울렸다.

"콩이 손."

청려는 벌써부터 '산책 마무리' 준비를 하는 자신의 개를 들어 올리려다가….

'흠.'

일부러 동행인에게 요구했다.

"좀 도와줄래요?"

"……."

박문대는 묵묵히 콩이의 네 발을 닦고, 식사를 챙기고, 결국 개가 자신의 다리에 머리를 올리는 것까지 수용했다.

'정신을 못 차리네.'

선을 넘었다 싶었을 때 평소 보이는 반응이 하나도 없었다. 청려는 뜨거운 음료를 맞은편에 두며 아무렇지 않게 말을 꺼냈다.

"실패했어요?"

"……."

후드 쓴 머리가 고개를 들었다. 특별히 반발은 없다.

'맞군.'

어떤 종류의 실패냐에 따라 다르겠지만, 일과 관련된 건 아닐 것이다.

'그러면 내가 모를 리가 없는데.'

그는 경쟁자의 동향을 놓치지 않았다. 어쩌면 박문대의 시원찮은 회사가 스스로 문제를 깨닫는 것보다, 자신에게 정보가 들어오는 게 더 빠를지도 몰랐다…. 청려는 아직도 마스크를 쓰고 있는 경쟁자를 보다가 말을 이었다.

"할 말이 있다면서요. 해요. 들을 테니까."

"……."

박문대는 개를 내려다보다가, 잠긴 목소리로 고저 없이 말했다.

"다른 사람에게 사정을 설명한 적이 있다고 했지."

"그렇죠."

아, 그걸 실패했나.

아무래도 박문대는 누군가에게 또 사정을 말한 모양이다. 외관상 동갑인 하나에게 털어놓았으니 아마 남은 하나의 동갑이었을 확률이 높다. 관계의 압력이라는 건 보통 그렇게 작용한다.

'추천하지 않는다고 했잖아' 따위의 말을 할 수도 있었으나… 청려는 생략했다. 굳이 그러지 않아도 본인이 잘 알고 있는 것 같았으니까.

"변명… 네가 쓰는 변명이 있다면서."

"있죠."

설마 거래나 협박도 아니고 그저 알려달라는 건가 싶어서 쳐다보았으나, 그의 후배는 지금 그런 계산을 할 상태도 아닌 것 같았다. 정말 평소답지 않게도.

청려는 박문대가 눈앞의 컵을 잡지 않는 이유가 손을 떨고 있어서란 것을 확인했다. 소매 천이 들썩였다.

"……"

청려는 예전에도 박문대에게서 몇 번 그랬던 것처럼, 그 모습에서 낯설도록 아주 오래된 자신의 흔적을 찾아냈다.

그래서 순순히 입을 열었다.

"우선 내 이야기와 유사한 스토리라인을 만들어요. 적당한 평판이 좋은 베스트셀러 소설이나, 영화에서 레퍼런스를 찾아서."

청려는 연도별로 적당한 예시까지 찾아서 정리했었다. 실수로라도 미래에 발표될 작품을 미리 말해 버리면 안 되니까.

"그걸 먼저 인터뷰에서 말하는 거죠. 키워드 위주로."

"……"

"컨셉적으로 매력을 느끼고 있다고. 복선처럼."

그러면 자신의 비밀을 들었던 멤버가 나중에 뭐라고 떠들든 장난이나 과몰입으로 지나갈 뿐이다. 대중을 취하고 관계를 버리는 방법이다.

"상대의 입을 무력화하는 방법이죠. 효과적이에요. 예방주사 같은 원리라고 해야 하나."

그러나 마스크 쓴 입에서 나오는 말은 없었다. 청려는 다소 불퉁하게 짐작했다.

'싫은가.'

박문대는 간혹 무르도록 감성적이었다. 뭐, 겨우 한 번 돌아왔으니 당연한 일이겠지만. 청려는 속으로 탐탁지 않게 여기면서도 다른 대안을 내놓아주었다.

"마음에 안 들어요? 그럼 그냥 활동이 힘들어서 실수한 거라고 상대에게 직접 말해요."

"…!"

"처음에는 장난삼아 했던 공상인데, 어느새 스스로도 정말 믿게 된 것 같다… 정도로?"

박문대가 고개를 들었다. 사실 이 방법은 전적으로 상대가 안심하게 만드는 것에 초점을 두고 있기에 청려 본인은 초반 몇 번을 제외하면 거의 사용한 적이 없다.

'변수나 효율 문제가 있어서.'

약간만 성의 없이 해도 돌발 행동을 하니 짜증이 났기 때문이다.

그러나 박문대에게는 적당한 방법처럼 들리는 것 같았다. 하긴, 저 정도로 신경을 쓴다면 성의 없게 말할 일은 없을 것 같았다. 청려는 제법 친절히 설명을 덧붙였다.

"그럼 좀 빈틈이 보여도 믿을 거예요. 본인이 생각한 예상 답안과 썩 다르지 않으면서 긍정적이잖아요."

부르지도 않았건만, 박문대에게 손까지 주고 있는 콩이를 구경하며 청려는 천천히 말을 마쳤다.

"그런 부류의 사람들은 이미 결론 내려놓은 생각을 잘 바꾸지 않거든요."

그리고 웃었다.

"틀린 사람이 되기 싫잖아요?"

"……"

"듣고 싶은 대답을 해줘요. 그럼 수습될 거예요."

청려의 앞, 박문대가 손도 대지 않은 음료에서는 여전히 김이 올라오고 있었다. 그리고 드디어 눈을 마주친 박문대는….

확신하고 있었다.

"아니야."

이런.

머릿속이 진흙탕 같다.

덕분에 이 새벽에 테스타 숙소와 구조만 똑같은 남의 숙소에 다짜고짜 들어앉았다. 웃기지도 않는 상황이라는 걸 나도 안다. 그런데 대체 뭘 해야 할지 모르게, 돌아버리게 머릿속이 복잡한데도 뭐 하나는 할 수 있겠다.

바로 부정이다.

"아니야."

맞은편에 앉은 청려가 고개를 옆으로 숙였다.

머릿속 진흙탕에 찬물이 쏟아진 것처럼 정신이 든다.

"음?"

"걔는… 그런 놈은 아니라고."

그거 하나는 확실히 반박할 수 있었다.

선아현은 자신이 틀렸다는 것을 인정하는 사람이다. 꽤 가혹할 정도로 그놈은 지금까지 계속 그렇게 살았다. 본인의 트라우마와 결점에 대해서 계속 의식하면서.

[!상태이상 : 자아존중감 결핍]

그 상태이상을 달고, 자기 자신에게서 계속 단점과 고칠 점을 찾아내고 인정한다. 과할 정도다.
그리고 극복하려 한다.

[특성 : 근성]

놈의 특성이 그걸 반영하여 보여주는 것 같았다. 이겨내려는 마음가짐. 그리고 최선을 다해서 내리려는… 올바른 판단.
'듣고 싶은 말을 들려줬다고 편하게 납득하는 놈이 아니야.'
그래서 도리어 문제가 생긴 것이다. 나는 선아현이 외쳤던 말을… 기억하고 있다.

―미, 미안…. 모, 못 믿고… 도, 도움도 안 되고….

"…그놈은 믿고 싶어 했어."
"그렇겠죠."
"그런데도 안 믿는 게 옳다고 생각한 거지."
"……."
"본인이 편한 방향으로 결론 내린 게 아니라 불편한 정답을 찾으려다가 이 꼴이 난 거라고."

내가 제대로 설명해 주지 못했기 때문에 정신병 쪽을 정답이라고 오인하게 된 것이다.

'…실제로 전적이 화려하기도 했군.'

나는 발작부터 알콜 중독까지 별 지랄을 다 했던 것을 떠올리며 쓴웃음을 지었다. …왜 선아현이 믿을 거라고 생각했는지 모르겠다.

"그러니까… 그런 방법을 쓸 생각은 없어. 안 통해. 정반대의 상황이니까."

선아현이라면 또 그 말을 되새김질하다가 그게 적당한 변명이었다는 것을 깨닫게 될지도 모른다. 그러면 정말로 돌이킬 수 없다.

"그래요? 알았어요."

청려는 아쉬울 게 없다는 듯 고개를 끄덕인다.

"그런데… 굉장히 주제넘은 판단이라는 생각은 안 들었어요?"

뭐?

"내가…."

"아니, 후배님 말고… 그 사람이."

"…!"

"오답을 정답으로 확신해서 후배님이 곤란해진 게 아닌가? 왜 그렇게까지 배려하려는지 모르겠는데…."

"……."

"억울하지 않아요?"

나는 주먹을 쥐었다. 하지만 곧 한숨과 함께 힘을 풀었다.

"말한 건 나고, 결국 반응을 수용해야 하는 것도 나지."

말은 생각보다 담담하게 나왔다.

"누가 고문한 것도 아닌데, 쏟아났으면 감당도 해야 하는 게 맞다."

"음."

맞은편의 놈은 썩 동감하는 기색은 아닌 것 같지만, 이번에도 반박하진 않았다.

"그래요. 기운 내요. 싫으면 언제든지 포기할 수 있어요."

"……."

"혹시 테스타를 탈퇴해도 후배님 인생이 끝나는 것도 아니잖아요. 그렇죠?"

이 새끼가 전보다 건강한 발상을 하는 것 같기는 하다만….

'왜 이렇게 꼴 받게 들리냐.'

은근히 빠치네 이거. 게다가 지금 내 상황이 그것만 생각할 때가 아니란 말이다.

'나 말고 다른 놈이 상태창으로 돌아가 버린다고.'

나는 이를 악물었다. 그러나 말해봤자 '어쨌든 후배님이 죽는 건 아닐 텐데… 음, 그래요. 알겠어요' 같은 복장 터지는 소리나 할 것 같으니 그냥 입을 다물었다. 그리고 새삼스럽게 놈을 쳐다보았다.

'이 공감 능력 떨어지는 놈이 잘도 상담까지 해주는군.'

혹시 해서 머리도 식힐 겸 벤치에 앉아 있던 거였는데, 설마 남의 숙소까지 들어와서 차 대접을 받을 줄은 몰랐다.

'…좀 비교되나.'

나는 전에 청려가 개 입원 소식 때문에 찾아왔을 때 문을 닫았던 것을 떠올리고 잠시 침묵했다. 아니, 아무리 그래도 다짜고짜 집 앞에 찾아오는 것과는 차이가 있지.

그래도 할 말은 하자.

"어쨌든… 조언은 고맙고."

"수행하진 않을 거지만? 하하."

그건 내 맘이지 새끼야. 어쨌든, 나는 전날 밤보단 맑은 정신으로 다시 고민을 시작했다.

'일단, 테스타 활동에 제약에 걸린 건….'

…절대 이 새끼에겐 티도 내지 말아야겠군. X나 좋아하겠지.

"콩이 간식 먹을까?"

"왕!"

나는 자기 개를 노련히 다루는 놈을 보다가 조용히 입을 다물었다. 결국 돌아와도 방법은 하나다.

'선아현의 특성을 다시 활성화해야 한다.'

근성.

그걸 다시 활성화해서 상태이상을 상쇄하는 게 가장 확실한 수다. 하지만 다시 생각해도 내 말이 통할 것 같지는 않다. ……대화를 하려고 할지도 의문인데. 모르지, 추천 병원이라도 리스트업해 놨을 수도 있고.

'그만.'

나는 쓸데없는 쪽으로 향하려는 생각을 잘랐다. 생산적인 방향으로 가자.

'그러니까 내가 아니라 다른 사람이 해야 한다.'

〈아주사〉에서 내가 특성빨로 했던 일을 비슷하게 멤버들이 수행해 줘야 한다는 뜻이다.

"……."

조력자 동원이라. 나는 몇 가지 발상을 떠올리며 자리에서 일어났다. 아니, 일어나려고 했다.

"끼잉."

웬 개가 사람을 잡지만 않았어도 말이다. 청려의 눈이 가늘어졌다.

"콩이가 아쉬워하는데요. 온 김에 좀 있다 가도 괜찮아요."

숙소에?

"너희 멤버들은 어쩌고."

분명 입대 전에 앨범을 하나 내고 간다고 들었는데, 왜 코빼기도 안 보이냐.

"개인 스케줄. 아니면 휴가라서."

그런가. 괜히 개가 사람을 붙잡는 게 아니었군.

나는 새삼 주변을 둘러봤다. 뭐, 남이 사는 곳 자세히 관찰하고 싶지는 않다만… 눈에 들어오는 모습들이 있기는 했다. 데뷔 초에 받은 것 같은 포토 액자와 기념품 같은 것들이 거실에 아직도 배치되어 있다든가 하는 식으로.

"……."

잠깐, 저건 내가 찍어서 팔아넘긴 것 같… 됐다. 설마.

나는 눈을 돌려서 도로 맞은편 놈과 개나 바라보았다. 그리고 충동적으로 물었다.

"지금 멤버들에 이야기할 생각은 아예 없냐."

"네."

고민하는 기색도 없다.

"후배님이야말로 왜 말한 건지 궁금한데요. 굳이 알려줄 필요 없지 않나?"

"……."

그게 나도 의문이다. X발, 대체 왜 말한 건지 모르겠다는 점이….

"모르겠다. 그냥… 말하고 싶어서."

"……."

비웃든 말든 나는 반쯤 포기한 채로 대답했다. 그러나 청려는 개 머리를 쓰다듬다가 그냥 이렇게 대답했을 뿐이다.

"그럴 수도 있죠."

"……!"

"답답할 테니까."

놀랍게도 그 말투에서 희미한 이해가 나온다.

"너는 안 답답하냐."

"딱히. 음… 아니, 전에는 그랬던 것 같기도 하고. 하지만 사람은 익숙해지거든요."

청려는 개에게서 손을 떼며 작게 웃는다.

"적응의 동물이라고 하잖아요? 후배님도 곧 괜찮아질 거예요."

"……."

머리는 개소리라고 생각하는데. 이상한… 심정적인 위안이 된다는 게 웃기는군. 나는 결국 한숨과 함께 대답했다.

"…고맙다."

"그래요."

저놈이 본인 개도 잡고 있으니 이 틈을 타서 슬슬 일어나야겠다. 나는 다 식은 차를 입에 털어 넣고 자리에서 일어났다.

'뭐 탄 건 아닌지 의심도 안 했어.'

아직 내가 제정신은 아닌 모양이다. 고개를 저으며 식탁을 빠져나왔을 때.

띠─링.

초인종이 울린다. 나는 무심코 인터폰을 보았다. 혹시 이놈 회사 사람이면 숨어야겠다는 생각이나 하면서 말이다. 그러나 카메라에 보이는, 마스크를 쓴 가벼운 차림의 키 큰 놈은⋯.

선아현이다.

"⋯‼"

나는 반사적으로 뒤로 물러났다. 왜⋯ 여기 있는 거지.

'날 찾아온 건⋯.'

아닐 것이다. 내가 여기 있는 걸 무슨 수로 알겠는가. 그리고 굳이 본인이 찾아올 이유도 없다. 회사나 멤버한테서 연락이 온 것도 없으니까.

특별히 폰을 무음 설정해 놓은 것도 아닌데, 진동이 온 적도 없⋯.

"⋯⋯."

잠깐만.

나는 어쩐지 가벼운 내 주머니를 확인한 뒤, 눈을 들어 다시 인터폰 화면을 바라보았다. 선아현의 손에 들린 두 스마트폰 중 하나.

저 사과 케이스, 내 스마트폰이다.

"아."

그리고 나는 상황을 파악했다. 지금 내가⋯ 어젯밤에 그 개판을 쳐놓고, 연락 두절 상태로 새벽에 밖에 기어 나온 채로….

"아침부터 방문자가 있네요."

…3시간쯤 지났군. 이런 X발.

활동기에 새벽부터 스마트폰도 없이 나가서 몇 시간이나 연락이 두절된 멤버. 심지어 직전에 그 새끼 때문에 사흘이나 스케줄이 중단된 상태라면?

'돌았지.'

변명의 여지없는 미친 짓이다. 나는 이마를 짚었다.

'차유진은 쪽지라도 남겨뒀다고.'

안 봐도 숙소에 비상이 걸렸겠군. 심하면 회사에까지 이야기가 들어 갔을 수도 있겠는데…… 망할. 내가 X발 폭탄이라니. 선아현이 어떤 표정일지 벌써 짐작 간다.

나는 입을 다물고 인터폰을 다시 보았다.

띠링.

심지어 선아현은 1층 정문 앞이 아니라 바로 이 현관문 앞에 서 있다. 이게 어떻게 가능한 건지도 모르겠군. 그래서 더 혼란스럽지만….

"후배님 멤버네. 문 열어줄까요?"

"잠깐."

나는 현관을 본 후, 천천히 심호흡했다.

"내가 열고 싶은데."

"음? 그래요."

나는 '굳이?'라고 대놓고 표정으로 표출하는 놈을 두고 현관으로 향했다. 그리고 문을 당겨 열었다. 인터폰 화면 속의 놈이 문틈으로부터 보이기 시작한다.

"…!"

정면에 보이는 선아현의 얼굴은 마스크를 썼는데도 허옇게 질려 있다. 그러나 문이 열리는 순간 안색이 변한다.

……안도였다. 선아현은 고개를 푹 숙였다.

"여, 여기 있었… 구나."

미치겠다. 나는 겨우 입을 열었다.

"스마트폰을… 두고 간 줄 몰랐는데. 미안하다. 아침부터."

"…! 아, 아니야. 내가….'

선아현이 숨을 한번 들이쉬더니, 고개를 들지 않고 말한다.

"미안해….'

"……."

꼴을 보니 새벽부터 뛰어다닌 것 같은데 뭐가 미안하단 말인가.

"소, 소란을 피워서… 무, 문대도, 따로 호, 혼자만의 시간이 필요할 수도, 있는데… 자, 잘 모르고….'

"아니."

이 망할 사과 좀 그만 듣고 싶다. 나는 그 돼먹잖은 감상을 꾹꾹 누르며 최대한 침착하게 대꾸하려 했다.

그리고 망했다.

"연락 없이 사라진 사람 잘못이니까 그만하자고."

"……."

"……."

선아현은 바로 입을 다물었다. 나는 혀를 깨물고 싶어졌다.

'멍청한 새끼야.'

왜 이따위로 대답하냐고. 침 대신 약이라도 빨아 먹고 있냐? 정적이 X 같았다.

그 순간, 감흥 없는 목소리가 끼어들었다.

"콩이가 산책으로 오해할 것 같으니, 들어오든 나가든 하나는 했으면 좋겠는데요."

왕! 개 짖는 소리가 복도를 울린다. 선아현은 퍼뜩 고개를 들었다.

"…! 죄, 죄송합니다. 그, 그럼… 무, 문대야."

눈은 마주치지 않는다. 마스크로 다 가린 놈의 얼굴에 미소 비슷한 것이 뜬다.

"기, 기분, 괜찮아지면… 펴, 편하게, 들어와…. 여, 여기."

"……"

그리고 내 손 앞으로 스마트폰이 조심스럽게 나온다. 받아 가라는 듯이.

"휴, 휴대폰은, 피, 필요할 것 같아서…."

나는 그 찌그러진 사과 무늬를 보다가, 주먹을 쥐었다. 그리고 스마트폰을 받아 들었다.

"…안 그래도, 지금 돌아가려던 참이었어."

"……"

"나갈게."

"으, 으응…!"

나는 스마트폰을 받아 들고 문을 나섰다. 선아현이 엘리베이터 버튼을 누르러 황급히 발을 옮긴다.

"와왕!"

그리고 하네스를 물고 개가 신나게 뛰쳐나온… 넌 왜.

"이미 콩이가 오해했네요. 후배님 덕에 산책이 짧게 끝나기도 했고."

"……."

"콩아 잠깐. 이거 하자."

나는 가까스로 입을 열었다.

"미안하다."

"그래요."

아니, 네 개한테 한 말이다.

하네스를 도로 한 개만 신난 채로, 남자 셋이 탄 엘리베이터가 침묵 속에서 내려간다.

먼저 입을 열었다.

"내가 여기 있는 건… 어떻게 알았는데."

선아현이 살짝 움츠러든다.

"C, CCTV를, 확인했어."

"…!"

CCTV? 생각도 안 한 극단적인 수단이 뛰어나왔다. 보통 경찰 신고 나 회사까지 들어가야 할 일인데… 그러기엔 선아현이 다른 말을 안 했 단 말이지.

'설마?'

"그, 급하다고, 가, 간절하게 부탁드리니까… 도, 동의서 작성하고, 보여주셨어…"

주어가 복수형이 아니라는 건 이놈 혼자 관리사무소까지 가서 그렇게까지 부탁한 건가. 나는 눈을 내려서 녀석의 발을 보았다. 맨발에 단화가 마구 구겨진 채로 달려 있다.

"……."

썩 반가운 상황은 아니다. 그럼에도 불구하고… 마음에 들지 않는데도 이상한 감상이 든다.

'그래도 완전히 다 끝장나진 않은 모양이지.'

대가리 끝까지 올랐던 긴장의 수위가 낮아진다. 나는 조용히 대답했다.

"그래서 내가 이… 선배님을 따라온 걸 알았다고."

"…으, 으응."

선아현은 열심히 고개를 끄덕인다. 그렇게 분위기가 좀 부드러워졌다 싶을 때.

"이상하네…. 내가 호수를 말한 적이 있던가."

"…!"

"아무리 그래도 살지도 않는 동 건물 내부까지 보여주진 않았을 것 같은데…. 그걸로는 안 되잖아요. 그렇죠?"

당사자가 정곡을 찌른다. 하지만 선아현은 놀라지 않았다.

"네, 네…. 그, 그건, VTIC 선배님께 전화로 여쭤봐서, 드, 들었어요…."

"……."

"누구?"

"채, 채율 선배님, 이요. 가, 감사하게도 바로 알려주셔서…."

"아."

나는 군 입대를 앞둔 놈에게 닥칠 또 다른 재난을 목격했다.

'안됐군.'

원래 나쁜 일은 한 번에 찾아오는 법이다. 견뎌라.

청려는 그 대화를 끝으로 1층에서 갈라졌다. 기분이 어쨌든 자기 개
는 챙길 줄 아는 놈이니, 개 산책은 이대로 잘 시켜주겠지. 그러면서도
말 한마디 남기긴 했다만.

"음, 왜 고민했는지 알겠네요. 저건 기복이 심한 타입이니."

"…!"

"하하. 활동 문제였구나. 그럼 확실히 고민할 만하죠."

이 새끼… 선아현의 스탯 하락 위험을 바로 알아본 것이다.

'…특성이 괜히 붙은 게 아니군.'

나는 청려의 특성을 다시 한번 인지했다.

[특성 : 감정(A)]

−가치 있는 건 드물고, 쓰레기는 널렸다.

: 인적 자원 판단력 +150%

'…조심해야겠군.'

그 와중에 외모 스탯이 오르기까지 한 놈을 보니 앞으로도 이 새끼
는 아득바득 더 해먹을 모양이었다.

청려는 목소리 크기를 낮춘 말투를 그쯤에서 그만뒀다.

"조언은 바꾸지 않을게요."

"예."

그러든가.

"잘 들어가요."

나는 얼굴을 누르다가, 결국 대답했다.

"…차 잘 마셨습니다."

"하하."

청려는 개와 함께 반대편으로 걸어갔고, 다시금 정적이 찾아왔다.

"……."

선아현은 왜 내가 청려를 따라갔던 것인지 묻지 않았다. 그리고 내가 그 새벽에 왜 다짜고짜 밖으로 나갔던 건지도 캐묻지 않았다. 우리는 입을 다물고 조용히 산책로 반대편을 따라 걸었다.

그리고 놀랍게도, 다른 화제로 선아현이 먼저 입을 열었다.

"…그, 무, 문대를 찾았다고…… 여, 연락해도 괜찮을까."

"…지금 바로 숙소 들어가면 다들 있는 거 아닌가."

설마 몇 명은 경찰서 갔냐? 순간 미래가 컴컴해질 뻔했으나, 다행히 신고 이야기는 나오지 않았다.

"아, 아마 있을 텐데… 내, 내가 혼자, 나와서, 호, 혹시 해서…"

"……."

이놈도 정신없이 주변 안 보고 단독 행동을 좀 한 모양이다. 그리고 이제는 좀 정신을 차린 것 같고 말이다. 선아현은 본인 생각에도 민망했는지 고개를 숙인다. 나는 머뭇거리다 입을 열었다.

"고맙다. 걱정해 줘서."

"…! 아, 아니……."

선아현은 갑자기 발걸음을 멈췄다. 막힌 소리를 내는 걸 봐서는…

설마 우나.

"선아현."

그러나 놈은 울지 않았다. 대신 떨리는 목소리로 계속 말했다.

"무, 문대야. 이, 이런 건 지겹겠지만… 하, 하나만, 말하면… 안 될까."

"……."

나는 묵묵히 고개를 끄덕였다. 마치 여러 번 곱씹고 준비한 것처럼 말이 바로 따라온다.

"너는… 정말 대단한 사람이고, 화, 활동도… 뭘 하든, 정말로 훌륭하게, 뭐든 잘했어. 언제나… 안 그랬던 적이 없어. 저, 정말이야…."

아. 나는 놈이 어제 외쳤던 말을 떠올렸다.

─지금, 너, 너는 활동, 활동을 할 때가 아니야…. 저, 점점 심해지고 있고….

놈은 그 말에 내포될 수 있는 모든 부정적 의미를 뭉개고 있었다.

"내, 내가… 함부로 잘못 말한 거야. 그러니까… 문대는 언제나 잘했어…."

걸음을 멈춘 채로, 아무도 없는 숙소 앞 길바닥.

나는 멍하니 놈의 말을 들었다. 선아현의 말은 끝나지 않았다.

"무, 문제는 나야."

"…!"

"나, 나도 알아… 나는, 혼자 흔들리고, 기복이 생겨. 매, 매번… 그랬어."

뭐.

마치 청려의 말을 엿듣기라도 한 것처럼, 선아현은 천천히 선고를 내렸다. 잔인할 정도로 객관적이었다.

"저, 전에도… 그랬으니까."

유사한 감각을 벌써 느끼기라도 한 듯, 놈은 자신의 발을 내려다보았다.

"지금은… 내, 내가 평소보다, 많이 어, 어색할 수도 있고… 그, 그럼, 팀에 폐가 될 테니까…"

선아현은 이미 결론 난 사람 특유의 담담한 어조로 말을 마무리했다.

"그, 그러면… 내가, 아프다고 발표하면 돼."

"…!!"

"내, 내 문제니까. 다, 다른 이야기는… 하지 않아도 될 거야."

선아현은 침을 삼켰다.

"그리고, 빠, 빠진, 스케줄만큼… 연습할게, 여, 열심히, 연습할게."

목소리는 점점 절박해졌다.

"그러면, 어느 정도는, 무, 무대에선, 꽤, 괜찮을 거야. 티, 팀에는, 문제없을 거야…. 내 문제는, 무, 무대가 해결하지 않아도… 괜찮아."

"……"

"자, 자기야말로 병원에, 다녀야 하는 사람이… 한 말이니까, 어제 들은 말도… 시, 신경 쓰지 마. 이, 잊어줘…."

"그건."

그렇게 말하지 마.

하지만 그 말을 할 틈도 없이, 선아현은 황급히 말을 계속했다.

"그, 그렇지만, 무, 문대야. 기분 나쁘겠, 나쁘겠지만… 하, 한 번만."

떨리는 목소리가 붙었다.

"상담은… 받으면 안 될까."

나는 고개를 돌렸다. 선아현이 흠칫 떨었다.

"미, 미안해. 이런 이야기 다시 해서…."

"……"

"그리고, 다, 다음에는, 꼭, 제대로 이야기 들을게. 꼭 그럴게…. 이야기하는 건 뭐든지 잘 들을게…."

선아현은 어깨를 떨었을지언정 절대 울거나 소리를 지르지 않았다. 말만 더듬었을 뿐이지, 사실상 선아현의 내면에서는 이미 결론이 나온 것이다.

―모든 갈등은 내 문제 탓이며, 그 문제는 내가 알아서 처리한다.

그러니 박문대는 안심하고 한 번만, 본인의 상태를 재점검해 뒤돌아봐 달라는 요청.

"……"

나는 몇 번 할 말을 골랐다가, 취소했다.

계산은 엉망진창이었다. 하지만 내가 무슨 결론에 도달하고 싶은지는 알았다.

"내가 무슨 이야기를 하든 들을 준비가 됐다고."

선아현이 빠르게 고개를 끄덕인다.

그리고 또 누른 목소리로 말한다.

"내, 내가 아, 알려달라고 해놓고…."

"아니, 그건 내 잘못이야."

나는 거침없이 말을 이었다.

네 결론은 네 결론이고, 나는 내 결론이 있다.

"누가 들어도 믿을 만한 이야기가 아니었어. 다시 생각해 보니까 순 정신 나간 이야기 같더라고."

"무, 문대야…."

선아현은 울음을 꽉 참는 것 같았다. 나는 진지하게 고개를 끄덕였다. 자연스럽게 생각이 정리되었다.

그래. 내 실수의 근원은 거기였다.

"믿을 수밖에 없도록 제대로 말했어야 했는데 말이지."

"……으, 으응?"

생각해 보자.

선아현은 직관적으로 스파크가 튀듯이 아이디어를 떠올리거나 논리 를 비약할 수 있는 타입이 아니다. 체로 걸러서 불순물과 모순을 다 제 거한 뒤, 조건에 가장 알맞은 정답을 남기고 납득하는 녀석이다.

'이번 앨범에서도 그렇게 해서 성과를 냈었고.'

다 알고 있다. 그럼 처음부터 거기에 맞춰서 설명했어야지.

이제야 명확해진다.

'이건… 신뢰나 친밀도의 문제가 아니야.'

타이밍의 문제였다. 그리고 내가 평소라면 그런 것들까지 다 고려해 서 판을 제어했을 텐데, 이놈이 바로 믿었다고 오해해서 고삐를 놓친 게 문제였다.

"듣겠다며. 알았어. 다시 설명할 테니까 들어라."

"…!! 그, 그…."

이번엔 빠져나갈 틈이 없게 증인과 증명 사례로 꽉 채운다. 그러면
죽이 되든 밥이 되든, 후회 없는 결론에 도달할 것이다.

"박문대!"

"너……."

"괜찮으십니까?"

나와 선아현은 숙소에 들어가자마자 동거인들의 따스한 환영 인사를
받았다. '너 이 새끼 미쳤냐'라고 소리를 지르는 게 맞지만, 혹시 이놈이
맛 간 건 아닌지 걱정되니 조심스럽게 접근하는 그 분위기 말이다.

나는 선수 쳐서 대가리를 박았다.

"죄송합니다. 생각 좀 하러 나간 건데 폰을 두고 간 줄 몰랐습니다."

"아…."

"그래, 그랬구나."

내 면상이 제법 멀쩡해 보였는지 순간 안도하는 분위기가 쭉 깔린
다. 콜라 마시던 차유진은 호쾌하게 대답한다.

"OK~ 다음에는 말해요!"

"오케이는 무슨 오케이야! 갑자기 사라져서 걱정했잖아 다들!"

고맙다. 어그로 가져가 줘서.

배세진이 시뻘게진 얼굴로 선아현을 돌아보았다.

"너도! 무슨 생각인지 이야기는 하고 나갔어야…… 선아현?"

"……."

"저기……."

"…네, 네! 죄, 죄송해요. 마, 말도 없이, 함부로 움직여서…. 죄송합니다."

"어, 그래. 그… 고생했고."

선아현은 넋이 나간 표정으로 숙소 거실로 들어왔다. 그리고 소파에 앉았다. 충격이 큰 모양이다.

내가 '제대로 알려주겠다' 발언을 한 직후 이놈의 반응을 다시 보자.

–그, 그게…. 그, 무, 문대야.

–뭐든 잘 들어주겠다며.

––…마, 맞아.

말은 긍정하면서도 '이게 아닌데'라고 쓰인 얼굴이었지. 물론, 그래서 당근을 주긴 했다만.

–그리고 이번에 결론이 어떻게 나든 무조건 상담은 받으러 간다.

––…!

–이건 녹음해도 괜찮은데.

–아, 아니야…! 으응, 고, 고마워…. 고마워 문대야…!

절박하게 외치던 놈은 막상 숙소에 도착하니 별걱정과 예상을 다 하는지 완전히 혼란 상태에 빠졌다 이 말이다. 나는 목을 주물렀다.

'길게 안 간다.'

스케줄도 빼서 시간이 있으니 지금 바로 해야 한다. 관계자들에게 더 손해를 입힐 수도 없다.

'활동기 사흘 빼면 수익 포기가 얼마냐.'

정산 수익으로 따지면 벌써 눈치 보기 시작할 액수였다. 게다가 우리 상태를 두고 또 루머 양성하며 떠들어댈 놈들 입 다물게 하려면 속도전은 필수고.

'흠.'

마침 필요한 사람이 말을 건다.

"둘이 이야기는 잘했어?"

나는 류청우를 보고 고개를 끄덕였다.

"네. 놀라셨을 텐데 죄송합니다."

류청우는 빙긋 웃었다.

"그래. 그건 맞아."

"……"

"아침에 알람은 울리는데 휴대폰 주인이 없더라. 다들 유진이 없어졌을 때보다 서너 배씩은 놀랐을 거야."

"…예."

더럽게 쪽팔리네 이거. 나는 차유진이 없어졌을 때 내가 했던 말들을 떠올리며 잠시 침묵했다. 류청우가 등을 두드린다.

"고생했어."

"예."

병 주고 약 주는군. 나는 만든 업보를 생각하며 참았다.

'그리고 다음 놈은…'

큰세진. 그놈은 류청우의 옆에서 스마트폰을 잡고 뭔가를 작성 중이었다. 아까 내가 들어올 때도 별말 없더니 여전히 고개를 안 든다.

"…뭐 하냐."

녀석은 폰을 내리면서 중얼거렸다.

"…음, 업로드."

아.

나는 SNS를 확인했다. 테스타 계정에 새 글이 올라와 있다.

ㅠㅠ이 날씨에 감기몸살… 정말 죄송합니다. 저희 얼른 나아서 찾아갈게요. 러뷰어 걱정 마세요, 저희 약 먹고 으쌰으쌰 중입니다!

발 빠른 대처였다.

"…고맙다."

"뭘."

놈은 그제야 애써 씩 웃으며 내 어깨를 쳤다.

"몸은 좀 괜찮아?"

"그래."

사실 묻고 싶은 건 그게 아니라 선아현이랑 어떻게 됐는지, 대체 내가 새벽에 나가서 뭘 했는지였을 것이다. 그런데 묻기엔 염치가 없다 이건가.

여기가 무슨 조선시대 조정도 아니고 뭐 이렇게 자기 탓이라는 새끼들이 많냐. 차라리 한 손 거들어 달라고 말하게 돼서 다행이었다. 나는 한숨을 참으며 본론이나 꺼냈다.

"그런데… 네 도움이 필요해서 말이지."

"어?"

"청우 형도요."

"음? 나?"

"예."

일단 물량으로 밀고 시작할까.

선아현은 심호흡을 했다.

룸메이트는 '모쪼록 편히 쉬시길 바랍니다!'를 외치며 전자기기를 싸들고 배세진과 차유진의 방으로 갔다. 그러나 선아현의 머리는 쉴 수 없었다. 머리에선 끊임없이 결심을 반복했다.

'이번에는, 제대로 반응하는 거야.'

그래. 어쩌면 이건 기회일지도 몰랐다. 자신의 잘못된 반응으로 문대가 받았을 충격을 완화할 기회.

"휴우."

'우선, 나에게 진지하게 말해줘서 정말 고맙다고, 말하고……'

선아현은 몇 번 머릿속으로 자신의 반응을 끝까지 점검한 뒤, 박문대와 대화하기로 약속된 시간에 맞추어 문대의 방에 찾아갈 예정이었다.

하지만 그러지 못했다.

똑똑.

"들어간다."

"…!"

약속 시각이 되기도 전에 박문대가 먼저 찾아온 것이다. 그리고 바로 본론으로 들어갔다.

"세팅할 게 있어서 좀 일찍 왔어. 잠깐 래빈이 컴퓨터 좀."

컴퓨터?

"시작하자. 아, 이건 김래빈이 전해달라고 했고."

"어어,"

"마시면서 들어라."

문을 열고 들어온 박문대는 손에 들고 있던 차를 내밀더니, 자신의 앞에는 노트와 펜을 툭 내려두었다.

'노트…?'

그리고 쉴 틈도 없이 정보 전달을 시작했다.

"일단 증인부터 시작하려고 하는데."

"…즈, 증인…?"

박문대는 잠깐 멈칫하더니, 약간 힘이 들어간 목소리로 말했다.

"…전에, 네가 더 헷갈릴까 봐 말을 안 했는데, 사실 과거로 돌아온 케이스는 나 혼자가 아니야."

"…??"

상상도 못 한 발언이었다.

선아현은 차를 손에 든 채로 얼어붙었다. 그러나 박문대는 곧바로 섭외한 인물들을 꺼내기 시작했다.

'몰아쳐야 한다.'

방식은 화상 채팅.

"녹음이나 녹화 안 되는 앱을 써야 해서 준비했어. 그리고 너도 얼굴을 직접 보는 편이 더 받아들이기 쉬울 거고."

박문대는 대놓고 스토어에서 앱을 찾아 설치하는 모습을 선아현에게 보여주었다. 그리고 얼마 안 가서 김래빈의 컴퓨터 화면에는 사람 얼굴이 떴다.

"…!?"

선아현은 자기도 모르게 침대에서 일어날 뻔했다.

[음.]

VTIC의 청려.

방금도 만났던 대선배가 대놓고 성의 없는 미소를 띠고 있었다.

[그냥 아까 만났을 때 했으면 편하지 않았나요?]

"예. 상황이 달라졌습니다."

[참 빠르네요.]

청려는 그 이후로도 빈정대는 건지 웃는 건지 모를 투로 박문대와 말싸움 같은 대화를 잠깐 했지만, 곧 순순히 시인했다.

[맞아요. 내가 문대 씨 전에 미래를 알던 사람이고… 문대 씨, 그러니까 건우 씨가 다음이고요.]

"……."

이게 정말 현실일까?

[후배님이 본래 나보다 연상이라 나한테까지 반말로 말하는데. 아까

못 들었나.]

그냥… 많이 친해졌기에 간혹 툭툭 튀어나오는 것이구나 생각했다. 그리고 조금 부러워했을 뿐이다.

[녹음 녹화 안 한다면서 기어코 지금은 존댓말 쓰는 것도 재밌고.]

"시끄러."

[하하!]

청려는 그렇게 아무렇지 않은 얼굴로 적당한 보증을 마무리했다.

[갚아야 할 게 많아지네요, 후배님.]

"들어가라."

[저런. 부정을 못 하네.]

그리고 청려는 화면에서 사라졌다.

"후."

박문대는 짜증을 참는 것처럼 한번 심호흡을 했다.

"짜증 나는 놈인데, 아무튼… 그런 이유로 가끔 보고 있다."

"……."

그리고 굳은 얼굴로 컴퓨터를 다시 조작하면서도, 약간 뿌듯한 투로 덧붙였다.

"조작은 없어. 내 컴퓨터도 아니고 남의 컴퓨터인 데다가 저장 매체 안 건드리는 건 너도 봤겠지."

"……."

"원하면 지금 직접 다시 보러 갈 수도 있고. 흠, 그럴까."

"아, 아니야."

선아현은 반사적으로 대꾸했다. 그러나 머릿속은 느낌표와 물음표로 가득 차 있었다.

"그럼 넘어가고. 이번엔 내 다음으로 이 이상한 상황을 겪고 있는 놈이 나올 건데."

"으응…."

"아, 혹시 질문할 게 있으면 편하게 노트에 적어뒀다가 해라. 뭐든 상관없으니까."

"……."

그래서… 가져온 거였구나?

선아현은 반사적으로 노트를 잡았으나 팔다리가 고장 난 것처럼 삐걱대고 있었다. 그리고 또 아는 얼굴이 화면에 떴을 때, 내면에서 비명을 질렀다.

[헐, 형 진짜 오랜만이에요! 잘 지내셨어요?]

권희승. 박문대가 '골드 2'라고 내심 지칭 중인 후배의 얼굴이었다.

[이번에 아현 형님에게 말씀드리는 거구나… 아, 형, 안녕하세요.]

"아, 안녕."

선아현은 순간 허벅지를 꼬집었으나 아프기만 했다. 화면의 권희승은 자신의 경험담─사람 구하고 한강에서 떨어졌더니 과거로 왔다!─을 신나게 말하더니, 박문대에게 투덜거리기까지 했다.

[형 너무 동료 수집하고 다니는 거 아니에요?? 우리 약간 비밀조직? 그런 거 아니었나?]

"억울하면 너도 말하든가."

[그…… 저희 그룹이 그럴 사이는 아직 또 아니죠….]

권희승은 씁쓸하게 '부모님께도 슬쩍 말해보려고 했는데 정신 차리라고 등짝을 때리셨다' 같은 소리를 몇 번 한 뒤, 한숨과 함께 통화를 종료했다.

참고로 선아현은 노트에 한 자도 기록하지 못했다.

"자, 저놈이 그래서 내 다음으로 과거로 돌아온 놈이고."

"……"

"실제로 저놈이 돌아온 시점부터 사낸 주식이 15배쯤 뛰었어. 너 원하면 인증 샷도 보여준다고 한다."

"…그."

"참고로 이 사례 중에 몸이 바뀐 건 나뿐이야. 이건 이유가 있어."

'질문받는다면서…!'

선아현은 극히 드물게도 박문대에게 내면으로나마 반박했지만, 박문대는 폭주 기관차처럼 달렸다.

"그래서 또 당사자를 불러봤다."

잠깐. 또?

선아현은 정신적으로 헐떡였다. 그리고 스스로 물었다.

이렇게까지 방대하게, 이 많은 관계자를 끌어들여서 자신의 정신세계를 정당화할 수 있는가? 그건 불가능….

'아니, 아니야.'

박문대처럼 똑똑하고 대단한 사람은 할 수도 있을 것이다.

'내, 내가 편한 대로 믿어버리면 문대가…'

잠깐.

"…어?"

선아현은 모순을 알아차렸다.

'내가 믿어도… 어차피 문대는 무조건, 상담을 받겠다고 했잖아.'

그러면… 괜찮은 것 아닌가?

'내가 어떻게 생각해도.'

선아현이 어떻게 생각하든 간에, 박문대가 도움이 필요할 시 전문가를 만날 수 있다면 말이다.

'그… 렇네.'

목구멍까지 차 있던 것이 천천히 가라앉는 느낌에, 선아현은 작게 심호흡했다. 잘못된 선택에 대한 공포가 녹아내렸다. 고정된 결론은 박문대의 노림수대로 제 역할을 했다.

게다가 이 모든 것이 뭔가… 뭔가, 선아현이 예측하고 대비하던 방향이 아니었다.

'그… 좀 더 깊은 대화를.'

할 줄 알았건만, 이건 순 작곡 캠프에서 일할 때 자료를 수집하는 것 같은 분위기였다!

"……."

우스운 것은, 당황과 혼란 중에도 선아현의 이성이 판단력을 발휘하기 시작했다는 것이다. 그 물 흐르듯 자연스러운 증거 제출에 말이다.

이건 상담이 아니라 작업이었다.

[안녕하세요, 아현 님…!]

"자, 원래 박문대였던 류건우. 지금 나랑 몸이 바뀐 상태야."

"……."

"참고로 청우 형은 내 친가 쪽 사촌이었어."

하지만 이다음에 닥친 상황은… 선아현으로서도 생각하지 못한 초자연적 증명이었다. 박문대는 가벼운 인사를 주선한 뒤에, 선아현에게 갑자기 날카로운 질문을 했다.

"내가 홀로그램을 본다고 하는 게 가장 신경 쓰였을 것 같은데. 아닌가."

"……."

"환각이잖아. 제일 심각하지."

박문대는 선아현의 얼굴이 어두워지는 것을 보고 피식 웃었다.

"그럼 자세한 이야기 전에, 이게 환각이 아닌 것부터 증명하고 가자고."

"……."

"노트에 적은 질문이 있지."

"으, 으응."

"나한테 보여줘. 그런데 그전에."

박문대는 일어나더니, 모니터를 뒤로 돌렸다.

"이러면 화면에 있는 '류건우'한테는 네 노트가 안 보일 거야. 그렇지?"

"마, 맞아…."

"아니다. 잠깐."

박문대는 아예 모니터를 껐다.

"…!"

"이러면 스피커만 살아 있는 거지. 꼼수는 못 써. 애초에 내 컴퓨터도 아니고."

"……."

박문대가 대체 무슨 일을 하는 건지 선아현은 짐작도 가지 않았다.

하지만 그는 멈추지 않았다.

"이제 나한테 노트를 보여줘."

"……응."

선아현은 거스르지 않고 조용히, 떨리는 손으로 노트를 돌려서 박문대에게 보여주었다. 유려한 필기체였다.

−왜 문대는 류건우와 몸이 바뀌었을까.

곧 박문대가 설명할 질문이었다. 정확히는… '대체 왜 바뀌었다고 생각할까에 가까웠을 것이라 박문대는 쉽게 짐작했지만.

큰달은 아니었다.

[제가 건우 형에게 정말 많은 도움을 받아서… 형의 행복을 빌었는데 그게 안 좋게 꼬여서!]

"…!!"

선아현은 귀를 의심했다.

꺼진 모니터. 그 옆의 스피커.

[물론 결과는 괜찮다고 생각해요. 형이 아이돌 활동하는 걸 보면 정말 멋지잖아요…]

듣기 좋게 상냥한 남성의 목소리가 부드럽게 흘러나오고 있었다.

[저, 그런데 여기 주어가 형 맞죠? 그, 저일까요? 어쨌든, 답변은 크게 달라지진 않는데요…]

"……"

노트에 적힌 질문에 대한 대답이었다.

찰팍. 노트가 바닥에 떨어졌다. 선아현은 피가 식는 기분으로, 노트를 내려다보았다가… 문대에게로 고개를 올렸다.

박문대는 천연덕스럽게 고개를 끄덕였다.

"홀로그램창으로 연결되어 있거든."

소름이 쭉 돋았다.

"그냥 아무거나 써서 보여줘 봐. 이걸로 전달할 테니까."

선아현은 이를 악물고 노트를 주워 들었다. 그리고 아무 생각이나 적었다. 짐작으로는 절대 맞출 수 없는 것으로.

외국어.

-pas de deux

그리고 소리가 울린다.

[죄송한데… 무슨 뜻인지 모르겠어요. 파스 데 데스?]

"……."

[아, 아~ 발레 용어구나. 그렇네요. 아현님은 원래 발레를 하셨으니까!]

이게… 이게?

선아현은 탁자를 움켜쥐었다. 눈앞이 핑글핑글 돌기 시작했다. 상식이… 파괴당하고 있었다.

여긴 자신의 방이었다. 아무 장치가 없는 건 본인이 알고, 박문대에겐 뭔가를 따로 설치할 수 있는 어떤 여유도 없었다. 심지어 상대가 선수 쳐서 그것을 증명하고 있다. 흰 반팔에 주머니 없는 잠옷 바지 차림인 박문대는 가볍게 자리에서 뛰었다.

"지금 내 차림에 소형 카메라 숨기는 건 불가능하지만… 그래도 일단 네 카메라 탐지기 좀 빌린다."

"……."

그리고 알아서 선아현의 책상 구석에 놓인 카메라 탐지기를 들어서 자신의 몸과 탁자 주변을 한 바퀴 돌렸다. 물론 아무런 반응이 없었다.

'아.'

선아현은 눈을 깜박였다.

'그렇다면, 그렇다면….'

하지만 그 머리에서 논리적인 결론을 도출하기도 전.

"하지만 역시 하나는 신뢰가 떨어지지."

"…??"

선아현은 고개를 들었다.

박문대는 진지하게 고개를 끄덕이고 있었다.

"이제 다른 사람도 끼워서 해보자. 청우 형이랑 이세진 지금 부른다."

"……."

"그거 외에도 뭐, 의심 가는 점 있으면 바로 말하고."

박문대는 웃었다.

"내일까지 시간 많으니까."

스토리를 풀기 전에 철저히 실증적 증명부터 하고 가려는 계획의 시작 단계.

그렇게 박문대의 증명은 해가 질 때까지 계속되었다.

"쟤네는… 밥도 안 먹어?"

"저는 배고파요. 우리는 치킨 먹어야 해요."

박문대와 선아현이 방에 틀어박힌 지가 벌써 한 시간 반이 넘었다. 건반을 만지는 김래빈에게 기꺼이 자신의 책상을 양보하고 침대에 앉아 있던 배세진은 초조히 생각했다.

'아니, 무슨 인기척도 없이… 설마 술이라도 마시나.'

배세진은 혹시 싶어서 냉장고도 확인해 봤으나 술의 흔적은 없었다. 애초에 누가 사 온 적도 없으니 억측이라는 건 본인도 알고 있었다.

'중재는… 필수가 아니라고 생각했는데.'

아침에 들어온 선아현이 좀 멍해 보이긴 했지만, 그래도 분위기가 한결 덜 심각해 보였기 때문이다. 배세진은 슬쩍 운을 띄웠다.

"대화, 잘하고 있겠지."

칼 같은 대답이 돌아왔다.

"그렇습니다. 왜 제 노트북을 빌려 가신 건지 이유는 도무지 모르겠으나 두 분이 깊은 대화를 나누시는 데에 도움이 됐다면 좋겠습니다!"

"…흠, 그래."

배세진은 의심을 거두기로 했다. 이 숙소에서 이렇게까지 전전긍긍 생각하는 건 자신뿐인 것 같아서 다소 민망해졌기 때문이다. 그래도 누가 확인은 했으면 좋겠다는 생각에 식사라도 챙기라고 문자를 해볼까 고민했다.

하지만 그가 그렇게 애써 생각한 지 얼마 지나지 않아, 얼굴만 내민 박문대가 류청우와 이세진을 불렀다. 둘은 잠깐 그 방에 들어가는 듯했다.

'룸메이트랑 동갑이구나.'

호명 이유를 알 법한 선정이었다. 배세진은 그래도 최연장자로서 약간 섭섭할 뻔했으나 곧 자신의 화술을 떠올리고 납득했다. 아니, 안도했다.

'부른 게 내가 아니라 다행이다…'

그리고 거짓말처럼 그 생각은 현실이 되었다.

불려 갔던 둘이 두 시간 뒤에야 얼굴이 질려서 나온 것이다. 심지어 이세진은 일언반구도 없이 손을 내젓고는 물을 마시러 주방으로 사라졌다.

'…?'

배세진은 당황했다.

"왜 그래?"

"음."

류청우는 쓴웃음을 지으며 고개를 흔들었다.

"문대가 참 보통이 아니구나 해서."

"……어?"

"논리적으로 설득하더라고."

토론도 아니고 그 말이 여기서 왜 나온단 말인가. 배세진은 자기도 모르게 되물었다.

"뭘?"

"음, 왜 자기랑 화해해야 하는지?"

"…??"

논리적으로 설득해서 화해한다니. 그런 게… 가능한가?

하지만 류청우는 바람 빠진 미소와 함께 한마디를 덧붙였다.

"잘하더라."

"…??"

그런 게… 통한다고? 배세진은 더욱 혼란에 빠졌다.

그러나 비슷한 일이 방 안에서 일어나고 있는 건 사실이었다.

'좋아.'

나는 고개를 끄덕였다.

방에 들어온 두 놈을 온갖 형태로 변형된 증명마다 유용하게 잘 썼다. 큰달과 저 셋만 필담으로 이야기한 것을 내가 맞히기, 셋이 무작위 순서로 만든 질문에 대답하기, 각자 그림 그려서 마구잡이로 바꾼 뒤 선아현 손에 든 것 묘사하기…. 아예 선아현이 직접 방법을 생각해 내도록 한 것이 마지막이었다.

인원수가 늘어나니 과정은 점점 천문학적으로 복잡해지고, 속임수를 의심할 만한 구멍은 점점 줄어든다.

'기인 열전이 따로 없군.'

모든 증명은 순조롭게 흘러갔다. 큰달 놈이 연차까지 내고 와준 덕에 걸리는 구석이 하나도 없었다. 류청우는 좀 의미심장하게 날 보긴 했다만.

─이런 것도 할 수 있었구나.

"……."

무슨 텔레파시 통하는 쌍둥이라도 보는 눈깔이었다.

'큰세진만 부를걸 그랬나.'

어쨌든 두 놈 모두 착실히 수행은 해줬다. 특히 큰세진은 선아현의 방벽이 낮아지자마자 전부터 느낀 내 모순점을 아주… 잘 때려 박더라.

―문대는 우리랑 교육과정이 다르다니까. 쟤 국수영이 아니라 언수외로 말하는 거 들었어? 나 잘못 들은 줄 알았다?

―쟤 운전도 할 줄 알아. 지난번에 매니저 형한테 자기도 모르게 훈수 두더라. 아현이도 박문대가 면허 관련 공부하는 거 본 적 없지?

몇 번 주둥이를 틀어막고 싶었다만 상황 개선 효과가 출중하니 넘어 갔다. 그리고 시간이 지날수록 선아현은 점점 적극적으로 시험 방법을 내놓게 되었다.

그쯤 되니 슬슬 긴장하기도 지친 것 같았다.

―그, 그러면… 내, 내가 아무거나, 질문할 테니까, 그, 저, 저분이 대답해 주시는 걸로.

―그래.

그리고 수많은 재설정과 반복을 지나 현재.

"……."

"……."

선아현은 멍한 얼굴로 허공을 보고 있다. 노트에 대한 집착을 완전히 버린 모습이다.

'동아줄처럼 부여잡고 있더니, 드디어 놨군.'

노트 위에는 질문과 키워드가 어지럽게 널려 있다.

—마술
—전자기가 없어...
—다른 사람

물론 다 줄이 그어져 있다. 지금까지 선아현이 가진 의문과 의심을 꼬치꼬치 캐묻고 하나씩 박살 내왔기 때문이다.

이쯤 되면 이 녀석도 인정할 수밖에 없다. 내가 그냥 미친놈이 아니라 최소한 뭐라도 실체가 있긴 한 놈이라는 것.

"또 다른 질문 있어?"

"……."

게스트로 부른 두 녀석이 나간 자리는 조용했다. 나는 김래빈의 컴퓨터를 정리한 뒤, 선아현의 맞은편에 앉았다. 녀석이 침을 삼키는 소리가 들렸다.

그리고 고개를 든다.

"...아, 아니."

대답하는 녀석의 눈에 확신이 돌아온다.

"없어."

걸리는 것 없이 다 털어낸 것처럼 단호한 대답이었다.

'그렇지.'

네 시간 동안 있는 대로 쥐어짠 보람이 있군. 나는 주먹을 쥘 뻔하다가 풀었다.

"…그래."

아직 끝난 게 아니다. 지금 내가 '그럼 믿는 거지?' 하고 으박지르면 도리어 판이 다 깨질 것이다. 이대로 마무리하면 나중에라도 찝찝하게 생각나는 게 분명히 있을 테니까.

그걸 내가 먼저 말한다.

"물론 이런 말도 안 되는 짓이 가능하다는 게, 내가 한 말이 진실이란 뜻은 아니지."

"…! 그, 그건."

능력과 진실은 같은 말이 아니다. 그냥 웬 미친놈이 마술 같은 짓을 한다고 해서 뱉는 말이 다 진실이라는 뜻은 아니지 않는가.

'그건 완전 사기 수법이고.'

그러니 이 말을 꼭 해야 한다. 바로 원천의 차단.

"하지만 내가 이걸로 거짓말을 해봤자 볼 만한 이득이 없어."

"……"

"너도 알겠지만, 막말로 지금 우리 입장에서 더 필요한 세속적인 가치가 별로 없는데."

돈, 명성, 사회적 지위.

이 평균수명 짧은 직군의 최정점에 지금 서 있는데, 몇 년 뒤 하락세가 온다면 모를까 지금은 저 위의 것들에 집착할 이유가 없다. 이미 가지고 있으니까. 객관적으로 봐도 아이돌 '박문대'는 물욕과 인정욕이

모두 충족된 상태다.

"내가 굳이 이 능력으로 미친 소리를 할 이유가 없다는 거야."

그리고 놀랍게도 선아현은 즉시 대꾸했다.

"그, 그런 생각은, 한 적 없어."

"…!"

"무, 문대가… 거짓말한다고는, 생각한 적 없어."

"…그래."

이 말을 들을 줄은 몰랐는데. 나쁜 기분은 아니다.

─마, 맞아. 문대가 이런 일로, 거짓말할 사람이 아니라는 거… 당연히 알아.

'그때… 한 말은 진심이었나.'

짧은 회상이 끝났다. …덕분에 지체하지 않고 다음 파트로 넘어갈 수 있겠다. 나는 잠시 뜸을 들인 후에 말을 이었다.

"그러면, 내가 스스로를 다른 사람이라고 착각했다는 가설을 보자."

이건 타당하지 않은가.

왜 '류건우'가 자신이라고 착각한 '박문대'는 어색한 명제인가. 그걸 증명하자면…. 나는 쓴웃음을 지었다.

"'류건우'는… 이제 너도 알지만, 그렇게 '박문대'가 부러워할 만한 삶을 살진 않아서 말이지."

"…!"

둘 다 고아에 생계 챙기기도 바쁜 삶을 살았다. 동질감을 느낄 순 있어도 굳이 바꿔서 생각하려면… 뭐 부러워하거나 자신보다 나은 점이 있어야 성립하지 않겠는가.

"박문대가 머리가 돌아서 자기를 다른 누군가로 착각한다면, 그놈은 아니었을 거야."

차라리 류청우라면 모를까, 류건우는 자격 미달이다.

"그러니까, 그 가설도 솔직히 앞뒤가 안 맞지."

그리고 그 가설과 달리, 지금까지 나는 내 주장을 뒷받침하기 위해 몇 시간이나 증명질을 했고 말이다.

선아현은 떨리는 눈으로 나를 쳐다보았다. 나는 손을 풀었다.

"내가 준비한 건 이게 다야."

"……."

"할 수 있는 건 다 했다고 생각한다. 솔직히, 지금 시점에서 내가 더 증명할 방법은 없어."

나는 솔직하게 말했다. 이렇게 오랜 시간 바늘 틈 하나 남기지 않고 떠들었으니 나는 이 말을 할 자격이 충분하다.

"내가 동원할 수 있는 사람은 다 동원했고, 말할 수 있는 건 다 했다."

선아현은 느리게 고개를 끄덕였다.

금방이라도 '맞아 문대야. 알았어, 이제 나도 믿어'가 나올 분위기군. 나는 피식 웃었다.

"그래서… 넌 어떻게 생각하는지는 묻지 않겠어."

"…어, 어?"

이놈 성격에 뻔하지 않은가. 그 지랄을 하면서 병원 가라고 했는데 사실 내가 멀쩡했다는 걸 인정하게 되면 어떻게 될지.

'또 머리 깨지도록 자책할걸.'

그걸 굳이 두고 볼 필요는 없다. 그러니까…. 완화해 보자고.

"한 번으로 다 통할 순 없지. 천천히 시간을 두고 원하는 만큼 의심해라. 계속."

"계, 계속…?"

"그래. 앞으로도 의심이 생기면 뭐든 물어봐도 되고. 계속 대답할 테니까."

"……."

선아현은 입을 벌렸다.

이놈이 악의를 가지고 떠들 놈도 아니니 이 정도 선 잡기는 괜찮다. 아니, 이렇게까지 해놨는데 사실 안 믿는 놈이 나올지도 의문이다만, 솔직히 이쯤 오면 믿는 게 정상 아니냐? 그래도 한번 완충 깔아보자는 거지.

'여기선 오케이 나온다.'

나는 거의 확신을 가지고 놈을 쳐다보았다.

"고, 고마워… 문대야."

그러나 선아현은 마지못해 고개를 끄덕이지 않았다.

"하지만, 그, 그렇게 해주지 않아도, 괘, 괜찮아."

"…!"

"내, 내가… 미덥지 못한 모습을, 마, 많이 보여줬지."

선아현은 자신의 양손을 꽉 쥐었다.

"하지만, 이, 이렇게 오래, 열심히, 문대가 말했는데, 스, 스스로 인정하지 못할 정도는… 아니야. 그, 그리고 혹시라도 의심이 생긴다면…."

선아현은 한번 숨을 들이켰다.

"꼬, 꼭, 먼저… 잘 생각한 뒤에, 정리도 하고, 아, 알아도 보고… 그래도 사라지지 않을 때, 그, 그때만… 물어볼게."

"……."

"정말로… 믿어. 무, 문대야."

나 참.

"그래."

나는 선아현에게 손을 내밀었다. 선아현이 손을 마주 내밀어 잡았다. 이번엔 그다지 차갑지 않았다.

"앞으로도 잘 부탁한다."

"…응."

며칠 만에 해보는 악수였다.

마침내 박문대와 선아현은 거실로 나왔다. 그리고 둘 사이에 감도는 분위기를 본 테스타 모두는, 갈등이 잘 해소되었다는 것을 깨달았다.

"잘했어요. 이긴 사람 치킨 먹어요!"

"차유진! 너 말버릇이…"

"그래. 대신 네가 사라."

"…! 문대 형이 그러시다면…"

"아니, 너 말고."

몇 번 평소와 같은 장난스러운 이야기가 지나간다. 그리고 리더가 미소와 함께 회사에 스케줄 관련 전화를 걸었을 무렵의 밤.

"아현아~"

"으응."

베란다에 서 있던 선아현이 고개를 돌리자, 이세진이 씩 웃으며 옆에 섰다.

"왜 여기 혼자 있어, 치킨 안 먹어?"

"괘, 괜찮아."

선아현은 희미하게 미소를 지었다.

"아현이가 생각이 많은가 봐."

이세진은 어깨를 부딪치며 피식피식 웃었다.

분위기가 부드럽게 풀어졌지만 선아현은 손사래 치거나 기분을 흘리지 않았다.

"…으응. 조금."

그냥 평이하게 대답했을 뿐이다. 그러나 이세진은 정곡을 집었다.

"음… 혹시 조금 더 잘할 수 있었을 것 같아서 신경 쓰여?"

"……!"

정답이었다.

갈등이 봉합된 후에야 드디어 마음에 걸리는 것 없이 사건을 돌아보면서, 선아현은 객관적인 판단을 내렸다.

'…나는 합리적으로 생각한 게 아니었어.'

자신은 처음 박문대의 이야기를 듣는 순간 겁에 질렸고, 덕분에 그 속에 매몰되어 버렸다. 그래서 이미 알고 있던 이세진이나 류청우에게 차근차근히 상황을 물어볼 것도 없이 자기 혼자만 내면에서 불안을 미친 듯이 키웠다.

지금의 갈등은 자신이 가진 나약함의 소산물이었다. 금방이라도 이 사실을 토로해서 속이 시원해지고 싶었다. 또는 위로를 받고 싶었던 건지도 모른다.

결국 선아현은 입을 열었다.

"으응, 조, 조금. 그런가 봐. 다음에는… 더 잘해야지."

그러나 그 입에서 나온 것은 가벼운 시인일 뿐이었다.

"오케이, 세진이도 그렇게~"

"화, 화이팅."

선아현은 괜히 또 결론을 곱씹고 곱씹어 주변에 시인과 사죄를 반복하지 않기로 마음먹었다.

'그건… 내 마음이 편하고 싶어서 하는 거니까.'

해봤자 박문대만 더 부담스럽고 팀에 고통이 될 뿐이다. 선아현은 이 모든 사태를 지나오면서 하나를 절실히 느꼈다.

'네 짐을 나눠달라고 하고 싶다면, 내 짐부터 제대로 들어야 해.'

상대에게 여유가 있어 보여야 짐도 나눌 수 있다. 다짜고짜 자격을 보여주려고 애쓰는 게 아니라 실제로 그런 사람이 되는 게 맞았다.

'내 몫은, 내가 알아서 감당해야 하는 거야.'

그러니 그는 박문대를 믿지 않았던 것을 혼자만의 자책과 연마의 대상으로 남겨둘 것이지만, 그렇다고 또 자기혐오에 매달리며 그 속에 매몰되진 않을 것이다. 그것이 '알아서 감당한다'의 진실한 의미일 테니까.

그리고 그게 말뿐인 결심에 그치는 게 아니라, 정말로 그럴 수 있을 것 같았다. 팀을 위해서라면.

선아현은 작게 주먹을 쥐었다가 풀었다.

'…조금 변한 걸까?'

몇 년 전, 아니, 데뷔 직후였더라도 내리지 못했을 결정이었다.

선아현은 어쩐지 옅은 해방감을 느꼈다. 마음 한편에서 옥죄어 오던 것이 한 겹 풀린 듯한 느낌.

그는 지난 몇 년간 마음을 털어놓을 친구가 생기고, 꾸준한 상담을 받고, 과거의 트라우마를 직면해 극복하기도 했다. 그러면서 나름대로 성장했다고 느꼈기에 더욱 자신에게 실망한 것이다. 겁에 질려 패닉에 빠진 자신의 모습은 지난 시절 부끄러운 스스로와 다를 것 없었기 때문이다. 결국엔 본질적 나약함은 달라지지 않은 것만 같았으니까.

그러나 차이점은 갈등과 패닉이 봉합된 후에야 드러났다.

회복력.

'…응. 할 수 있어.'

선아현은 누구의 판단력도 빌리지 않고 그렇게 하기로 결정 내렸다.

스스로.

그래서 놀랍도록 가벼운 어조로 이렇게 말을 마무리했다.

"으음, 치, 치킨 먹으러 갈까."

"오~ 좋지."

베란다에 서 있던 둘은 자리를 떠나 거실로 돌아갔다. 여상스러운 귀환이었다.

하지만 그의 내면에서는 여상스럽지 않은 결심을 끝낸 상태였다.

그리고 다음 날 아침.

"아, 안녕. 문대야."

"그래…"

문밖으로 나와서 선아현을 만난 박문대는 기대하지 않았던 것을 확인한다.

[특성 : 근성]

[!상태이상 : 자아존중감 결핍(비활성화)]

"……?"

선아현의 상태이상이 도로 비활성화 상태로 돌아가 있었다. 아무런 도움 없이.

'뭐야.'

박문대는 어제 미친 5시간 릴레이 증명으로 회복한 신뢰를 바탕으로, 오늘부터 특성을 재활성화할 계획을 빠르게 진행하려 했는데 말이다.

'잘못 봤나.'

박문대는 순간 눈을 찌푸리며 선아현을 쳐다볼 뻔했지만, 먼저 다른 것을 보았다.

[근성(S)]

: 자신의 마음가짐은 스스로 만드는 것. 그렇기에 오롯이 감당할 수 있다.

-활성화 시 정신계열 상태이상 상쇄(중복 적용 가능)

"무, 문대야…?"

"……."

박문대는 눈에 들어오는 한 문장을 한 번 더 읽었다.

[자신의 마음가짐은 스스로 만드는 것.]

그렇다.

어떤 심경의 변화가 있었는지는 몰라도, 간밤에 선아현은 스스로 슬럼프를 깨고 특성을 재활성화시켰다. 아마 박문대는 앞으로도 그 매커니즘을 짐작만 할 수 있을지도 모르지만….

'그래도… 괜찮지 않나.'

자기 스스로 극복했으니 선아현 본인은 알 테니까.

사기 특성이라고 욕할 때는 언제고 박문대는 제법 기특하단 듯이 선아현을 바라보았다. …물론 이러고선 만일의 문제가 발생 시 원인부터 결과까지 탈탈 털어서 방법을 찾겠지만.

오늘은 아니었다.

"밥 먹자."

"으응…!"

다음 날. 테스타는 예정대로 '컨디션 회복'이라는 입장 발표와 함께 활동을 재개했다.

그리고 그들이 다시금 궤도에 진입하는 그사이, 빌보드 첫 순위가 발표되었다.

대파란의 시작이었다.

이미 취소한 스케줄을 당일에 또 갑자기 한다고 전달한다? 당연히 안 통한다. 진상이고 나발이고를 떠나서 일단 여건이 안 되는 경우가 다수이기 때문이다.

그래서 활동을 재개한 당일은 한가했다. 적당히 '테스타 이틀 만에 활동 재개 청신호… 회복 관리 중' 같은 기사나 나왔지. 덕분에 멤버들은 하루 동안 제법 여유 있게 회사에서 직접 진행하는 스케줄만 맞춰서 수행했다.

"으음~ 회사 직원분들께 죄송하고 감사하네요."

"으, 으응. 정말, 그렇네…."

그래. 위약금을 문다고 해도 급작스러운 아티스트 문제로 골머리를 싸맸을 테니, 이번엔 회사가 돈값을 해줬다. 직원들에겐 고맙고.

다만 나는 예상했다.

'그래도 지랄은 났을 텐데.'

-아무리 그래도 몸살로 활동기에 전원 휴식.. 음 너무 예외적이지 않나

-누가 사고 쳤네ㅋㅋㅋ 벌써 사생 쪽에 말 나옴

-대학 행사를 테스타 때문에 당겨서 수요일이란 카더라도 있었는데 갑자기 다음날 컨디션 난조 발표? 개 이상함

큰세진이 발 빠르게 정황 맞춰 SNS 글을 올리긴 했다만, '별의별곡' 사태 이후로 약이 잔뜩 올랐을 놈들이 뭐라고 떠들었을지는 뻔했다.

'우선적으로 수습해야겠군.'

원인 제공자로서 봉합은 필수 절차 아닌가. 나는 몇 가지 계획을 다듬고 인터넷에 접속했다.

'음…?'

하지만 놀랍게도 내 예상대로의 개판은 벌어지지 않았다. 대신 빌보드 순위가 우리의 활동 중단 소식과 살짝 엇갈려 떠 있었다.

"와… 이걸 잊고 있었네."

"그렇습니다. 직전의 영화 OST와 이번 타이틀을 혼동해 잠시 착각한 것 같습니다."

나 참.

'어떻게든 좋게 생각해 주는군.'

그냥 내가 선아현이랑 그 난리가 나서 주의가 분산됐다고 솔직히 말해도 괜찮은데 말이다. 나는 고개를 저으며 화면을 내렸다.

일단 앨범 차트. 빌보드 200.

[8. <OVER the Masquerade>] new!

8위다.

"오오오."

"하, 한 자릿수…."

난장판 끝에 뒤늦게 확인한 멤버들이 좋아하는 중이다만, 사실 여기까진 예측 가능한 범위다. 미국에서 이름 좀 알린 KPOP 보이그룹이 전성기에 빌보드 앨범차트 5위권을 받는 건 이제 입 벌어지게 드문 일은 아니었다.

'그래도 썩 마음에 드는 결과긴 해.'

고질적이던 해외 약세 문제가 해결됐다는 신호니까.

문제는 다음이다. 곡 차트. 일명 Hot100.

[15. Savior] new!

"……?"

"헐?"

이게… 15위에 안착했다.

'뭐?'

앨범 차트보다도 낮은데 왜 놀라냐고 생각할 수도 있지만, 이 음원 차트에서 외국어 곡이 등수를 뚫는 건 앨범보다 몇 배는 고된 일이다. 외국어라는 걸 상쇄할 수준의 대중성, 혹은 그걸 밀어버릴 수준의 말도 안 되게 거대한 팬덤이 필요하니까.

그러니까 이건… 좀 이상하다.

'기껏해야 30위권 예상했는데…?'

아니 사실 30위도 직전에 낸 영화 OST빨 아니었으면 엄두도 못 냈을 순위다. 이건… 테스타가 몇 년 전에 퍼포먼스 중시형 곡 발표했을 때 한국 주간 음원 차트랑도 비빌 수 있는 순위란 말이다.

떨떠름할 정도다. 그리고 이 덕에 테스타의 활동 중단에 대한 인터넷 반응이 정리됐다.

이렇게 말이지.

-크 물 밀려오는데 노가 박살~

-내가 섬별이면 배 찢어짐

-이걸 참아? 진짜 아픈가본데ㅋㅋㅋㅋㅋㅋ

-미국 빨리 가려고 수 쓰는 거 아님?ㅋ

이 상황에 제정신이면 쉴 리가 없으니 아픈 게 맞다 이거다. 게다가 '미국 쪽 스케줄로 빨리 돌리면서 일어난 잡음이다' 같은 음모론이 발생하며 그쪽으로 쭉 물밑 개소리가 흡수당했다.

"……."

진짜 일이 기가 막히게 풀리긴 했는데 여전히 이게 무슨 원리인지는 미지수군. 위튜브로 나름 공부를 한 건지 배세진도 불신이 가득한 눈으로 현지인에게 묻는다.

"이게… 원래 이렇게 잘 나오는 게 맞아?"

그러나 현지인은 답변을 거부했다.

"몰라요! 저는 빌보드 잘 안 봐요."

"그럼 뭘 보는데?"

"Umm, Dotifiy~"

"도티파이?"

미국권에서 유행하는 글로벌 음원 스트리밍 사이트다.

'…스트리밍이라.'

그 순간 깨달았다.

"아."

그렇지. 어디서 점수를 얻었는지부터 확인했어야지. 나는 당장 빌보드 점수 비율부터 확인했다. 음원 판매량, 스트리밍 지수, 라디오 온에어….

"흠."

'생각보다 온에어 점수가 있다.'

외국어 노래는 미국 라디오에서 잘 안 틀어줄 텐데, 그걸 감안하면 준수하다. 회사가 돈을 잘 쓴 모양이다. 그리고 당연히 팬덤에 의한 음원 판매량이 제일 높긴 한데….

"…!"

'스트리밍도 괜찮잖아?'

그렇다. 위아래 유사한 순위 곡들이랑 스트리밍이 거의 차이가 없다. 역시 이건….

"차유진, 너 도티파이 계정 있냐."

"있어요!"

"좀 보여줘 봐."

나는 차유진의 스마트폰으로 들어가서 순위를 살폈다.

'글로벌 차트에선 26위.'

발매 후 2주쯤 지난 걸 생각하면 엄청난 유지력이었다. 그리고 글로벌이 아니라 미국 차트를 확인하면….

[25. Savior / TeSTAR]

"오우~ 25위 좋아요!"

"…!"

글로벌보다 더 높다고? 이것도 기형적이다. 보통 KPOP은 미국에서 보단 글로벌 지수가 높은데….

"형, 제 폰 오래 써요?"

"잠깐만."

나는 내 스마트폰으로 팬 계정을 살피며, 차유진의 폰으로 계속 도티파이의 스트리밍 순위를 확인했다. …그리고 깨달았다.

"프로모션이야."

"…프로모션? 광고?"

"예. 우리 영화 OST 들은 사람들에게 이번 곡도 추천해 준 것 같은데요."

〈코스믹 거너〉의 'Black hole'을 들은 사람에게 이번 테스타 타이틀을 들려준다. 그 연계 방향으로 미국 프로모션 알고리즘을 의뢰한 것이다.

'…효과적이야.'

같은 놈이 작곡하고 같은 놈들이 부른 곡인 데다가 샘플과 느낌을 유사하게 썼으니, 당연히 취향에 맞는다. 자연스러운 홍보 효과의 극대화다. 거기에 우리의 영화 카메오와 예능 출연으로 정착한 이미지가 시너지 효과를 냈다.

'…마이페이스 즐겜러 외계인 이미지 말이지.'

그래서 이해할 수 없는 노랫말도 나름의 독자적 매력으로 작용해 거부감을 누그러뜨린 모양이다. 종합적으로 결론을 내려보자면….

"회사에서 일을 잘해주셨네."

"예."

류청우의 저 말을 부정할 수 없다. 미국 시장을 어떻게든 짜내려는 집념이 느껴지는 수준인데… 이걸 할 놈은 하나뿐이지.

"여기. 잘 썼다."

"네!"

나는 차유진의 스마트폰을 반납하며 입맛을 다셨다. 입이 쓰다.

'…본부장이 일을 잘하다니.'

괜히 미국 사업병을 가진 게 아니었던 모양이다. 혹은 미리내로 시행착오를 겪으며 느낀 게 있든가.

좋은 일인데 기분이 영 희한하다. 내면에서부터 그놈을 X밥이라고 생각해서 그런가.

"문대문대~ 안 내려?"

"음."

나는 투어용 컨셉 포토 촬영장에 내리며 생각을 마무리했다. 일단은 일이나 하고… 모니터링용 도티파이 계정이나 하나 만들어둬야겠군.

나는 그날 차유진의 훈수를 쳐내며 미국용 계정을 개설했다.

그리고 바로 다음 날, 이건 꽤 괜찮은 발상이었다는 걸 깨닫는다. 스케줄이 바빠지며 자정 넘어서 숙소에 기어들어 가게 된 밤이었다. 몸 좀 풀어보겠다고 욕조에 앉았을 때.

[혀혀ㅇ형! 이거 봤어요?]

아무 생각 없이 상태창을 확인하던 나는, 갑자기 큰달이 상태창에 미친 듯이 타이핑하는 내용을 보게 된다.

[혜성처럼 나타난 신인 걸그룹… 파우티(Powty) 빌보드 점령하나]
[영린 후배 파우티 "더블 타이틀 모두 사랑해 주세요!"]
[파우티의 글로벌 음원 차트 습격, 'NEXT 영린'의 등장]

"……."
쏟아지는 글을 정독한 후, 나는 힘겹게 입을 열었다.
"더블 타이틀이라고."

[네….]

그리고 모니터링용으로 개설한 도티파이 계정에 접속해 순위를 본다. 막 순위가 등재된 새 곡이 떠 있다.

[14. Love Soul / Powty]
[17. Underwater / Powty]

10위권에 두 곡. 클릭하자 트렌디하게 잘 빠진 영어 댄스곡이 나온다.

—Hey goody, do you want a….

광고용 음악 같은 짜임새. 귀에 잘 붙는다. 뻔해도 누구나 좋아할 대중성을 잘 갖춘 수작이다.

"……"

나는 음원 재생을 중단하고, 관자놀이를 눌렀다.

"이런……"

X이이발.

이게 대체 무슨 상황이냐.

[그… 두 타이틀을 같이 쓴 티저 패러디가 틱택톡에서 대박 나서 미국에서까지 반응 좋대요…]

보충 설명은 고맙지만 사실 지금 원인이 중요한 게 아니다. 어쨌든 이 신인들이 규격 외로 어마어마한 대박이 났다는 결과가 중요하지.

'X 됐네.'

…우선, 내가 노리고 있던, 'KPOP 레코드 경신'이 뭔지부터 보자.

－빌보드 Hot100 차트 상위권에 테스타 2곡 동시 등재

바로 이것이다.

보면 알겠지만, 지금쯤에도 우리 영화 OST가 빌보드 차트에 분명 붙어 있을 걸 고려한 선택이다. OST는 영화가 시중으로 넘어가서 더 많은 대중에 풀리며 계속 노출될 때까진 롱런 하니까. 그럼 타이틀만 어떻게 잘 기세를 이어가면 가능하다고 생각했지.

'찾아보니 이건 VTIC도 안 노렸더라고.'

그쪽은 앨범이 강세고 곡은 덜 대중 친화적이다. 그러니 그 거대한 팬덤이 타이틀만 딱 정해서 구매력으로 몰아주니, 이런 비경제적인 방식은 쓰지도 않았다.

그래서 옳다구나 했지.

'이 부분을 치고 들어간다.'

원래 기록이라는 건 전통적인 알짜배기를 제외하면 대중 인식에 휘둘리는 법이다. 얼마나 통상적으로 인정받느냐에 따라 의미 있는 기록이 되기도 하고 자기들만의 언론 플레이로 끝나기도 하니까.

그런 의미에서… 같은 가수 이름이 20위 안에 두 번 보이는 건 제법 임팩트가 있지 않나. 당연히 큰달에게도 점검받았다.

─될 것 같은데요? 오오오! 최초!

이러더라. 그래서 거의 확정이라고 생각하고 진행했는데… 여기서 갑자기 신인이 비슷한 일을 해낸다고? 나는 당장 머리부터 굴렸다.

일단 더 큰 이변이 일어나지 않는다면, 판매량이나 스트리밍 최종 스코어는 우리보다 신인이 낮을 수밖에 없다. 즉, 주간 성적을 계산하는 빌보드로 따지면 무조건 우리가 이긴다.

'근데 그게 중요한 게 아니지.'

비록 우리보다 곡 순위가 낮다고 해도 대중들이 인식에서 원래 다크호스는 보정을 받는 법 아닌가.

-대박이다 신인이 테스타랑 순위싸움하네

-올해 케팝 무슨 일이냐

그렇게 그쪽에 판정승 떨어지면… 이게 레코드로서의 의미가….

"……."

망할… 아니, 일단 살려본다.

"…흠."

나는 한숨을 참으며, 최대한 아무렇지 않게 물었다.

"어쨌든 우리 빌보드 순위가 먼저 나왔으니 미션 조건은 성공일 텐데. 최초로 20위 안에 2곡 등재. 그럼 그렇게 신경 쓸 건 없지."

아무튼 우리가 먼저 했으니 최초라고 치고 미션 성공 때려라 이거다.

그러나 큰달은 대답이 없었다. 그리고 삐걱거리며 천천히, 변명하듯 글자가 슬슬 새겨진다.

[이러면… 어, 대중 인식에서 좀… 압도적 기록이라고 보기는 힘들지 않나, 그 활동기가 겹쳐서 좀 비교가 되니까…. 특히 신인 그룹이면요.]

"……."

이 새끼가…?

[그, 이게 제 의지로 되는 게 아니라 제 무의식이…! 시스템적 무의식이 판단하는 거거든요?!ㅠㅠ]

[죄송해요 형 근데 진짜 저도 모르겠어요 그렇게ㅠㅠ 되… 될까요?]

"……."

그래 X발, 네 탓은 아니지.

'되겠냐, 안 되겠지.'

나는 한숨을 쉬었다. 영린 회사가 바보도 아니고, 이렇게 된 이상 동시기에 같이 활약 중인 테스타와 비교하면서 언론이 무조건 물고 늘어지게 만든다.

'급 올리기 딱 좋으니까.'

성별도 다른 그룹이니 직접 싸우는 느낌도 덜하다. 그럼 테스타가 단독 기록으로서 임팩트 있게 인정받는 그림은 물 건너갈 수밖에 없는 것이다. 유사한 마이너 사례가 기세 좋게 따라붙으니까.

"…그래."

나는 머리를 차갑게 식혔다.

'영린… 영린 후배라고.'

그리고 깨달았다. 지난 시상식 시즌에 영린이 소개해 준 개네였군.

나는 쓴웃음을 지었다. 하여간 이 동네는 워낙 변수가 많아서 이렇게 툭툭 경쟁자가 튀어나온단 말이지.

[형…….]

하지만 지금은 경쟁으로 받아줄 타이밍이 아니다. 아예 뜯어내야 한다.

그러려면… 인위적으로 이쪽도 개입해야겠지.

"……."

개입 방법이라.

나는 생각에 잠긴 채 고개를 숙였다. 입욕제가 들어간 불투명한 물이 출렁였다. 아주 한 치 앞도 안 보이는 게 꼭 현 상황 같…… 잠깐.

"아."

그렇군.

'물을 흐려야 한다.'

판을 가르자.

"이건 이 신인들이랑 우리가 같이 거론되지 않으면 그만이야."

[?? 그게… 돼요?]

왜 안 되는가.

'논조를 흐리고, 다른 체급을 붙여 버리면 그만이지.'

대중적으로 더 재밌는 판을 짜주면 그만이라고. 나는 욕조 물이 식을 때까지 앉아서 구상을 계속했다.

쳐내고, 쳐내고. 가장 이득이 되는 확실한 방향으로.

그리고 다음 날.

"매니저님, 저 잠시만."

"예?"

나는 새벽 스케줄을 떠나기도 전에 본부장에게 면담 신청을 넣었다. 레이블 계약 건 이후로 처음으로 해보는 자발적 연락이었는데, 어떻게 받아들일지 궁금하긴 하다.

　음. 그리고 하나 더.

　나는 차에 타며, 스마트폰을 들어서 문자를 넣었다.

[문자 보시면 시간 가능할 때 연락 부탁드립니다.]

　이건 넣자마자 바로 전화가 왔다.

　ー아, 안녕하십니까, 선배님!

　"안녕하세요."

　ー넵!

　간만에 듣는 군기 든 목소리.

　"전화 주셔서 감사합니다. 궁금한 게 있어서요."

　바로 직속 후배인 여자 아이돌 그룹, 미리내의 박민하다. 나는 약간
뜸을 들인 뒤 본론을 꺼냈다.

　"혹시 요즘 고민 없으신가요."

　ー…예?

　"그룹 방향성 문제로요."

　그래. 기왕 레이블도 세웠으니 회사에 이바지 좀 해볼까.

　테스타가 국내외로 흠잡을 곳 없는 명실상부 1군이 된 올해 5월 말.
그 직속 후배인 미리내는, 그러니까 사실상 미리내의 리더인 박민하는

테스타를 어떻게 생각하는가.

'어떻긴… 그냥 선배라고 생각하지.'

애초에 최근 들어선 별로 본 적도 없다. 회사에서도 레이블은 따로 구역을 만드느니 뭐니 해서 동선이 겹치지 않기 때문이다.

다만 이건 있다.

'…좋겠다! 부럽다!'

자기들끼리 본부장의 손에서 빠져나간 테스타가 좀 얄밉기도 했으나, 사실 그보다 부러운 롤 모델도 없었다. ……그리고 그녀가 그렇게 생각하도록 아주 크게 기여한 특정 선배 멤버도 있었고 말이다.

'…레이블을 선수 쳐서 시상식 때 발표해 버린 것도… 일부러 그러신 거겠지?'

그렇다. 바로 테스타의 메인보컬이자 '말랑 콩떡사과떡 강아지'를 맡고 있는 박문대다.

박민하는 내적 비명을 질렀다.

'강아지는 무슨!'

회사를 주물럭대는, 비범하다 못해 비상한, 무슨 생각을 하는지 모르겠지만 아무튼 정신 차리면 적재적소에 있는… 아무튼 그 사람이?

"……."

'이렇게 나열하고 보니 어떤 의미에선 천상 아이돌 체질이긴 한데.'

어쨌든 무섭긴 했다. 덕분에 잘나가는 선배 그룹이니 잘 지내보자 시도하려는 멤버들을 뜯어말리느라 식은땀이 날 지경이었다.

'이성 친분은 아이돌의 독이라고 우리 언니 동생들 보내 버리면 어떡해…!'

그런데 그런 무서운 사람이 카메라만 돌아가면 무슨 수로 그렇게까지 무해하게 보일 수 있는지는 모르겠다.

'…실제로는 좀, 다가가기 힘든 인상인데.'

다년간의 자기 관리, 그리고 (박민하는 모르지만) 스탯 투자로 박문대는 이미 누가 봐도 카메라가 붙는 직업에 종사하는 분위기였다. 하지만 지금도 영상을 보면 친근한 강아지 이미지가 잘 어울린다는 게 섬뜩할 지경이다.

귀감이 될 만했다.

'…대단하시다. 진짜.'

그러니 나름대로 다짐도 하게 되는 것이다.

'재계약 시즌만 오면 진짜 우리도 제대로 할 거야!'

똑 부러진 일 처리로 절대 호구 잡히지 않고 이 그룹을 지키리라…!

그런데 한참 그러고 있을 타이밍에 당사자에게 전화가 온 것이다.

그것도 매우 의미심장하게.

─혹시 요즘 고민 없으신가요.

"……."

그 말을 듣는 순간, 박민하의 머릿속에 온갖 가능한 배드 엔딩이 떠올랐다. 뭐지? 뭐지?

'무, 무슨 생각이시지…'

그래서 일단 리액션 로봇처럼 무난한 대답이 튀어나왔다.

"다른 분들도 하시는 정도의 고민은 합니다! 그래도 저는 지금 아이돌로 이렇게 팬분들을 만날 수 있는 생활에 만족하고…"

—음. 예.

박문대는 특별히 말을 끊지 않고 그 이야기를 모두 경청했다. 덕분에 사회생활 답변용 레퍼토리는 빠르게 고갈되어 갔다.

'으악!'

뭔가를 더 말해야 할 것 같은 압박감은 심해진다.

'아 제발 좀!'

우리가 고민 상담할 사이는 아니지 않습니까, 선배님! ……다행히, 박문대는 박민하가 숨넘어가기 직전에 힌트를 줬다.

—그렇다면 다행입니다. 그런데 다른 종류의 고민은 없으신가요.

"……그, 다르다고 하시면 어떤 종류의 것을 말씀하시는지…"

—혹시 최근 회사는 괜찮은가 싶어서요.

"회사요?"

—예. 테스타가 레이블로 독립해서 나가면서 거리가 좀 생겨서 잘 모릅니다.

박문대는 담담히 서술했다.

—하지만 모든 그룹을 계속 미국 중심으로 운영하시는 것 같아서요. 저희도 요즘 그쪽으로 활동 중이니까, 혹시 후배분들은 어떤가요.

"아."

그거라면. 박민하는 순간 조건반사처럼 입을 열었다. 그건 정말로 고민하고 있던 문제였기 때문에, 쌓인 게 많았기 때문에.

비록 말하고 난 후엔 '낚였구나' 하고 후회했지만, 그건 함정이 아니라 정말로 미리내에게도 괜찮은 제안의 디딤돌이었다.

물론 박문대가 낡은 것도 맞긴 했고.

―…그래서, 지금도 열심히 활동하고 있습니다!

"음."

나는 박민하가 꽤 자세히 설명하는, 현재 미리내의 처지와, 은근히 행간에서 얻은 그 신인 그룹에 대한 정보를 정리했다.

우선 미리내는 현재 포지션이….

'애매하군.'

정체 중이다. 이 녀석도 생각이 있으니 회사 욕을 하는 대신 좋게 좋게 얼버무렸지만, 데뷔 당시의 기세와 논란은 많이 죽은 걸 스스로 아는 모양이다.

그럴 만도 하다. 자꾸 해외에 먹힐 만한 음악만 만들고 프로모션도 그쪽 위주로 도니 국내 대중과 연결고리가 약해지지.

'그래도 팬덤은 괜찮고.'

자체 컨텐츠가 좋고 활동 자본 퀄리티가 좋다 보니 팬덤 유입 자체는 꾸준하다. 한마디로, 대중 관심이 떨어지며 음원은 약간 약해졌지만 음반 판매량은 아직 오르는 팬덤형 아이돌이 됐다. 그렇게 패턴화된 것이다.

'이 정도면 어쨌든 성공한 아이돌로 정착하긴 했어.'

다만 어떻게 한 번만 대중성을 잘 터뜨리면 정말 다 잡은 그룹이 될 수도 있으나 회사는 계속 미국만 노리니 속이 터질 수밖에 없다.

그 와중에 영린 회사에서 그 신인 여자 아이돌이 나왔다. 그리고 대박을 치기 시작했다.

─그, 그렇죠, 요새는 워낙 잘하시는 분들이 많죠! 저희도 더 열심히 해야겠다고 더 생각 중입니다….

이 말뜻은 결국 그거다.

'포지션이 겹쳐서 위협을 느끼긴 하는군.'

글로벌하게, 특히 서구권에서 인지도가 있는 트렌디한 여자 아이돌.

비슷한 이미지의 둘이면 단순히 미국 시장에서 이미지가 겹치는 것뿐만 아니라 한국에서의 셀링 포인트도 흐려진다는 게 문제다. 이 경우 주로 더 강렬한 후발주자가 자연스럽게 자리를 차지하게 된다. 그러니 어쩌면, 그 신인 여자아이돌 쪽으로 화제성 쭉 넘어가기 전인 지금이 적기다.

나는 스마트폰을 목 사이에 낀 채로 팔짱을 꼈다.

'…괜찮은데.'

미리내는 기존에 쌓아온 1군 이미지가 있고 음반 판매량이 강력하다. 신인 여자아이돌, 파우티 쪽은 당장 음반은 약해도 해외 음원이 강하고 그 화제성을 토대로 국내 음원도 오르는 추세고 말이다. 각자 강점과 약점이 있다.

'게임이 딱 돼서 더 판 짜기 좋아.'

비슷한 포지션이 엎치락뒤치락하는 것만큼 재밌는 싸움 구경도 없지. 나는 결론을 내렸다. 하지만 거쳐야 할 관문이 하나 더 남긴 했다.

'남의 일이니까.'

당사자의 의사 말이다. 나는 박민하의 말에 적당히 맞장구를 치며 기다리다가, 마무리될 때쯤에 도로 입을 열었다.

"네. 알려주셔서 감사합니다. 그리고 질문이 하나 더 있는데요."

─예?

나는 천천히 물었다.

"혹시 조금 소란스러워지더라도 더 많은 사람이 그룹의 활동에 관심을 가지는 편이 나으신가요."

─……

'소란스러워지다'라는 게 무슨 뜻인지는 알 거다.

'욕먹는 거 말이지.'

당연하지만, 화제성이 낮아지면 욕도 덜 먹는다. 말투, 손동작, 성형, 과거 사진… 얼토당토않은 루머에 뇌를 두들겨 맞는 고통을 느끼느니 차라리 안정된 현 상황을 선호하냐는 거다.

'〈아주사〉 경험자에겐 트라우마가 있어도 안 이상하지.'

나는 대기했다.

하지만 잠시 후, 전화기에서 단단한 목소리가 나왔다.

─당연하죠.

좋아. 배짱 있군. 나는 만족스럽게 나온 결론을 통과시켰다.

"그럼 그렇게 회사가 진행해도 될까요."

─어, 어떻게요?

이렇게.

바로 다음 날부터, 연예면 프론트에 기사가 쏟아지기 시작했다.

[신인 파우티의 파죽지세 글로벌 선전... '걸그룹 기록 완파'?]
[파우티, 미리내·블루레인 제치고 '검색지수 1위']
[미리내 컴백 예고, '괴물 신인' 의식했나.]

기사들은 노골적으로 언급하기도 하고, 살짝 감추기도 했지만 결국 논조는 같았다.

'파우티가 데뷔하자마자 미리내를 이기지 않았냐?'

은근히 파우티의 우세를 점치는 내용들이 기사 내용을 채웠다. 그리고 당연히 그 반응으로 나올 만한 소리들이 나오기 시작했다.

온갖 종류의 극단적인 아우성.

-ㅅㅂ머리채 그만 잡아
-이럴 거면 영린이나 컴백시켜줘...신인에 눈돌아갔네 미친새끼들 니들 건물 누가 세워줬는데
-근데 객관적으로 미리내보다 성적 좋은 건 맞지 않나 왜 이렇게 유난이지ㅋㅋ
　└어그로 관종 꺼져
　└알았어 어그로라고 믿고 싶긴 하겠다ㅠㅠ

다만 공통점이 하나 있었다. 모두가 당연히 영린의 회사에서 이 홍보 자료식 기사를 주도했을 것이라 믿은 것이다. 유사한 포지션의 선

배 연예인을 저격하는 언론 플레이는 전통적으로 잘 먹히는 인지도 상승법이니까.

물론 영린 회사도 바보가 아닌 이상 슬슬 비슷한 보도자료를 뿌릴 생각이었을 테고, 실제로 그렇다는 걸 확인은 했다. 우리 회사 직원이 언론사에 컨택해 보니 이미 그 소속사에서 먼저 홍보용으로 넘기기로 약속한 내용이 있었다고 하더라고.

덕분에 편했다.

―그래서 좋던데요? 주어만 바꾸면 딱이더라구요.

직원은 약간 신난 목소리로 그렇게 말했었다. 그러니까….

'이건 도와주는 거지.'

나는 고개를 끄덕였다.

일종의 기부행위다. 원래도 할 언플, 좀 선수 쳐서 거들어준 것 아닌가. 회사 차원에선 고마워해야 할 일이었다. 뭐, 그쪽이 저격하려던 건 미리내가 아니라 테스타였겠지만… 우리가 알 바냐.

나는 스마트폰 화면을 시원히 내렸다. 온갖 곳에서 기사를 가져가서 소란이 일어나고 있었다.

"버즈량 좋고."

미리내 팬들이 좀 피곤하긴 하겠다만 언급량 죽고 침체하는 것보다는 핫한 게 소비하기에도 낫다. 라이벌은 동기부여에 좋으니까.

'심지어 미리내는 곧 컴백이지.'

이게 국내 화제성으로 연결되면 좋겠는데 말이다.

-네, 곡 좋아요!

자신 있어 보이던데. 나는 피식 웃으며 스마트폰을 던졌다.

이제 미리내가 컴백하고 결과물이 나올 때까지 뜸을 들이기만 하면 된다. 무르익을 쯤 회사에서 알아서 우리 기록에 대한 보도자료 좀 넣을 테니… 빠르면 2주 내로 미션 결과가 뜨겠군.

그럼 다른 이변만 없다면 이번 관문은 통과하는 것이다.

'깔끔해.'

나는 가볍게 스트레칭을 하며 자리에서 일어났다.

"아."

하나 더 챙길 게 있긴 하다. 결과가 뜰 때까지 테스타는 이 녀석들과 전혀 관계없는 이미지로 독주 중이어야 한다. 그걸 도와줄… 화제성도 있으면서 환기도 되는 독자적 활동.

뭐겠는가.

'잘나가는 단독 예능이지.'

마침 우릴 미국에서 호떡 팔이 시키던 예능 제작진 놈들이 또 컨택을 해왔거든. 아주 적기였다.

"안녕하세요~"
"안녕하십니까!"

"아이고 테스타분들 얼른 앉으세요! 아이고!"

며칠 후, 우리는 신작 예능을 위한 미팅에 불려 나갔다.

"타이틀부터 보시면…."

프레젠테이션용 자료를 보자 벌써 로고까지 뽑혀서 나와 있다. 〈저집 손자〉. 네이밍 센스부터 감이 온다.

'환장스러운 구성이겠군.'

개짓거리 할 것 같은 느낌이 확실해서 오히려 좋다. 낯익은 작가진 몇몇이 신난 얼굴로 이렇게 설명했다.

"내려가셔서 소소하게 요리도 하시고, 텃밭도 가꾸시고… 진짜 힐링되는 그런 걸 준비했어요."

"아하하, 넵!"

당연히 함정이겠군. 멤버들이 서로서로 돌아보며 고개를 끄덕인다.

'뭘까.'

'극기 훈련을 시킬 것 같아.'

'그것도 일리 있네요.'

이번엔 시골에서 빚져서 어선이라도 타나? 그러나 작가들은 꿋꿋했다.

"아, 이번에는! 절대 낚시 아니고요! 미니게임으로 좀 재미 챙기시는 건데… 아무튼 절대 아니에요."

그래. 좀 낚여주는 척하자.

"정말요?"

"네!"

작가는 격하게 긍정한다. 우리는 웃으며 고개를 끄덕이려 했으나, 그보다 먼저 작가가 말을 덧붙였다.

억울함으로 활활 타오르는 눈으로.

"아니면 고소하셔도 괜찮아요, 정말!"

"……."

고소? 류청우의 얼굴에 당혹스러운 미소가 뜬다. 다른 놈들도 비슷하다.

'야, 진심인 것 같은데.'

정말 지친 현대인의 마음을 어루만지는 소박한 힐링 프로그램을 만들겠다 이거냐.

"아이돌이시니까 좀 직업적 소양하고 엮어서 의미 있는 느낌으로 갈 수도 있고요! 주민들께 공연도 보여 드리고…"

김래빈이 탄복했다.

"…! 그건 정말 뜻깊은 기회일 것 같습니다!"

"음, 그러게. 취지가 좋네요."

배세진은 좀 안도한 얼굴로 다시 자료를 뒤적거리고 있고, 선아현은 뭔가를 필기하고 있다. 다들 평화로운 분위기다.

"…예."

그리고 나는 큰세진을 돌아보았다.

놈은 필사적으로 싹싹한 미소를 짓고 있다가, 눈이 마주치는 순간 눈가를 떨었다.

'그래.'

큰일 났다.

'힐링 같은 소리 하네.'

이 제작진 놈들 순 예능감을 잃어버렸다.

데뷔 못 하면
죽는 병 걸림

CHAPTER
27

덜컹.

"…경치 좋네."

"저, 저쪽에 소가 있어요…!"

창문에 붙어서 코멘트 던지는 놈들 너머로 목가적인 도로 풍경이 지나간다.

그렇다. 우리는 전형적인 관광용 대절 버스에 실려서 시골로 향하는 중이다. 물론 버스 안에는 카메라가 쫙 깔렸다. 즉, 이것도 방송에 나올 테니 허투루 보낼 순 없다는 뜻.

"와~ 여기 노래방 기계도 있는데요?"

"아, 그건 오랜만에 보네."

"저 부를래요! 마이크 주세요!"

"오케이! 우리 점수 내기할까?"

큰세진이 웃으며 노래방 마이크를 들더니 분위기를 띄웠다. 거의 필사적으로까지 보이는 예능형 태세다.

이해한다. 이 평화롭고 뽑을 컷 없는 분위기를 견딜 수 없겠지.

"자자~ 우리 메인보컬님이 여기서 딱 한 곡 해줘야지!"

일 참 열심히 하는군.

"줘봐."

"오오오!"

나는 적당히 10년쯤 묵은 유행가를 선곡해 최대한 신나게 부르면서도 최상의 수를 그려보았다. 이쪽도 마찬가지로 필사적이다.

'도착해 보니 다짜고짜 원양 어선행일 가능성… 없진 않다.'

제작진 놈들아 제발 잘하던 걸 해라.

"저 푸른 바다~ 시원한 바람~"

"오오! 오오!"

제발 출연진 엿 먹이는 메타 그대로 가자!

하지만 마침내 도착해서 본 광경은…… 안락하고 따스한 시골 농가다.

"……"

파란 지붕에 툇마루가 있고 햇빛이 잘 드는 그림 같은 시골집에 멤버들이 흥분한다.

"우와아!"

"굉장히 포근한 느낌이 드는 멋진 집입니다!"

"……"

아니… 외관은 페이크일 수도 있지. 그래, 안이 중요하다.

그러나 입장 후.

"여기… 바닥이 따뜻해."

"생활감이 있어서 더욱 정다운 느낌이 듭니다."

"정말, 그렇네…!"

깔끔히 정리된 온돌방들은 자개장과 백자, 고전적으로 알록달록한 사탕통과 수석까지 예스러운 멋이 살아 있었다.

"냉장고 봤어?"

"…네, 뭐가 많더라고요."

주방에는 각종 양념과 쌀, 밑반찬이 구비되어 있다. 창문으로 햇빛이 비치니 아주 공기까지 훈훈하다. 나는 침을 삼켰다.

'…안이 더 좋잖아.'

소위 말하는 시골 전원생활의 로망과 그리움이 꽉꽉 집약된 집이다.

'미술감독이 대체 무슨 헛바람이 들었냐.'

〈저 집 손자〉 같은 제목을 달아놓고선 왜 이렇게 쓸데없이 숙소를 근사하게 만들었냐고. 감히 출연진을 엿 먹이지 않다니 이거야말로 배신이다.

"우와~ 진짜 대박! 어떻게 이러지?"

큰세진은 분위기 보고 벌써 집들이 리액션으로 컨텐츠를 바꿨다. 애쓴다.

그 와중에 감독도 슬쩍 말을 얹는다.

"하하, 여러분 이거 다 주민분께 빌린 거라 기간 끝나면 돌려드려야 하니 소중히 써주세요~"

"넵!"

뭘 훈훈한 표정으로 그런 말이나 지껄이고 있냐. 나는 혹시 싶어 입을 열었다.

"혹시 저희가 갚아야 하는…."

"어, 그럴 리가요~ 당연히 저희가 대여로 다 냈죠! 절대! 그럴 일은 없습니다!"

그래, 참 고맙기도 하다.

'진짜 망하게 생겼군.'

잠시 후, 우리는 툇마루에 모여달라는 말에 리액션을 마무리하고 나왔다.

"테스타 손자 여러분 여기 앉아주세요~"

"네넵~"

그리고 가볍게 컨텐츠에 대한 브리핑이 이어진다. 미팅 때 들었던 것과 별로 다를 건 없다. 전원생활 하면서 어르신들의 일 잠깐 돕고 밥해 먹기.

'노잼…'

차라리 본격적인 하드코어 봉사활동이면 모를까, 순 우리가 날로 얻어먹는 구조다. 그리고 제작진의 설명은 거기서 끝나지 않았다.

"다음은 보수 받으시는 방법입니다~"

툇마루에 배치된 탁자에는 어느새 복주머니가 올라가 있다. 류청우가 집어 들어 열었다.

"뭐예요? WOW~"

"…신기하네. 병뚜껑인가?"

그 안에는 음각으로 무늬가 새겨진 동그라미가 반짝거린다.

"여러분은 여기서 오직 하나의 화폐만을 쓰실 수 있고요, 이건 각종 일감을 통해 더 습득하실 수 있습니다!"

감독이 복주머니를 가리킨다.

"바로~ 〈당근 코인〉!"

"오오!"

왠지 불건전할 것 같은 명칭이군. 그러나 그 병뚜껑을 눌러 만든 장난감 같은 동전에도 멤버들이 눈을 빛낸다.

"왜 이름 당근이에요?"

"이게 또 실물 당근이랑 일대일 교환이 돼서 그래요~"

"하하하!"

아무 소리를 지껄이는 제작진에게도 후한 리액션이 쏟아진다.

"잘 알겠습니다~ 당근당근!"

"신박한데요?"

"이건 공금으로 쓰자."

그리고 나는 그제야 고개를 끄덕였다. 그러면 그렇지, 이 약 빤 제작진이 이렇게 자유롭고 풍족하게 출연진을 방목할 리가 없다.

'저 코인으로 장난질 쳤겠군.'

분명 빚이 눈덩이처럼 불어나거나, 코인이 턱없이 부족해서 쩔쩔매는 그림을 만들 것이다.

'그럼 임팩트를 위해서는….'

대대적 소비부터 해야겠다. 드디어 머리가 돌아간다. 나는 의욕적으로 슬쩍 운을 띄웠다.

"일단 식사를 위해 이걸로 장부터 보고 올까요."

"좋지."

"구매해야 할 리스트를 작성하겠습니다!"

가격을 보고 까무러치는 그림부터 노려서 뽑아볼까. 나는 밑밥 겸 마트로 들어가며 류청우에게 받은 코인 하나를 들고 제작진들에게 의미심장하게 물었다.

"이것도 빌려주시는 건가요."

그러나 제작진은 단호히 대답했다.

"아뇨. 그냥 드리는 거예요~ 초기자금!"

"…예."

……거짓말은 아닌 것 같다. 음, 그럴 수 있지. 그렇다면 말도 안 되게 물가가 세서 코인이 부족한 느낌인가.

우리는 장을 보기 시작했다.

"이거 얼만가요?"

수건은 필수품이다. 분명 이런 종류의 물건에서 엄청난 가격을 부르는 식으로 사람을 놀라게….

"아~ 청년들이 그… 아무튼 요거는 당근코인 두 개! 고렇게만 줘!"

"감사합니다. 주세요."

"…?"

잠깐.

"저거 사주세요!"

"유진이 달고나 먹고 싶어? 오케이~ 이모님 이거 얼마인가요?"

"어휴, 참 잘생겼어. 어? 참 잘났다~"

"아이고 감사합니다! 이모님도 너무 미인이셔~"

"그래? 그럼 요거 7개에 그 동전 하나만 딱 됐어!"

"…이야~ 대박! 감사합니다!!"

"…?"

뭘 고르든 말도 안 되게 싸다.

'거저 주고 있잖아.'

뭐냐 이게. 나는 큰세진에게 달고나를 받다 놓칠 뻔한 뒤, 바로 제작진을 돌아보며 운을 띄웠다.

"…굉장히 싸네요."

"주민분들이 다 인심이 좋으세요~"

그건 주민들이 자의적으로 물건 가격을 책정한다는 뜻이잖아. 그렇다면 카메라 돌아가고 진짜 돈도 아닌데 당연히 퍼주지!

'대가리에 나사가 빠졌나.'

이 허술하다 못해 의미 없는 공짜 룰은 제정신으로 만든 건가.

"그럼 우리 들어가서 밥을 얼른 해볼까요~?"

"무, 문대야. 이번에는 내가, 해볼까…? 고기 굽는 정도는…."

"…좋지."

─공짜나 다름없는 물가, 쉬운 일, 좋은 집, 해결할 난관 전무.

나는 종합적으로 재판결을 내렸다.

'망했네.'

안 그래도 더럽게 잘나가는 아이돌이 마음껏 소박한 힐링하는 걸 X발 누가 보고 싶겠냐고. 아니, 물론 팬분들이야 보고 싶으실 수도 있겠으나… 아무리 그래도 어느 정도 흥미 생길 만한 자극은 있어야지.

'굴곡이 없잖아.'

이 밍밍한 구조론 감동도 웃음도 매운맛도 잡을 수가 없다. 한마디로 다 아는 맹탕. 차라리 어디 대단한 곳에서 플렉스를 하게 만들든가, 지금은 컨셉이 뭐 이도 저도 아니다.

'돌겠네.'

나는 달고나를 입에 쳐넣으며 침음을 참았다.

당연하지만, 사실 출발하기 전에 몇 번이나 이 프로그램의 경로를 틀어보려는 시도를 했었다. 강행군 농활 컨셉부터 공포 특집까지 뭐든 좋았다. 조금이라도 자극적으로 만들 수만 있다면 말이다.

하지만 놀랍도록 통하지 않았다.

-앗 그건 좀…. 그렇죠?
-네, 안 될 것 같아요.

모두 입구 컷. 제작진은 이미 소속사와 이야기 끝났다며 능구렁이처럼 빠져나갔다.

'이 새끼들 입을 그렇게 잘 털면서 왜 힐링에 꽂혔어.'

바로 직전 프로그램도 배우들 골탕 먹이는 퀴즈쇼나 해놓고 왜 우리한테 이러냔 말이냐. 나는 씁쓸하게 입맛을 다셨다.

'너무 떴나.'

테스타가 너무 잘나가다 보니 이제 막 굴리면 우리가 다른 소리 하거나 팬들이 화를 낼까 봐 사리는 것 같다. 충분히 있을 법한 상황이라 그냥 입맛이 쓰군. 달고나가 쓰다 X발.

"헉~ 문대문대 이것 좀 봐봐, 여기 장어도 있어!"

"기다려 봐."

나는 일단 일이나 찾아서 더 하기로 했다. 이렇게 된 이상 이미지에서 이득이라도 보게 화목한 일 중독자 모습이나 각인시켜야지 뭐 별 수 있겠는가.

'없으면 만들어서라도 한다.'

덕분에 온갖 쓸데없는 단계를 다 포함해 가며 저녁으로 만든 탕수육이 기가 막히게 잘 나오긴 했다.

…이걸로 대충 먹방으로라도 쳐주면 좋겠다. 제발 좀.

어떻게든 컨텐츠를 엮어보려는 시도는 계속됐지만, 아무리 생각해도 각이 안 나왔다. 놀랍도록 평화롭다.

'조졌다.'

그래도 첫날 저녁 식사 후에 뭐가 하나 오긴 했다. 아랫집에 다녀온 놈들이 뭐 하나를 끼고 왔거든.

"짜잔!"

"우와……."

싱글벙글 웃는 류청우가 코가 까맣고 털이 하얀 개 한 마리를 툇마루 위로 놓는다. 녀석이 기운차게 네발을 놀린다.

"왕!"

"……."

나는 무심코 손을 뻗을 뻔하다가, 다시 거뒀다.

바로 잡아서 들 수 있을 만큼 작은 털 뭉치.

"카메라 감독님 할머님을 만났는데, 그 집 강아지가 낳은 새끼들 중에 한 마리래."

"자꾸 따라와서 Okay하고 데려왔어요!"

"이, 이름은 뭉게, 래."

"왕!"

개는 나와 배세진 사이에 끼어들어 버둥거린다. 배세진의 얼굴이 시뻘게졌다.

"그, 들어도 되려나?"

"여기, 옆구리 잡으면 될 거야."

나는 멍청하니 생각 없어 보이는 개의 얼굴과 눈 돌아가게 퍼덕거리는 꼬리를 지켜보았다.

'이건… 괜찮을 수도 있겠는데.'

사람들은 개를 좋아하니까. 게다가 딱 보니 품종도 없는 놈이라 쓸데없는 논란 소지도 없다. 흠. 좋아. 나는 꽤 기꺼운 마음으로 내심 고개를 끄덕였다.

"이 강아지도 테스타네에 왔으니 활동명을 받아야겠는데~ 문댕댕 어때요?"

"야."

그리고 큰세진의 개소리에 일부러 과민하게 반응하며 큰세진과 개를 끼고 마당을 질주했다.

"하하하!"

웃음의 역치가 너무 낮아진 게 아닌가 싶었지만, 어쨌든 멤버와 스탭들이 웃었다. …나쁘지 않을지도 모르겠다.

그날부터 개는 온돌방 한가운데서 같이 잠을 잤다.

그 후로도 계속 소소한 일감이 이어진다. 감자 캐기, 작물에 물 주기, 오리에게 먹이 주기, 주민분 안마해 드리기.

그리고 지금 하는 건 식료품 배달하기다.

"으차!"

"거의 끝났네요."

좀 먼 곳에 떨어진 농가까지 물건을 나눠주는 것이다. 개를 데리고 다니면서 시골길을 이동하는 것은, 아무 생각 없이 하기 딱 좋았다.

그리고 돌아오는 길.

"어, 우리 저기서 쉬었다 갈까?"

"좋은 판단이십니다!"

제한이 없으니 시간도 마음대로 쓸 수 있다. 그래서 노을이 지기 직전 늦은 낮에, 자전거 매단 달구지를 세워놓고 정자에 대충 앉을 수 있는 것이다.

"전 누울래요~"

"저도요!"

그리고 아예 대자로 뻗을 수도 있고.

'별짓을 다 하는군.'

그림상 같이 눕긴 했는데 이것도 대체 분량이 나오기나 할지 의문이다. 내심 침음하던 그때, 옆에 누워 있던 선아현이 짧게 중얼거렸다.

"이, 이런 것도, 좋은 것 같아."

"……."

"고민 없이, 이렇게… 시간 보내는 거, 오랜만이야."

"…그러게."

그동안 우리가 물불 안 가리고 열심히 달리긴 했다. 멈춰 서면 넘어

지는 직업이라서 말이다. 쉴 때도 효율적으로 쉬려고 계획까지 짤 정도
니까…… 이런 시간이 오랜만일 수밖에 없긴 하다.

목적 없이 지나가는 시간이라니.

"인당 하나야. 더는 안 돼."

"우우…."

마침 슈퍼에 뛰어갔다 온 배세진이 가져온 하드를 하나 물었다. 과
일 맛이다.

스르르– 스르륵–

바람에 풀밭이 흔들린다.

"냄새 좋다."

"응."

고요하다.

나는 정자에 누워, 내가 꽤 이완된 상태라는 것을 깨달았다.

"……."

어쩌면… 이런 것도 나쁘지 않을지도 모르겠다.

이래서 힐링 예능이 계속 나오는 건가. 다시 돌아보니 또 은근히 인
기가 있으니 공급이 쏟아지는 것 같기도 했다. 이런 긴장 풀리는 느낌
에 수요가 있을지도 모르지.

'박 터지는 성적 싸움에서 멀어지는 느낌은 확실하겠어.'

나는 고개를 고쳤다. 그리고 생각했다.

'…이번에는 그냥 둘까.'

예능 하나 다른 생각 없이 좀 즐겨도 미션 클리어엔 별 지장이 없을 것 같았다. 이번만 제작진의 편집 실력을 믿고 컨텐츠를 위임해 보도록 할까. 내가 〈아주사〉로 첫 예능 발걸음 떼서 지나치게 자극적인 것만 찾아다닌 걸 수도 있지 않은가. 유기농의 맛을 모르고 말이다.

나는 천천히 아이스크림의 단맛을 즐기며, 머리를 바닥에 댔다.

이 좁은 정자가 복작거리는 게 그렇게 나쁘지 않았다.

그렇게 평화로운 이틀이 흘렀다.

멤버들과 내가 전부 이 별것 없는 생활에 드디어 익숙해질 무렵.

"안녕하세요, 여러분!"

"안녕하십니까!"

아침마다 칼 같이 찾아오는 제작진이 또 나타나서 우리를 불렀다.

'또 소소한 할 일을 나눠주겠군.'

다만 오늘은 일감 브리핑 전에 먼저 진행한 것이 있었다.

"여러분 잠깐 미니게임 좀 진행할까요?"

"미니게임이요?"

"네. 오늘 아침에 잠깐 이벤트가 있었는데, 거기서 무슨 일이 일어났는지 미니 게임으로 정해봅시다!"

"오오오."

미니 게임은 제작진을 상대로 하는 간단한 놀이였다. 지금까지도 종종 해서 이기면 간식이나 불꽃놀이 도구 따위를 땄었지.

그래서 다들 자연스럽게 수긍하고 참여했다.

"와~ 우리 뭉게는 맨날 문대한테 가 있는 것 같네."

"하하, 아무래도 강아지라 비슷한 느낌을 받나 봐."

"…형."

류청우 이놈까지 이러나.

나는 큰 긴장감 없이 개나 쓰다듬으며 참여했고, 졌다.

"아."

"뭐, 그럴 수도 있지."

"괜찮아요! 우리 일 더 해요!"

다들 별 동요는 없다. 그냥 웃으며 서로 격려하는 분위기.

"그럼 저희 이벤트에 무슨 일이 있었는지 페널티 쪽지를 뽑아볼게요."

"넵~"

지금까지 경향상 페널티 쪽지에는 '오늘 봉사활동 1회', '옥수수 사 오기' 따위의 소리가 적혀 있었다. 그리고 남은 건 쪽지 두 개뿐.

"래빈이가 뽑아보자."

"알겠습니다!"

오늘의 타자인 김래빈은 남은 페널티 쪽지 둘 중 하나를 힘차게 뽑았다. 그리고 굳었다.

"…??"

"래빈아?"

"왜 그래?"

"래빈 씨, 읽어주세요~"

제작진의 호명에, 김래빈이 동공을 떨며 입을 열었다.

"오늘 새벽, 정체불명의 밤손님이 들어서… 테스타의 소중한 〈당근 코인〉을 다 털어갔습니다?"

"…!"

뭐… 뭐라고?

당근 코인을 모조리 털렸다는 게 밝혀진 후 1시간 경과.

"그아아악."

안락한 숙소 안은 정신적 난장판이다. 해당 쪽지를 뽑은 장본인인 김래빈은 식은땀으로 샤워한 것 같은 꼴로 구석에 박혀 있다.

"당근이… 당근이."

충격이 큰 모양이다.

"그러니까….'

류청우가 침착하게 입을 열었다.

"우리는 지금 돈 한 푼 없는 상태라는 거구나."

둥!

편집을 거쳤다면 머리 위에 느낌표가 떴을 것이다. 이놈들 정말 현실적으로 충격받았네. 나는 팔짱을 끼고 묵묵히 말했다.

"한마디로 거지죠."

"거, 거지…."

"아니 어떻게 하루아침에 이런 일이."

있는 거라곤 개 한 마리뿐이다. 망연자실한 놈들을 주위로 털 뭉치가 힘내라는 듯이 펄쩍 뛴다.

봐아앙! 깡! 멤버들의 안색이 좀 밝아진다.

"그래, 우리 뭉게뭉게는 안 훔쳐 가서 다행이야. 그치?"

"으, 으응!"

"…아직 새끼기도 하고. 그럴 위험이 있긴 했는데 다행이지. 다치지도 않았잖아."

진심인가. 아니, 막말로 예능 돈 좀 사라졌다고 이럴 일인가 싶다만, 지난 이틀간 있는 대로 사람을 이완시켜 놓은 부작용….

"…!"

아니, 부작용이 아니군.

'당했다.'

이 새끼들 이걸 다 계획하고 그렇게 잘해줬던 거였다. 무장 해제된 상태에서 충격받은 모습을 제대로 뽑아내기 위해서….

'기가 막히게 해놨네.'

─어어? 어쩌죠? 하필 이걸 뽑으셔서~ 다른 쪽지는 그 내용이 아니었을 텐데.

─그럼 보여주세요, 확인 좀 하게!

─어어~ 그러시면 안 되죠! 다음에도 써야 해요 저희!

─으아악! 진짜!

'그놈 분명 둘 다 코인 털리는 내용으로 쪽지 준비했을 거야.'

나는 뻔뻔하게 지껄이던 PD 놈의 얼굴을 떠올리다가 욕을 참았다.

힐링이라며 개X끼야!

아니… 침착하자. 프로그램적으로는 이제 한참 재밌을 구간이다. 힐링… 그래, 힐링 분량은 이틀 했으면 차고 넘치지. 그렇게 생각해야 한다. 무조건 그렇게 생각한다. 빡치지 말아라, 여기서 빡치면 지는 거다.

그 와중에 선아현이 입을 꾹 다물고 있다가, 결심한 듯이 손을 들었다.

"그래, 아현아."

"시, 실이 있으니까… 제가, 뭐라도 만들어서, 그… 사실 분 있을지 알아볼까요…?"

"우와."

"음, 손재주 있는 사람은 이런 발상도 가능하구나."

괜찮은 발상이었다. 1군 아이돌이 모여 앉아서 인형 눈깔 붙이는 수공업하는 모습도 절박하다면 색다르고 웃길 것이다.

다만 이런 건 제작진의 의도가 중요하다.

"…그, 네가 대단한 건 맞는데… 그것보단 범인 잡아내는 쪽이 최우선 아니야? 제작진도 그렇게 말했고."

그래, 그쪽이 이 프로그램이 선호하는 방향이겠지.

─대체 누가요?? 누가 훔쳤다고요?

─네! 이 정체불명의 밤손님은 현재 이 마을 내에 거주 중인 누군가입니다!

배세진이 침을 삼켰다.

"대놓고 잡으라는 거잖아."

"으음."

멤버들은 고민에 잠겼다. 잠시 후, 김래빈이 허옇게 뜬 얼굴로 진지하게 중얼거렸다.

"해코지라도 당하면…."

"아, 그건 안 되지."

"네, 네. 위험, 할 수도 있고…."

아니, 과몰입이다. 이게 장르 예능도 아니고 웃기는 걸 지상 최우선 과제로 두고 있는 제작진 놈들이 그럴 리가.

큰세진이 심각하게 고개를 끄덕인다.

"그렇지. 위험할 수도 있어."

너는 너무 신났다. 드디어 고난과 역경이 닥쳐서 분량을 뽑을 수 있다, 이거냐.

류청우가 중재안을 내놓았다.

"하지만 당장 먹을 것부터 부족하니… 우선은 일 도와드리고 코인을 버는 거로 할까."

"예!"

"그러면서 누가 도둑일지 좀 살펴보자. 분명 힌트가 있을 거야."

"좋은… 현명한 판단이십니다."

그 정도는 좋다. 몰입한 느낌도 나고, 전날 하하 호호 봉사 활동하던 그림이랑 비교하면 정말… 웃기겠군.

"……."

아니, 열 받지 말라니까.

어쨌든 우리는 그 길로 카메라를 달고 주민들을 찾아 떠났다.

"아버님~ 저희 혹시 어제 하던 마당 청소 계속해 드려도 괜찮을까요? 코인 조금 주시면 진짜~ 잘해드릴게요!"

"어어? 괜찮혀."

그러나 놀라울 만큼 사람들이 일감을 주지 않는다.

"…?"

"지금 우리 몇 집 거절당했죠?"

"다섯 집."

누가 봐도 부자연스러운 상황. 심지어 여섯 번째 집의 할머니는 혀를 차며 이렇게 말했다.

"아이고… 그 코인? 그거는 이제 나도 없어라. 야들 그냥 밥이라두 한 술 들고 가면 안 되는가?"

제작진은 해맑게 대신 대답했다.

"안 됩니다~"

"아니 왜 대신 대답하세요?!"

"룰이에요 룰! 보수 체계 다 아시는 분들이 왜 이러세요!"

'이 자식들이 진짜.'

제작진이 부르짖던 시골의 정은 하루아침에 급사한 모양이다. 이쯤 되니 성인군자도 빡돌 판인지, 류청우도 헛웃음을 지으며 되묻는다.

"그럼 저희 어떻게 하나요."

"그래서! 만일을 위해 저희가 준비한 게 있죠~"

그래, 그렇겠지.

'분명 우리에게 말도 안 되는 노동을 시킬….'

"바로 당근 농장입니다!"

"…!"

이건 생각했던 스케일이 아닌데.

우리는 바로 버스를 타고 짧게 이동해, 평지에 펼쳐진 푸른 농원 한 끝에 도착했다.

"와…"

"엄청 넓네요."

이걸 대체 무슨 수로 컨택한… 아니, 이걸 컨택하고 숙소랑 코인 종류를 정한 거겠군. PD는 싱글벙글 웃는 얼굴로 입을 열었다.

"제가 실물 당근이 일대일로 당근 코인과 교환된다고 말씀드렸었죠?"

"아~ 기억나요!"

"맞아."

감탄하는 멤버들 사이, 김래빈이 안도하는 얼굴로 반색한다. 저런.

"그렇다면 수확하는 당근을 직접 코인으로 교환해 주시는 겁니까…?"

"어허~ 여러분, 그 당근들은 다른 분이 밭에서 농사지어서 한참 전부터 키운 건데, 여러분은 수확만 한다고 주는 건 당연히 아니죠~"

"……."

그럴 줄 알았다. 그리고 PD는 날강도 같은 제안을 한다.

"일단 오늘 여기부터 저기까지 다 캐시면 일당으로 인당 5코인!"

"히이익!"

"아 나 안 해!!"

"저 나갈래요."

기겁한 놈들을 보며 제작진들이 웃음을 참는다. 웃기냐?

"여러분, 밥은 먹어야죠~"

"……."

프로그램의 불합리에 익숙해진 놈들은 황망한 눈도 잠시, 곧 몸을 움직이기 시작한다.

"저기부터 할까요?"

"그래."

"저 당근 싫어요."

투덜거리면서도 결국 최선을 다하게 되는 것이다. 나는 호미를 잡아서 땅을 파며 주홍색 뿌리채소를 줄줄 잡아서 꺼냈다.

'그림은 잘 나오겠군.'

떠도 초심을 잃지 않은 채 요령 안 부리고 열심히 일하는, 순수하고 성실한 청년들로 나올 것이다. …아니면 또 속는 호구 새끼들이나.

'X발.'

어느 쪽이든 이득이긴 한데, 페이크에 걸려서 제대로 뒤통수를 맞아서 그런지 상당히 얼얼하다.

'원양 어선 육지 버전인가.'

"여기 넣자!"

"오케이."

거대한 바구니를 채우는 중노동의 시간이 계속된다. 이 와중에 PD는 메가폰을 잡았다.

"자~ 다섯 개! 뽑을 때까지 허리 펴지 않습니다~"

"으아악! 저희 허리 나가면 책임져 주실 거예요?"

"어어? 일당이 너무 많나?"

"죄송합니다."

솔직히 말하자면 몸에 무리일 수준은 아니다. 한참 활동하면서 퍼포먼스를 연습할 때와 비견하면 그냥 피곤한 정도지.

"일해라 일!"

"……"

그래도 분위기가 제대로란 말이다. 저 중세시대 농노처럼 부려먹는 분위기가 열 받는데… 편집 거치면 당연히 재밌어진다, 이거겠지.

'이해는 한다.'

나는 가끔 억울한 눈으로 제작진을 쳐다보면서 열심히 당근이나 캤다. 여기까진 참을 만했다. 문제는 다음부터 발생한다.

"여기 일당!"

"와아아악!"

"우리 한동안 당근은 안 먹습니다. 당근 케이크도 입에 안 댈 거예요."

"그래 문대야."

열심히 번 코인으로 그래도 저녁을 사 먹겠다고 마트에 간 우리는… 어마어마한 물가에 직면한다.

"그… 열 개만 주셔!"

"…!?"

갑자기 달고나 가격이 열 배로 뛰었다.

"한 근에 20개?"

"저희 죽어요!"

고기도 폭등. 당연하지만 눈 돌아간 놈들은 제작진에게 달려가 외쳤다.

"조작 없다면서요!"

"저희가 절대! 임의로 가격을 책정하지 않았습니다, 여러분~ 절대 아니에요!"

김래빈은 거의 넋이 나갈 것 같은 얼굴로 물었다.

"그럼 이 상황은 대체…"

"아니, 저희가 사람 마음을 어떻게 알겠어요~? 다들 원하는 가격으로 파는 거죠."

"……."

나는 주먹을 쥐었다. 의견 낸 놈이 누군진 몰라도 진심으로 딱 한 대만 쥐어박고 싶었다.

결국 지난 이틀과 비교도 안 되는 초라한 장바구니를 들고 귀가했다. 나는 덤덤히 선언했다.

"수제비나 해 먹죠."

"아아……."

"수제비… 맛있지."

그래도 리액션은 하는 게 용하다.

"죄송합니다…. 모든 일의 시발점은…… 저의 불찰…"

"너, 너 무슨 소릴 하는 거야! 당연히 PD님이 수작 부린 거지!"

쪽지를 뽑은 김래빈은 거의 넋이 나갔고, 배세진과 개가 붙어서 위로 중이다.

"……."

안 되겠군. 나는 부엌에 짐을 두던 큰세진을 툭 쳤다.

"밀가루랑 버터 남았지."

"어? 어어. 남긴 했는데… 왜?"

"잠시만."

나는 첫날 과소비하며 샀던 버터를 확인하고 부엌으로 향했다. 제작진 욕하라고 준 자유 시간, 어떻게 쓰든 내 마음이겠지.

박문대가 뭔가를 만든다.

'으으음.'

류청우는 씻고 나오자마자 고소한 냄새를 맡았다. 그리고 부엌에서 착착 움직이는 박문대의 뒷모습을 보았다.

'…양식인가? 수제비라더니.'

그 와중에도 카메라 각도를 의식하면서 조리 과정이 잘 찍히게 신경 쓴다는 점이 과연 본인다운 행동이었다.

'참 침착하네.'

분명 열 받을 만한 상황인데, 현실적인 답을 묵묵히 만들어간다. 이런 데에서 형이라는 느낌이 났다. 류청우는 조심스럽게 부엌으로 들어갔다.

"필요한 거 있어?"

"거의 끝났어요. 괜찮습니다. 다른 녀석들이 도와줬고."

박문대는 에어프라이어를 열었다. 그러자 고소한 냄새와 함께… 노란 쿠키가 모습을 드러낸다.

"시식이나 한 점 하실래요."

"아."

쿠키였구나.

그 순간 차유진이 튀어나왔다.

"저 먹을래요!"

"뜨거우니까 조심해라."

"후후!"

류청우는 쿠키를 입에 넣고선 눈을 빛내며 엄지를 치켜드는 차유진을 보고 깨달았다. 과자를 팔아볼 생각인가 보다. 참 괜찮은 발상이었다. 당근밭에 또 가고 싶지 않은 멤버들의 반응도 좋을 것 같았다.

"…! 맛있네."

"다행입니다."

류청우는 맛과 아이디어 모두에 감탄했다.

'잘 봐두고 대량으로 조리할 때 보조해야겠네.'

그러나 그 생각은 금방 박살 난다. 과자가 좀 식자마자 반 이상 통에 쓸어 담은 박문대가 이렇게 발언했기 때문이다.

"다른 애들은 수제비 만들 거고… 형, 같이 가시죠."

"…나?"

어디를?

그리고 박문대는 자신을 대동하고 걸어서… 막 저녁 식사를 끝낸 마을 회관으로 갔다.

'…??'

대체 무슨 일일까?

"안녕하세요, 어르신."

"아! 너그, 그 서울서 카메라 들고 온 스~ 타 아닌가!"

"오늘도 카메라가 같이 왔어요. 그리고 제가 뭘 좀 만들어왔는데요. 부드러워서 지금 드시기 딱 좋을 거예요."

"아이고 또 뭘!"

박문대는 오랜만에 재밌는 것을 발견한 어르신들의 열화와 같은 성원에 힘입어 쿠키를 마구 뿌렸다. 류청우는 얼떨결에 그 행동에 동참했다.

박문대는 한술 더 떠서 류청우 본인까지 팔아넘겼다.

"이 형이 양궁으로 올림픽에서 금메달 따셨어요. 혹시 기억하시나요."

"어머머!"

"그래, 기억나는 것 같아, 야~"

"하하하."

류청우는 웃으며 열심히 악수를 하고 안마도 해드렸지만, 여전히 박문대가 왜 이러는지 이유를 몰랐다.

"제가 한 곡 해볼까요."

"그려, 그려~"

심지어 박문대는 자체적으로 트로트를 부르고 'POP★CON'까지 추며 온갖 재롱을 다 떨었다.

"……??"

류청우는 더 심경이 복잡해졌으나, 일단 군말 없이 맞춰서 본인도 노래를 한 소절 뽑고 열심히 어르신들의 질문들에 대답했다.

'생각이 있겠지.'

그리고 분위기가 완전히 무르익고 어르신들의 방벽이 내려갔을 때, 박문대는 본론으로 들어갔다.

"혹시 이 병뚜껑 말인데요, 서울에서 온 사람들이 오늘 이거에 대해서 따로 말한 거 없나요."

"아아, 그거!"

카메라 감독이 당황한 가운데, 박문대는 마침내 진실을 듣게 된다.

"그것이…."

나는 입을 열었다.

"그러니까, 당근 코인 제일 많이 가진 주민 열 분께 최신형 안마의자를 드리기로 하셨다면서요."

"…!"

사건의 전말을 전해 들은 멤버들이 모두 모여서 제작진과 툇마루에서 대치하고 있는 상황. PD는 시선을 피하려는 것 같더니, 곧 더 뻔뻔하게 중얼거렸다.

"아니, 그걸 듣고 오셨어요?"

"으아악!"

"맞잖아!"

"우리한테 어떻게 그러실 수 있어요, 정말!"

비난이 폭주한다. 심지어 선아현까지 얼굴을 붉혔다.

"힐링, 아, 아니면, 고소하라고 하셨으면서…!"

"어어?"

PD가 천연덕스럽게 권했다.

"하세요~ 고소하세요!"

"…!!"

"아니, 당근 코인이라는 게~ 이게 실체가 있는 화폐인가? 병뚜껑이라~ 될지 모르겠네!"

"크아악!"

부들부들. 배세진이 어깨를 떨며 이를 악물고 중얼거린다.

"잊지 않겠습니다…."

"PD님~ 언젠가 이게 다 업보로 돌아오실 거예요!"

그러자 PD도 좀 찔렸는지, 황급히 변명한다.

"아니, 여러분… 저한테 이러실 게 아니에요. 훔쳐 간 범인! 분명히 있습니다!"

"…!"

"그 범인만 찾으시면! 코인 다 반환하고… 저희도 자체적으로 상금 드릴게요! 100코인!"

"…! 저, 정말요?"

"정말이죠~ 속고만 사셨어요?"

어, 네가 속였지.

"……."

나는 심호흡을 했다.

그래. 이래야 웃기고 재밌지. 테스타는 다수의 사기 경험으로 이 제작진에게 익숙해진 상태다. 그러니 더 자극적이고 재밌는 그림을 만들기 위해서는 이게 맞다.

'애들이 목숨 걸고 어르신들과 제작진들 앞에서 범인 찾고 재롱 떨

게 만드는 컷 뽑는 데도 최고고.'

"······."

근데··· 왜 이렇게 꼴 받냐?

남 설계에 예상 못 하고 당하는 그림? 내가 안 웃긴다. 내가.

"무, 문대야···? 괜찮아?"

"······어."

나는 결심했다.

PD의 목소리가 울린다.

"범인 찾아오세요~"

그날 자정 너머 꼭두새벽. 제작진들도 무인 카메라만 두고 다 철수한 시점. 나는 조용히 대문을 열고 나왔다.

물론 혼자는 아니다.

"저··· 문대 형."

트레이닝복 차림의 김래빈은 혼란스럽다는 얼굴로 주춤주춤 따라붙었다.

"저는··· 어쩐 일로 대동하시려는 건지 여쭤봐도 괜찮겠습니까?"

"삽 들고 따라와라."

"···??"

"지금부터 당근 캐러 간다."

가만두지 않겠다.

야밤에 시골 논두렁을 걷는 건 제법 오싹할 수도 있다. 도시처럼 불빛이 수두룩하지 않고 가로등이나 간간이 깜박거리고 있으니까. 그래도 애초부터 이게 익숙한 사람에겐 별 영향이 없는 것 같다만.

나는 삽을 들고 터벅터벅 따라오는 놈에게 물었다.

"안 무섭냐?"

"…! 혹시 제가 무서워할 이유가 있을지…."

됐다. 할 일이나 계속하자. 나는 스마트폰을 들어 동영상 촬영 모드나 틀었다.

"카메라입니까?"

"상황이 어떻게 되는지는 촬영을 해둬야 할 것 같아서."

나는 셀프 카메라를 향해 손을 흔들었다. 김래빈도 얼결에 고개를 숙인다.

"안녕하세요, 여러분. 지금 시각은 새벽 3시 반. 저희는 무사히 집을 나섰습니다."

"그, 그렇습니다."

"나온 이유를 설명 드릴게요."

나는 덤덤히 선언했다.

"더 이상의 당근 경제 사기는 그만… 저희는 혁명을 일으키기로 했습니다."

"예??"

"혁명."

김래빈은 동공을 떨기 시작했다.

"저… 형. 물론 당근 코인을 얻는 것도 중요합니다만, 타인의 소유인 밭을 함부로 파헤치는 것은 무례한 행동이 아닐지…."

"그건 당연히 무례한 행동이지."

"예?"

나는 논두렁 끝, 시내가 시작되는 애매한 부근에서 발을 멈췄다. 이쯤 왔으니 됐겠지.

"여기다가 삽 두고 가자."

"삽을…?"

김래빈이 잠시 멍한 표정이 됐다가 도로 영민함을 되찾는다.

"저, 그래도 당근을 뽑으신다면 삽을 가져가는 편이 용이하지 않습니까?"

나는 피식 웃었다.

"목적지는 당근밭이 아니야."

"…!"

"이러면 다른 사람들은 당근밭 가는 줄 알 테니까 들고 나온 거야."

집에 무인 카메라가 널려 있다. 당연히 당번으로 막내 중 누군가가 관찰 중이겠지. 그렇다면 분명 우리의 돌발 행동도 보고되었을 것이다. '당근밭으로 향하고 있다'라고.

'애초에 예측도 했을걸.'

일대일로 교환비가 성립되는 코인과 당근. 그러면 밤중에 실물 당근을 서리하러 가는 놈들도 나올 법하지 않은가. 당장 김래빈만 해도 봐라.

"남의 당근밭에서 농작물 훔치러 가는 걸까 봐 걱정했어?"

"결코 형의 도덕성을 의심하는 것은 아니며 어디까지나 예능이니 그런 행동 양식도 가능하지 않을까 하여 말씀드려 보았습니다!"

"그래. 고민하느라 고생 많았다. 더 걱정은 하지 말고."

그걸 역으로 노린 낚시니까.

'어디 당근밭에서 죽치고 있어 봐라.'

못 따라붙을 너희를 위해 이렇게 레코딩도 따로 해주고 있지 않은가. 나는 플래시 라이트와 호미도 삽 위에 올려두었다. 그리고 다시 발걸음을 옮겼다.

"버, 버리는 겁니까?"

"아니. 잠깐 두고 다시 와서 가져갈 거야. 가게에 삽 들고 들어가긴 좀 그렇잖아."

"그건 그렇지만… 이 새벽에 여는 가게가 있습니까?"

"있지."

나는 손가락을 들어, 먼 곳에서 희미하게 반짝이는 간판을 가리켰다.

"24시 출장 영업하는 곳."

"…?"

김래빈은 손가락을 따라 시선을 돌린다. 나는 그것을 카메라로 찍었다. 의아한 얼굴이 화면에 찬다.

"왜… 여길?"

"너도 이런 곳 방문해서 의뢰해 본 적 있다며."

지난번에 어린 시절 이야기할 때 들었었다.

"네. 그렇긴 합니다만…."

"좋아, 너만 믿는다."

"…?? 아, 알겠습니다!"

김래빈은 더 혼란스러운 얼굴이 됐으나, 일단 빠릿하게 대답했다. 과연 토 안 다는 놈이라 일하기 편하다.

"좋아. 들어가자."

우리는 아직도 불이 들어온 낡은 건물 한 칸으로 들어갔다. 불법 도로 광고물에서 빨간 글씨가 바람에 휘날린다.

[우리종합철물점]
[긴급 출장공사 가능 -24시 영업]

날이 밝은 아침.

"다들 일어나셨나요."

"좋은 아침입니다…."

"…너희 왜 방이 아니라 현관에서 나와…?"

우리는 7시가 넘어서야 숙소로 돌아왔다.

손에 든 건 딱히 없다. 나갈 때 가져갔던 연장들뿐이다. 마당에 진을 치고 있던 PD가 당황한 목소리로 묻는다.

"두 분 어디 갔다 오신 건가요?"

그래도 간밤에 제작진에게 '모험 중'이라고 문자를 보내뒀으니 실종 신고 같은 건 안 했겠지. 나는 삽을 마당에 도로 세워두며 대답했다.

"당근밭에 가보려고 했는데 길을 잃었어요."

"으하하하!"

기쁘냐? 많이 기뻐해라. 그래야 더 재밌지.

그리고 제작진의 심문 다음으로는 동료의 질문이 쏟아진다.

"형 뭐 했어요? 김래빈이랑 맛있는 거 먹었어요? 재밌는 거 했어요?"

"아니. 굶었어."

"오우… 알았어요. 힘내요."

차유진은 통과.

그리고 아직 취침 중이거나 막 일어난 녀석들을 지나자 한 놈이 헤드록을 건다. 당연히 큰세진이다.

"아니~ 문대 섭섭하네. 어떻게 세진이를 두고 이렇게 야밤에 분량을… 흑흑."

놔라, 이놈아.

"분량이랄 것도 없어. 카메라가 없어서 스마트폰 썼으니까."

"박문대 촬영 솜씨면 완전 전문가처럼 찍은 거 아니야? 막 중요한 장면이겠어, 나 더 서운해~"

나 참.

"사람 많으면 들킬 것 같아서 그랬다, 됐냐? 래빈이는 할 역할이 있어서 데려간 거야."

"오…."

큰세진이 우는 소리를 관두고 씩 웃는다.

"점점 더 궁금한데?"

"아침 먹기 전에 전달할 테니까 애들 좀 모아봐."

"음?"

나는 피식 웃었다.

"좋은 일 해놨으니까. 공유해야지."

그리고 잠시 후.

제작진은 테스타의 갑작스러운 외출 선언을 듣는다.

"여러분, 코인이 4개밖에 없는데 정말 장 보러 가실 거예요?"

"네. 그래도 가보려고요."

"아 저희야 좋죠~ 뭐든 테스타 손자분들 마음이죠!"

기름칠한 것처럼 혓바닥 한번 잘 쓴다. 우리가 뭐라도 사려고 전전 긍긍하는 모습을 재밌게 뽑을 생각에 신났나 보군. 어쨌든 우리는 다시 제작진을 대동해서 아침부터 마트로 갔다.

입구에 들어서자마자 류청우가 친절한 목소리로 설명했다.

"얘들아, 그럼 먹고 싶은 거 다 고를까?"

"Yeaaah! 좋아요!"

"그, 그럼… 과일을 좀, 가져올게요…!"

일사불란하게 흩어지는 멤버들을 보고, 제작진이 당황했다.

"어어?"

"뭐지?"

그리고 PD가 은근한 목소리로 내게 말한다.

"당근밭에서 서리하시면 도둑질인 거 아시죠? 페널티로 두 배 차감입니다?"

"안 했다니까요."

어디 감시망이 안 닿는 밭 구석에서 당근을 캐어내고 숨겨둔 건 아닌지 의심하는 것 같군. 안타깝지만 그건 아니다.

"오케이~ 그럼 이게 끝이지?"

"잠깐."

"와 문대 통 크다, 1인 1오리?"

산더미처럼 고른 마트 물건들을 가지고 계산대로 가자, 이번에도 마트 점장이 반겨준다. 다만 하는 말은 다르다.

"음~ 다 해서 동전… 그거 하나만 주소."

"…!!"

"감사합니다~"

냉큼 계산을 마치려는 큰세진에게 제작진의 당황한 아우성이 붙는다.

"하, 하나?"

"잠깐만요."

"이게 이럴 리가 없는데…?"

"어어? 이럴 리가 없다니요, 점장님이 말씀하신 건데~ 청우 형 계산 좀요!"

"하하, 그래."

류청우는 코인을 내밀고 계산을 마쳤다. 찰캉! 옆에 뜬 금액을 보니 30만 원어치는 산 것 같다. 제작비 달달하군.

PD가 가까스로 물었다.

"……뭐 했죠?"

"뭐가요."

"아니, 분명 뭐 했는데??"

"자꾸 왜 그러세요. 원래 자발적으로 주민분들이 원하시는 가격을 받는 거잖아요. 그렇죠?"

"……"

입을 쩍 벌린 PD 주변으로 다른 스탭들이 웃음을 참는 소리가 들린다. 나는 김래빈에게 아무 말 하지 말라고 눈짓한 뒤 고개를 끄덕였다.

"싸게 주셔서 좋네요."

"그러게."

우선 1절 완료.

아침 식사를 거창하게 차려서 먹고 난 다음에는 어르신들을 돕기 위해 다시 달구지를 몰았다.

"이야호!"

"차유진 너 속도 좀! 속도!"

그리고 이번에도 열광적이고 후한 코인이 쏟아진다.

"이거 받아가~ 어제 마당 쓸어 준 거 서비스여~"

"가, 감사합니다…!"

"아이고 청년들 고생하네~ 여기! 내가 딱! 다섯 개 넣었지."

"우와! 아버님 정말… 크, 역시 잘생긴 사람은 마음 쓰는 게 다르다, 그죠?"

그렇게 번 코인만 3시간 만에 36개. 무려 첫날보다도 많다.

멤버들이 어깨를 으쓱거린다.

"오~ 우리 당근 농장 일당만큼 벌었는데요."

"됐네. 가자."

이쯤 되자 PD가 자폭했다.

"어르신 안마의자… 필요 없으세요?"

"필요하지~ 그거 있으면 너무 좋겠어~"

"으으어!"

PD는 참지 못해 감탄사로 이루어진 외계어를 뱉기 시작한다. 번역하자면 '게임 더럽게 하네 이 자식들'쯤 되겠군. 과분한 칭찬이다. 나는 낮게 멤버들과 하이파이브했다.

2절 성공.

그리고 새참을 먹을 때쯤, 나는 뇌절이 되기 전에 마지막 폭로전을 준비했다.

"설거지 끝~"

"좀 쉬자."

툇마루에 누운 녀석들 사이로 류청우가 편하게 눕기 위함인 것처럼, 슬쩍 복주머니를 풀어서 앞에 둔다. 그리고 혼란에 빠져서 마을 소식을 묻고 다니던 제작진은 냉큼 그 떡밥을 물었다.

"대체 무슨…."

그렇게 혹시 싶어 복주머니를 살피던 작가는, 곧 뭔가를 발견해 버린다.

"어어?"

"왜?"

그리고 PD를 격하게 부르며 동전 하나를 내민다.

"이, 이거 다른데요??"

"…!!"

제작진들이 웅성거리기 시작한다. 그리고 미친 듯이 전화를 돌리고 뛰어다니기도 잠시…… 마침내 제대로 된 소식이 전해진다.

"누가 아침에 집집마다 몇십 개씩 당근 코인을 뿌렸대요! 특별히 드리는 거라면서…."

"…!"

오, 들켰네. 이미 늦었지만 말이다.

"…테스타 손자분들."

"네."

"지금… 이 동네에 풀린 당근 코인이 천 개가 넘는다고 하거든요?"

"그래요?"

그래. 본인의 코인 보유량이 TOP10 안정권 수준으로 많다고 생각하시면 인심이 돌아오는 게 자연스럽지 않겠는가.

"마트에도… 오백 개쯤 있다고요?"

"그래요."

그래. 그쪽에도 대신 협상했다.

―앞으로 카메라 오면 일단 코인 하나로 모두 살 수 있게 부탁드립니다.

어차피 물건값은 제작진에게 청구하니 손해 볼 것도 없지 않은가.

"여러분 이게 어떻게 된 거죠??"

"우리도 모르죠. 그렇지?"

"그럼그럼."

PD가 부르짖는다.

"문대 씨! 래빈 씨! 새벽에 나갔을 때 뭐 하셨어요?"

뭐 하긴, 당근 캤지. 새벽에 밭에 간 건 아니지만 당근 코인을 채굴하긴 했다. 채굴 방법이 남달라서 그렇지.

'그러게 누가 애들 사은품 장난감처럼 엉성하게 코인을 만들래.'

복제하기 쉽게.

"아니, 이거…! 이게! 가짜잖아요."

"뭐 문제 있나요."

철물점에서 똑같이 찍어낸 노란 당근 무늬 동전을 들고 경악하는 제작진을 보며, 나는 고개를 기우뚱 숙였다.

"전 잘 모르겠는데요… 모양도 똑같고, 다 똑같지 않나."

"어, 완전 똑같은데?"

"…나도 차이점은 잘 모르겠어."

천연덕스럽게도 동조하는 동명이인 멤버들의 보조에 제작진들이 비명을 지른다.

그래. 원래 잘나가는 놈들이 예상외의 사태로 고통 받는 예능은 재밌다. 근데 꼭 그게 테스타일 필요는 없지 않나 싶어서 말이다. 그러니까… 지금까지 계속 대박 행진 길만 걸어온, 출연진에게 사기 치는 모예능 제작군단은 어떤가.

지금 저놈들 말이다.

"아무튼! 문대 씨, 래빈 씨 철물점 가서 뭐 주문한 건 확실하잖아요!"

그건 이제 알아냈나 보군.

"네."

"지금 테스타 손자분들은 당근 코인만 쓸 수 있는데 어떻게 된 거예요?"

PD는 마침내 잡아낸 꼬리에 흥분해서 외쳤다. 나는 어깨를 으쓱했다.

"아, 제 팬이라고 공짜로 해주셨어요."

"…!!"

"누가! 팬심으로 일을 해요! 돈 준 거 맞잖아!"

어. 당연히 외상으로 달아놨지.

얼굴 알려진 연예인이 이래서 편하다. 야간에 실시간 특급으로 처리해서 몇 배는 요금이 더 붙었다만, 하나도 아깝지 않다. 그러나 나는 표정 하나 변하지 않고 대답했다.

"증거 있나요."

"어억!"

저거 잘하면 뒷목 잡겠다. 그리고 곧 PD는 타깃을 바꿨다.

"래빈 씨!"

"예, 예?"

"래빈 씨 선량한 사람이잖아요, 아니 이런 거짓말을 용납하시는 건가요?"

"그, 그건…"

오오. 괜찮은 접근이군. 그러나 네가 그럴 줄은 나도 예상했다.

"거짓말이 아닙니다."

"예…?"

김래빈은 주먹을 불끈 쥐고 말했다.

"그리고 당근 코인은… 모두에게 많이 돌아가는 것이 바람직한 흐름입니다."

"…!!"

"문제 발생 시 제가 사비로 안마의자를 드리겠습니다!"

"예??"

이미 내가 2시간 세뇌… 아니, 잘 설명해서 설득해 놨거든.

"……."

그렇게 제작진은 침몰했다.

"문대문대, 우리 마트 물건 다 사자. 코인 하나래."

"잠깐만요."

"왜요, 주민분들의 자발적 가격 책정으로 하나 받으시겠다는데."

"죄송합니다! 죄송합니다!"

작가진까지 황급히 적은 스케치북을 들어 올린다.

[저희에게 토끼 같은 제작비와 PPL이 있어요! 살려주세요!]

무조건 항복이군.

"힐링! 힐링 드릴게요!"

"이번만요?"

"다음에도! 다음에 저희 아주 힐링 풀코스로 저기 온천 보내드릴게요, 온천!"

그렇게 당근 코인계의 경제 교란은 무분별한 양산으로 인한 떡락으로 막을 내렸다.

그리고 딱 그 시점에서, 1화 예고가 풀렸다.

한참 무언가의 본방을 보는 사람이 많은 평일 밤 11시. 김래빈의 팬은 직전 TV에 나온 해당 예고편을 보고 인터넷에 접속했고, 당연히 커뮤니티에서 관련 대화가 오가고 있었다.

-믿고 보는 조합

-헐 손자래 벌써 귀여움ㅠㅠ

-이번에는 진짜 힐링인가 봐 그래 우리 애들 쉬어갈 때도 됐어 진짜

-이건 진짜 팬만 볼 듯

 └?? 이런 류 좋아하는 사람도 많은데 무슨 소리야ㅋㅋㅋ

 └타격감 X ㅋㅋ

정리하자면 매번 레전드만 터뜨렸던 제작진 조합에, 스테디셀러인 시골 밥상 컨텐츠라 반응은 적당히 좋았다. 그러나 김래빈의 팬은 알았다.

어그로가 별로 없다는 건 그만큼 핫하지 않다는 뜻이다.

'이건 거의 순덕들만 댓글을 달고 있다는 거지.'

호떡과 무인도 때는 워낙 스펙터클해서 거의 인터넷 게시판을 뒤집어놨었는데, 지금은 그냥 평범하다. 한숨이 나왔다.

"휴우."

남동생이 아닌 척 TV 예고편을 같이 보고 있다가 누나의 등을 찔렀다.

"왜, 쟤네 예능 나온다며? 좋은 거 아냐?"

"아 모르면 다물어 좀."

이건 일종의 시그널이란 말이다.

'매너리즘 신호!'

쌍욕이나 분노가 나오진 않았다. 단지 이렇게 생각했을 뿐이다.

'그럴 시기인가….'

김래빈의 팬은 약간의 현타를 느끼고 있었다. 프리랜서로 사회초년생이 된 그녀는 슬슬 자신의 성격을 사회생활과 타협하기 시작했는데, 그래서 비슷한 감상을 덕질에서도 느낀 것이다.

이제 테스타가 연차도 찼고 대상도 탔으니 이런 정도는 편한 거 하고 싶다, 이거 아닌가? 그래. 다 같이 몸살이랍시고 며칠 쉴 때부터 알아봤다. 가뜩이나 이번 활동 타이틀 퍼포먼스가 미쳤지 않은가.

'눈깔이 동태가 아닌 게 어디야.'

전이라면 '초심 잃은 새끼들 틈에서 중세 토끼 같은 내 최애 빼라' 같은 소리를 하며 날뛰었겠지만, 이제는 아니었다.

'그래… 쟤네도 인간인데 번아웃을 어쩌겠냐.'

카메라 앞에서 티만 안 내면 된다. 무대는 여전히 미쳤고 자기 관리도 잘하니까.

'싸워도 금방 화해하는 것 같고.'

얼마 전 일본 콘서트 때는 박문대와 이세진이 싸운 것 같더니, 금방 티도 안 내게 된 걸로 봐선 프로 의식도 여전하다. 그녀는 당시 물밑에서 잠깐 억측이 오갔던 그녀의 비밀 계정 타임라인을 떠올리다가 그만뒀다.

남동생이 짜증을 냈다.

"야 너 그래서 안 볼 거야?"

"볼 거야!"

종합적으로 말하자면… 좀 김빠지긴 했으나, 무인도 때처럼 자연재해 반전이라도 기대할 생각이다.

'그래 봤자 시골에서 뭔 스펙터클이야. 선아현이 부엌에 불이나 지르 겠지….'

그래도 저 PD의 전적이 워낙 화려했기에 그녀는 섣불리 판단하지 않기로 했다.

그리고 1화가 방영된 날. 그녀는 약간 당황한다.

"……흠."

의외로… 재밌네?

시작은 미팅 당시 테스타를 모아두고 이번엔 힐링이라고 부르짖는 제작진들이었다. 물론 테스타는 안 믿었다.

[류청우 : 음… 무서운데요.]

[이세진 : 에이 이러고 저희 막… 사실 알래스카 시골이었다! 이런 거죠?]

[작가 : 진짜 아니에요, 진짜로!]

결국 기나긴 설득 시간 때문에 빠르게 감기 된 미팅 화면 속에서 눈물 젖은 자막까지 떴다.

[테스타는 아니면 고소해도 좋다는 발언을 듣고서야 제작진을 믿어 줬다……]

"큼!"
김래빈의 팬도 웃을 뻔했다.

-ㅋㅋㅋㅋㅋㅋㅋㅋㅋㅋㅋㅋㅋㅋ
-내가 테스타여도 그럼
-업보가 돌아왔네ㅋㅋㅋㅋㅋㅋ

스스로 반성하는 제작진의 분량까지 투입된, 자아 성찰의 시간이 웃기게 이어진다.

[막내 작가 : 정말 끝까지 문대 씨 의심과 걱정이 그냥…]
[PD : 우리의 죄가 깊다. 진짜.]

그리고 우중충하고 풍자적인 그 신과 강렬히 대비되는… 테스타의 첫 촬영 날.

[테스타 : 와아아악!]

해가 쨍쨍한 날 분위기까지 폭주하는 버스 신이 드디어 시작됐다.

[설득의 효과는 굉장했다!]
[이 사람들, 제대로 신났다….]

화면 속 테스타는 버스 안에서 노래를 부르고 경치를 보고 게임을 하고 난리였다.

[무아지경]
[배세진 : 위험하니까 안전벨트는 풀지 마!]
[이세진 : 맞아요 맞아, 다들 제자리에서 거리 두기하고 즐겨~]
[차유진 : 예이!]
[진정한 언택트 무도회장]
[~너무 신나~]

힐링 키워드에 꽂힌 테스타는 완전히 나들이에 몰입해 텐션이 오른 상태였다.

[이세진 : 휴게소! 휴게소에서 우리 알감자 먹자!]
[박문대 : 나 현금 있어.]
[환호]

한마디로, 상상 이상으로 신나 보였다.

-ㅋㅋㅋㅋㅋㅋㅋㅋㅋㅋㅋㅋㅋ
-애들 자기 자신을 낳는데?ㅋㅋㅋ
-어떡해 이번엔 진짜 놀아도 되니까 너무 신났어ㅋㅋㄲㅠㅠㅠ
-이렇게까지 출연진이 뽕 뽑고 즐기려는 관찰 예능 처음임

테스타는 그 기세 그대로 숙소에 도착하고서도 제작진의 안내가 떨어지자마자 와글와글 카메라 속에서 움직였다.

[차유진 : 따뜻해요!]
[김래빈 : 밥 먹고 바로 눕지 마!]

노란 장판이 깔린 구들방에 들어가서 드러눕는 모습이나 장난감 같은 코인을 보고 재밌어하는 모습들도 활력이 넘쳐서 구경하는 맛이 있었다.

[이세진 : 어이구~ 형이랑 가고 싶어요? 우리 같이 갈까?]

그리고 그 들뜬 분위기는 개까지 데려오자 최고치를 찍었다.

[뭉게 / 견생 3개월]
[박문대 : (안절부절)]

[혹시 동생인지 고민 중↑]

아기 반려동물 효과는 엄청났다. SNS 글마다 울부짖었다.

-아아아아아아아
-문댕댕 동생 생겼냐고ㅠㅠㅠㅠ
-이… 이 투샷이 완성되다니
-시고르자브종 아기 백구찹쌀떡이 두 마리!! 두 마리!!

"미친…."
김래빈의 팬까지도 입을 벌렸다.
'박문대랑 머리색이 똑같으면 이거….'
안 봐도 보정 짤 만드는 계정마다 캡처를 쏟아내고 있을 것이다.

[테스타 형들 안녕 (앞 발바닥)]

게다가 조그만 강아지 한 마리를 껴안고 어쩔 줄 모르며 저마다 소란을 피우는 다 큰 성인 7명은 웃기기까지 했다.

[차유진 : 고구마 더 주세요!]
[박문대 : 무슨 소리야, 더 먹으면 돼지 된다.]
[그러나 손은 솔직함]

-ㅋㅋㅋㅋㅋㅋㅋㅋㅋㅋㅋㅋ

-왜 자연스럽게 유진이 강아지랑 묶어서 취급하고 있어ㅋㅋㅋㅋ

-다들 정말 캐릭터 확실하다..

개는 온갖 수제 간식을 얻어먹으며 오동통해졌다. 차유진도 덩달아 이득을 봤다.

그녀는 홀린 듯이 예능을 계속 시청했다. 제작진들은 촬영분을 잘 만져서 테스타 각자의 변화나 서사도 귀엽게 잘 살려놨다. 가령 김래빈은 처음엔 주민들의 환영 픽에서 썩 두각을 드러내지 못했다.

'상견례 필패상이잖아.'

그렇다. 퇴폐적이기까지 한 날카로운 인상과 피어싱 탓이었다. 하지만 시간이 갈수록 인지도가 급상승했다.

[김래빈 : 여기 있습니다!]

[김래빈 : 그렇다면 이걸로!]

[김래빈 : 제가 해 오겠습니다!]

[(폭죽) 시대의 일꾼 손자 (폭죽)]

깍듯하고 순수한 태도와 차림새가 너무나 자연스러웠기 때문이다. 어릴 때부터 그렇게 산 사람 특유의 바이브였다. 나중엔 아예 주민들이 슬쩍 따로 간식까지 찔러주는 모습도 대놓고 방송을 탔다.

[주민 : 아휴 얘가 제일 일을 잘하는 것 같어! 아주 그냥 밥도 잘

먹고~]

　[주민 : 거… 요거 하나 먹을텨?]

　[김래빈 : 감사합니다! 잘 먹겠습니다! 뭐든 시키실 일이 있으면 편하게 불러주시면 됩니다.]

　'날티와 너드미를 다 가진 아이돌 천상계 꿈의 조합 아닌지.'

　시골과 김래빈 조합으로 밈은 확실히 양산되겠다며, 그녀는 고개를 끄덕였다.

　그렇게 하나씩 캐릭터가 윤곽이 뚜렷하니 그저 티키타카만으로도 내용이 꽉 찬다. 싹싹하게 모르는 어르신들을 도와드리고, 재롱을 떨고, 논두렁을 자전거 타고 달리며 식료품을 나르는 테스타.

　[박문대 : 형 무슨 다리에 엔진이라도 달렸어요?]

　[류청우 : 하하하!]

　전반적으로 팬이 보기엔 이것보다 좋을 순 없었다.

　'목적이 없어도 의외로 괜찮네….'

　몇 년 묵었다고, 이제 테스타는 자기들끼리 그냥 둬도 어색하지 않게 잘 떠들고 프로그램을 이끌 줄 알았다. 그렇다 보니 그냥 평범한 시청자들이 스트레스 없이 보기도 좋아 보였다.

　[선아현 : 날씨가 정말 좋아. 그렇지?]

　[박문대 : 응.]

전자기기가 화면에 잘 안 나오고 시골 공간 특유의 감성 때문에 묘하게 옛날 청춘 느낌이 났기 때문이다. 이전 예능들처럼 독특한 특색은 부족하지만, 테스타라는 이름이 특색이 될 만큼 값어치가 생겼으니 시청률도 나쁘지 않을 것 같았다.

'시청률 망하고 화제성으로 정신 승리하진 않을 것 같… 은데?'

정말 마당에서 바비큐를 시도하다 불 지를 뻔한 선아현부터 책을 논두렁에 처박고 비명 없이 절규하는 배세진까지. 개그도 은근 잘 챙겼다.

[차유진 : 불! 불! Fire!]
[배세진 : 고기 있잖아 모래 치지 마! 꺼! 그냥 꺼!]
[이세진 : 갸아아악!]

삐이익!

[※화면 조정 중※]
[무려 성인 일곱이 화롯불을 끄기 위해 한 시간이 소요되었습니다.]

이런 생활이 익숙하지 않은 아이돌들에게서 나오는 깨알 같은 웃음 요소가 있었다.

'나름대로 완급이 있잖아.'

마지막에는 감동까지.

[이세진 : 냄새 좋다.]
[박문대 : 응.]

배달을 마치고 정자에 누워 아이스크림을 먹는 테스타는 다 웃는 얼굴이었다.

바쁘고 살인적인 스케줄을 떠나서 보여주는 편안한 민낯. 얼마 전 몸살 때문에 잠시 활동을 중단했다는 사실을 떠올리면, 어쩐지 자신 같은 사람까지도 약간은 찡해지는 면이 있었다.

"이야 개가 상팔자네."

"닥쳐."

김래빈의 팬은 남동생에게 면박을 주고 다시 화면에 집중하려 했다. 그 순간이었다.

[??? : 와아아아악!!]

"…?!"

갑자기 아련한 정자의 풍경을 다 덮어버리는 시뻘건 자막이 뜬다.

그리고 여러 사람이 떼로 외치는 환호와 비명이 화면을 뒤흔든다.

[??? : 됐다!! 됐네!!]
[??? : 악ㅋㅋㅋㅋ]

그리고 검은 화면이 잠깐 떴다가… 다시 밝아진다. 마당에 모여서 박수 치는 제작진들이다.

"…??"

"뭐야."

그리고 다시 자막.

[왜 제작진이 이렇게 즐거워하는지]

[궁금하신가요?]

그, 그래.

[다음 주에 공개됩니다.]

"야!"

그리고 광고가 흘러나왔다.

"야 방금 뭐임?"

"몰라 나도!"

이 중간 광고 타임이 이렇게 열 받았던 것도 오랜만이었다!

'꺼져!'

그리고 다행히 금방 화면은 돌아왔다. 그리고 예고편도 정상적으로
방영되었다.

[문대가 수육하자는데?]

[대찬성!]

계속되는 힐링을 즐기는 테스타의 모습이다. 그런데 BGM으로 유명 드라마의 아련한 회상용 OST를 넣어왔다.

[그땐~ 좋았~ 었지~♪]

세피아색으로 과거 회상처럼 변하는 화면까지.
"…‼"
아주 노골적인… 개수작 예고였다.

1화가 방영되었다. 그리고 나는 당황했다.
'왜… 이렇게까지 반응이 좋냐.'
아니, 좋을 줄은 알았는데 이렇게 대중적으로 잘 받아들여질 줄은 몰랐지.
'꿀노잼 같은 소리라도 좀 달릴 줄 알았는데.'
편집의 마법 덕에 1화는 대조되는 분위기를 잘 활용해 깔끔하고 지루하지 않게 잘 빠졌다. 물론 좋은 일이긴 한데, 약간 부작용도 있었다.

-아 제작진들 대체 뭐한 거얔ㅋㅋ

-웃긴데슬프다제발너무한짓은하지말았길애들저렇게좋아하는뎈ㅋㅋㅠㅠ

-다음주가 두려움

-미치겠네 골때리는 거 나올듯ㅋㅋㅋㅋㅋㅋㅋ

-이대로 가도 좋았을 것 같은데ㅠㅠ으 애들 고생하면 어쩌지

1화를 너무 잘 뽑아버린 바람에 분위기 반전을 약간 거북해하는 반응까지 나온 것이다. 덕분에 제작진들도 약간 비상이 걸린 것 같다.

'괜히 뒤통수 갈겼다고 후회하나?'

그건 아닐 것이다. 솔직히 진도가 빠르고 1화라 공들여 편집해서 그렇지, 힐링은 빨리 질리니까.

그래도 지금 보니 내가 굳이 안 했어도 막판엔 제작진들이 알아서 힐링 코드로 다시 전환하지 않았을까 싶다. 수요가 괜찮다는 게 판명이 난 거니까.

'뭐… 그렇지만 어차피 결과가 똑같으면 굴곡 많은 쪽이 재밌는 거 아닌가.'

제작진도 감사할 일이다. 나는 어깨를 으쓱하고 말았다. 그때, 옆에서 본인도 반응을 살피고 있던 배세진이 입을 열었다.

"우리 촬영… 오늘까지지."

아, 그 얘긴가.

"네. 이제 슬슬 철수해야죠. 어딘지 알아내면 괜히 사람들 몰려서 동네 뒤숭숭하게 만들 수도 있고."

"…그렇지."

녀석이 진지한 얼굴로 고개를 끄덕였다.

"그래도… 이런 것도 꽤 괜찮았어."

"그러게요."

후반에는 음식 거하게 만들어서 사람들 불러서 잔치하는 내용으로 채웠는데, 돈 펑펑 써서 제작진이 고통스러워하는 그림이 재밌었다.

'물론 마지막엔 돈 문제도 잘 수습해 놓을 거고.'

여러모로 다양한 맛을 보여준 것 같아서 끝나고 보니 만족스럽군. 나는 고개를 끄덕였다.

"그런데 하나 아직 밝혀지지 않은 게 있잖아."

"음?"

배세진은 인상을 굳히며 중얼거렸다.

"결국 당근 코인을 가져간 범인은 누구였을까. 애초에 그래서 이 모든 일이 발생한 거잖아."

아, 그걸 신경 쓰고 있나.

'일부러 남겨뒀는데.'

나는 카메라가 데이터 교체 중이라 없는 것을 확인한 뒤, 작게 대답했다.

"뻔하죠. 내부자였을걸요."

"…!"

배세진의 얼굴에 당황한 기색이 역력해진다.

"그, 그… 우리 중에 있다고!?"

"예."

나는 조용히 중얼거렸다.

"다른 사람이면 재미없죠. 우리 중에 있어야 분량 뽑기도 좋고 반전도 임팩트 있으니까. 분명 우리 중에 있을 겁니다."

배세진은 멍한 얼굴로 듣더니, 곧 납득한 것 같았다. 그리고 갑자기

긴장한 얼굴로 물었다.

"…혹시, 나라고 생각해서 말하는 거야? 그, 연기력이 필요하니까."

퍽이나 그랬겠다.

"아뇨. 형은 아니신 것 같고."

"왜??"

아니라는데 왜 발끈하냐.

"형은 너무 안 태연했어요."

"…?!"

배세진이 범인이었으면 더없이 침착하고 상식적으로 대응했을 것이다. 평소처럼 핀트 안 맞는 진지함으로 과몰입한 모습을 보니 절대 아니지.

"사실 의심스러운 놈이 있기도 하고요."

"누구?"

나는 고개를 돌려, 방 밖에 있는 놈을 쳐다보았다.

'역시 저놈인가.'

큰세진.

여전히 기분 좋아 보이는 놈은 열심히 활기찬 모습을 보여주고 있다. 연기력이 좋고, 순간 판단력과 사회성도 좋다. 스파이를 능청스럽게 하긴 완벽한 적임자다. 사실 코인 복제 때 저놈을 데려가지 않은 것도 이 이유가 가장 우선이었다.

'혹시라도 제작진한테 찌르면 끝이니까.'

배세진은 내 시선을 보고 눈치챘는지 입을 떡 벌렸다.

"이, 이세…"

"그냥 의심이에요. 저희끼리 알고 끝내죠."

"…큼, 흠. 그래. 알았어."

나는 거기서 멈추기로 결정했다. 분량을 그렇게 좋아하는 놈이니까 마지막으로 방송상에서 나올 뒤통수 분량을 위해 남겨두는 게 좋겠지.

분명, 이때는 그렇게 생각했다.

다음 주. 우리가 제작진에게 뒤통수를 맞는 내용은 2화 후반에 가서야 윤곽을 드러냈다.

'그렇겠지.'

5화 편성이었는데 2화 초부터 코인이 다 털리면 분량 균형이 안 맞으니까.

덕분에 평화로운 힐링 분량 다음으로 뒤통수 맞는 장면의 임팩트가 더 강해졌다. 테스타가 희희낙락하게 웃으며 페널티 쪽지를 여는 순간.

[김래빈 : 오늘 새벽, 정체불명의 밤손님이 들어서… 테스타의 소중한 〈당근 코인〉을 다 털어갔습니다?]

[!!!!!]

…코인 털리며 얼굴에서 웃음이 싹 사라지는 걸 클로즈업으로 하나씩 다 잡더라고.

실시간 반응이 폭발한다.

-ㅅㅂㅋㅋㅋㅋㅋㅋㅋㅋㅋ

-애들 표정 봐

-문대 얼굴 뒤로 놀란 뭉게 합성하지 말라고욕ㅋㅋㅠㅠㅠ

-아니 제작진 세상 신난 듯ㅋㅋㅋ

…그리고 타이핑 효과와 함께 제작진의 입장으로 다시 기획이 재구성되는 것이다.

[사건의 전말]

[40일 전]

탁자에 둘러앉은 제작진이 심각하게 대화를 한다.

[PD : 아니, 얘네가 너무 많이 당했어! 분명 또 안 당하려고 아주 눈에 불을… (켜고)]

[이 작가 : 그렇지, 그렇지.]

[박 작가 : 굉장히 구조적으로 섬세하게 접근해야 하지 않을까.]

[흡사 야생동물 포획반 같은 분위기]

이놈들 이걸 다 찍을 정도로 작정을 했었네.

"Wow."

"저렇게까지 하셨었다고?"

어처구니가 없는 듯 웃는 반응이 여기저기서 터져 나온다. 지금 차

안에서 이동하면서 다들 동시 시청 중이거든.

어쨌든, 화면의 제작진 놈들은 박진감 넘치는 BGM과 함께 자기들끼리 웃으며 브리핑을 계속한다.

[PD : 일단 경계심이 보통 정도인 멤버들부터 좀 보자.]

그리고 임무 설명서처럼 자막이 뜬다.

[난이도 ★★]
[선아현, 배세진]
[특징 / 일단 한번 속이면 잘 넘어가 줌]

"…내가?!"
"으. 으음……."
"크하흐흡."
배세진의 당황과 선아현의 민망함에 잔잔한 웃음이 퍼진다.

[PD : 여기는 무조건 한 번만 논리적으로 납득시키면 돼.]
[박 작가 : 그렇죠. 너무 착한 사람들이라 (가능해요).]
[이 작가 : 도덕적이야 도덕적.]

그리고 그 발언이 나온다.

[PD : 아니, 그냥 우리… 뒤통수 맞으면 고소하라고 하자.]

[ㅋㅋㅋㅋㅋㅋㅋㅋㅋㅋㅋㅋ]

그리고 미팅 자리에서 작가들의 고소 드립이 이어진다.

"…!"

[잘 통했습니다.^^]

"으으윽…!"

둘이 배신감에 얼굴이 벌게지는 것도 잠깐, 화면은 다음 타자로 휘리릭 넘어간다.

[난이도 ★★★]

[류청우]

[특징 / 티를 안 냄]

"하하."

화면에 지나가는 자신의 온화한 표정 모음을 보고 류청우가 머쓱하게 웃었다.

[박 작가 : 약간… 굳이 속일 필요가 없다~ 이런 분위기를 만들면 되겠죠?]

[이 작가 : 안 믿어도 티를 안 내니까 오히려 괜찮아(?)]

아무 소리라는 식의 편집이었으나 의외로 정확히 핵심을 뚫고 있군.

[난이도 ★★★★?]
[차유진]
[특징 / 종잡을 수 없는 아메리칸 손자]
[이 작가 : 나 진짜 모르겠어요. 근데 여기는 사기고 뭐고 신경 안 쓰지 않을까요?]
[PD : 오케이.]
[그리고 정말로 차유진은 신경 쓰지 않았다….]

화면에서는 차유진의 해맑은 먹방 및 운전 모음집이 쓱 지나간다. 그저 하는 일만 즐기기 바빠 보인다.

'한결같군.'

나는 다시 'ㅋ'으로 도배되는 실시간 반응을 보다가 다시 화면을 봤다. 별 다섯 개가 등장했다.

[난이도 ★★★★★]
[이세진]
[박 작가 : 이미… 다 알 것 같으신데요.]
[(ㅋㅋㅋㅋㅋㅋ)]
[PD : 아니, 오히려 우리가 뒤통수 쳐주기를 기다리는 거 아니야? 예능을 아는 친구잖아.]

[이 작가 : 그래도 속여봐야지. 무조건 잡아떼면 분명 힐링에 맞춰서 활약할 사람이에요.]

정답이었다. 이 자식들 의외로 분석력이 좋군.

[특징 / 예능에 진심]

화면에서는 힐링 예능을 200% 즐기는 이세진의 얼굴이 컷 신으로 지나갔다.
"잘생겼다~"
'흠.'
나는 턱을 괬다. 내 경우엔 개로 충분히 분량을 뽑았으니….
'이대로 지나가나.'
아니었다. 화면에 시뻘건 별점이 또 뜬다.

[난이도 ★★★★★]
[난이도 ★★★★★ + ★!]

그리고 때려 박히는 효과와 함께 글씨가 등장한다.
설마.

[박 문 대]

"……!"

"으하하하!"

무시하자.

화면은 신나게 또 자막을 쏟아낸다.

[AKA 티벳문대, 문댕댕]

[특징 / 제작진의 술수를 항시 의심함]

[PD : 그게 거의 본능인 것 같아.]

[작가 : 강아지라 그런가? 진짜 코가 개코 크흐흐흑 (ㅋㅋㅋㅋㅋ)!]

…그다음에 나오는 건 제작진의 술수를 묻는 내 모습을 주르륵 편집해 붙여놓은 것이다.

[박문대 : 버스 목적지가 확실히 시골 가정집이 맞죠?]

[박문대 : 코인 빌려주신 거 아닌가요.]

[박문대 : 제작비를 두고 내기하게 되는 건….]

[의심]

[의혹]

[절대 믿지 않는다…!]

"크하하핫!"

"박문대 표정…!"

"……."

CG랑 편집을 거쳐서 그렇지, 저렇게 노골적으로 의심스럽단 눈깔로 보진 않았을 텐데.

[절대 속인다, 반드시…!]

어쨌든 제작진이 결심을 다짐하는 것으로 웅장한 BGM은 끝났고, 화면도 한 번 끊겼다. 그러자 주변에서 의아한 소리가 나온다.
"어, 래빈이는?"
"그러게. 왜 래빈이만…."
그리고 좀 하찮은 BGM과 함께 쓱 다음 장면이 등장한다.

[부록]
[난이도 ★]
[김래빈]

"…!"

[PD : 나는 래빈 씨가 참 좋아.]
[박 작가 : 저도요.]
[이 작가 : 약간 모든 예능 제작자들의 꿈 같은 캐릭터성.]

화면에서는 머리에 물음표 하나 띄우고 혼자 알아서 납득하는 김래빈의 컷이 수없이 지나간다.

"으하학!"

"아이고야."

"……."

나는 슬쩍 옆을 보았다. 김래빈이 또 동공을 떨고 있다. 못 본 척해
주자.

[감사합니다 래빈 씨. by 제작진 일동]

어쨌든, 그 후로는 1화의 내용을 제작진의 입장에서 재구성해 스릴
러 분위기의 유머가 펑펑 터졌다.

[의심의 눈초리]

[이 작가 : 안 되겠어. 문대 씨랑 세진 씨 아직도 (의심하고 계셔).]

[막내 작가 : !! 감독님! 감독님 댁에 그 강아지!]

[동족을 보급하기로 결정됨]

그리고 마침내 걸려든 순간 제작진들이 월드컵에서 골 넣은 것처럼
부둥켜안고 함성을 지르는 모습까지.

[으아아악!! ↗ (환희)]

[이렇게 진행된 일입니다. ^^]

"야 사람들 진짜."

다시 봐도 얄밉긴 하군.

그 후로 온갖 곳에서 미친 물가에 고통 받다가 결국 드넓은 당근밭에 끌려가 뻗어버린 테스타의 모습은 블랙 코미디가 따로 없었다.

-사기가 이래서 무섭습니다
-코인 하지 마라
-ㅋㅋㅋㅋㅋㅋㅋㅋㅋ

급변한 속도감과 분위기에 사람들이 안타까워하면서도 재밌어하는 게 여실히 보인다.

그리고 여기서 절묘히 예고편이 삽입되는데…… 바로 야밤에 삽을 든 김래빈의 모습이다.

-???
-뭐임
-왜 갑분 스릴러

대사도 절묘하다.

[김래빈 : 갑니다….]
[콰광!]

삽입된 천둥과 번개를 끝으로, 다시 프로그램은 발랄한 BGM과 함께 엔딩을 맺는다.

그래서 극명한 대비가 더 부각된다.

-아니ㅋㅋㅋㅋ

-으아아ㅇ아아악

-뭐냐고 대첵ㅋㅋㅋ

-설마 가는 게 주님 곁임?

-제작진이 가는 듯

"김래빈 얼굴 이상해요!"

"조, 조명 때문에 그럴 거야, 래빈아…."

"저는 괜찮습니다…."

나는 얼굴이 시뻘게져서 소파에 고개를 처박는 김래빈을 보다가 고개를 저었다.

'어그로 오지네….'

어쨌든 사람 묻으러 갈 것 같은 김래빈의 분위기에 사람들이 비명을 지르며 웃긴 추측을 하는 게 며칠, 그리고 다음으론 상식적인 추측이 나온 게 또 며칠이었다.

-야근 아님? 당근 캐기 야근ㅋㅋ

-맞는 듯 아이고 애들 고생했겠다...

그러나 둘 다 아니었다.

'드디어 왔군.'

[박문대 : (참을 수 없다.)]

재구성된 나와 김래빈의 야반도주 코인 복제는 다음 주에 결국 방송을 탔다.
그리고 시청자 반응은 폭발했다.

-박문대 ㅅㅂㅋㅋㅋㅋㅋ
-아이돌이라 다행이다 다행이야
-정의의 위조펀치
-누가 래빈이 좀 구해줘 홀라당 낚였네 애가ㅋㅋㅠㅠ

그런데 왜 나는 또라이고 김래빈은 사기 피해자가 됐냐.

-아니 박문대 존나 카메라 전문적으로 잘 찍었네 안 흔들려서 더 웃김 전문 위조범 같음ㅋㅋㅋㅋㅋ
-혁명 < 문댕댕 언제부터 화폐 위조가 혁명이었죠?
-뭉게 합성 그만하라고 진짝ㅋㅋ

이걸로 확정이다. 내 예능 이미지는 완전히 이상한 놈으로 정착했다.
속된 말로 미친놈이다.
나는 한숨을 참았다.

'그래도 나쁜 놈은 아니니 다행인가.'

이런 것은 《아주사》 때 이후로부터 익숙했다. 나는 담담히 이 왜곡을 받아들이기로 했다.

'제작진도 희생 좀 했고.'

이미지적으로 말이다. 제작진은 철저히 자신들을 얄미운 포지션으로 편집해 놨기 때문에, 도리어 이번 화 전까지는 욕도 좀 먹었다. 그리고 이번 화에서 테스타가 전세를 뒤집은 에피소드로 엄청난 카타르시스를 퍼부은 것이다.

'그건 좀 고맙군.'

테스타의 화제성과 이미지 둘 다 잡는 편집이었다.

'반격도 성공적으로 이루어졌고.'

이 정도면 다음에도 같이해도 괜찮을지 모르겠다고, 나는 고개를 끄덕였다.

……그리고 SNS에서는 '코인 찍는 동물농장'이란, 드라마 예고편처럼 편집된 풍자적 개그 패러디가 핫해진 뒤. 다시 힐링으로 돌아온 4화를 건너, 드디어 마지막 화.

우리는 다시 거실에 모였다.

"우리 TV 보려고 이렇게 시간 내서 모인 건 또 오랜만이네."

"정말요~ 시차 때문에 좀 힘들긴 한데… 재밌는데요?"

"소리 더 키워요!"

5화는 리액션 비디오를 찍어서 위튜브용 컨텐츠로 하자는 제작진의 제안이 있었기 때문이다. 아마 이유는 하나겠지.

'또 반전이 있는 거야.'

안 풀린 떡밥은 하나뿐이니 뭐 더 생각할 것도 없다. 당근 코인 누가 훔쳐 갔는지에 대해서 나올 것 아닌가?

그리고 누가 범인인지는 이미 짐작 가는 놈이 있다.

"음? 문대문대 왜~?"

"아니."

나는 고개를 원위치시키고 도로 TV나 보기 시작했다.

초중반부는 어르신들 앞에서 공연하고 재롱 떠는 모습이 수치스럽도록 귀엽게 편집되어 나왔다. 우리도 슬슬 평균이 20대 중반인데 이래도 괜찮은가 모르겠다만, 어쨌든 중요한 건 다음이다.

우리가 돌아가는 버스를 탄 순간.

[PD : 그런데 여러분, 결국 범인은 못 잡으셨네요?]

[류청우 : 하하, 그러게요. 혹시 실컷 속이고 이제 알려주시게요?]

[PD : 죄송합니다.]

과장되게 비굴한 피디의 목소리와 달리 의미심장한 자막이 뜬다.

[과연…?]

전환되는 것은 다시 제작진의 회의 장면이다. 나는 고개를 끄덕였다.

'슬슬 나올 때가 됐지.'

그리고 큰세진의 등장을 기다렸….

[PD : 일단 박문대 씨랑 이세진 씨는 제외하고.]

[박 작가 : 너무 눈치 빠른 사람은 좀 그렇죠. 의외성이 있어야 사람들이 의심을 안 할 것 아니야.]

"…?"

[이 작가 : 아니, 잠깐만. 아무도 래빈 씨는 의심 안 하지 않을까?]

[!!!!]

그리고 잠시 적막이 흐른 뒤, 화면의 시점이 바뀐다.

바로 김래빈이… 제작진과 함께 서 있다.

[당근 코인이 털린 당일]

[PD : 래빈 씨가 범인이에요.]

[김래빈 : 예??]

[PD : 아니, 코인이 없어지는 쪽지를 래빈 씨가 뽑으셨잖아요. 그러니까 당연히 래빈 씨가 범인이죠!]

[김래빈 : …!!]

눈이 튀어나올 것 같은 김래빈의 얼굴 뒤로 자막이 쏟아진다.

[PD : 그리고 생각해 보세요. 어젯밤에 래빈 씨 뭐 하셨어요? 복주

머니 저희에게 주셨었죠?]

[PD : 그게 뭐다? 바로~ 코인을 옮긴 거죠!]

그리고 회상 신이 들어간다.

잠깐 카메라 데이터를 교환하는, 잠들기 직전의 상황.

[이 작가 : 저희 소품 체크 좀 하실게요~ 죄송한데 래빈 씨 그것도 좀!]

[김래빈 : 예!]

그리고 김래빈이 서슴없이 당근 코인이 담긴 주머니를 제작진에게

넘겼다.

"……."

저런 방법을 썼다니. 너무 그럴싸해서 말도 안 나오는데.

'그냥 사기잖아.'

배세진이 입술을 뗀다.

"너, 너…!"

"죄송합니다! 저도 몰랐습니다!"

그래, 그냥 봐도 그래 보인다.

'저래서 그렇게 자책했나….'

마침 코인 훔쳐 간 이야기 나올 때마다 식은땀을 흘리며 주춤거리는

김래빈의 컷 모음이 슥슥 화면을 지나간다.

[박문대 : 범인 잡으면 경찰에 넘겨야지.]

[김래빈 : 그… 렇습니다.]
[범인↑]

애처롭게 웃겼다. 다들 그런 것 같다.

-당근 코인을 상납한 토끼
-ㅅㅂ제작진 완전 악의 무리잖아요ㅠㅠ우리 중세토끼 어쩔거야
-털어먹을 게 없어서 김래빈을 터냐!

그리고 어쨌든 김래빈은 반박은 하려고 했다.

[김래빈 : 자수하겠습니다!]
[PD : 잠깐!]

물론 이것도 제작진이 예상했던 그림이던 것 같다.

[PD: 지금 들키면 코인이 그냥 증발하는 거예요!]
[김래빈 : !!]
[PD : 하지만 마지막까지 들키지 않으면!]
[김래빈 : 아, 않으면…?]

어느새 또 홀린 김래빈에게 PD가 경쾌히 외쳤다.

[PD : 이 마을의 모든 코인을 두 배로 불려서 마을회관에 기부하겠습니다! 안마의자로!]

[김래빈 : 허어억.]

[PD : 래빈 씨는 의적인 거예요! 정의의 괴도!]

[회심의 발언]

그리고 동작이 멈춘 김래빈이 서서히 더 클로즈업된다.

"……."

"…설마."

설마가 사람 잡았다.

[김래빈 : 아, 알겠습니다!]

"으아악!"

"역시!"

"죄송합니다!"

화면 속의 김래빈은 결국 주먹을 불끈 쥐고 제작진에게 대답해 버렸다. 그리고 선고처럼 큼직한 자막이 뜬다.

[당근 코인을 훔치는 괴도, 중세토끼 출격]

[이 작가 : 코인 또 훔치게 미션 줘서 완전 공범으로 만들죠.]

[ㅋㅋㅋㅋㅋㅋㅋㅋㅋㅋ]

[그렇게 완전 범죄가 이루어지나 했으나….]

박살이 났지.

야밤에 철물점에 가서 내게 상세히 이용법과 수령 방법을 알려준 게 김래빈이라서 말이다.

[????]
[PD : 래빈 씨 왜 여깄어?]
[당황한 제작진]

결국 제작진은 긴급으로 김래빈을 몰래 호출하기까지 한다.

[PD : 아니, 그런데 왜 래빈 씨가 그걸 도와줘요? 래빈 씨 괴도라니까요?]

김래빈은 진지하게 눈을 빛내며 대답했다.

[김래빈 : 괴도이기 때문에 코인의 생산이라는 범법적 행위도 할 수 있었습니다!]
[PD : 잠깐만.]
[김래빈 : 코인의 양이 많아지면 마을회관에 드릴 양도 많아질 테니 이것이 옳은 방향이라고 생각합니다.]
[PD : …….]

입 벌린 PD의 얼굴 위로 도장이 찍힌다.

[결론]
[원래는 안 했을 사람이 움직이게 만듦]

-ㅋㅋㅋㅋㅋㅋㅋㅋㅋㅋㅋㅋ
-자업자득
-업보샷ㅋㅋㅋㅋㅋㅋ
-잠깐 이러면 결국 박문대가 세뇌로 범인 감화한 거잖아 뒷걸음질로 쥐잡기ㅋㅋㅋ

절망하는 제작진에 시청자들이 즐거워한다. 그리고 나는 바닥에 앉은 김래빈을 내려다보았다.

"죄송합니다! 형! 속이려고 한 건 아니며 들키면 코인이 전부 증발한다고 해서 부득이하게⋯"

"그래."

나는 그냥 웃고 말았다.

'애썼군.'

덕분에 재밌게 뽑혔다만, 이놈 성격에 저거 하려면 마음고생 좀 했을 것이다. 다만 하나가 좀⋯ 걸리긴 하는데.

'⋯큰세진이 아니었다니.'

배세진에게 입 턴 것을 없던 일로 만들고 싶다, X발. 어쨌든 나는 김래빈의 어깨를 쳤다.

"잘했어."

"…예!"

김래빈은 겨우 인상을 펴고 밝게 대답했다. 화면에서는 다시 밝은 내용이 전개되고 있다.

[래빈 씨 고생하셨습니다~]

그러나 나 외에 그것에 반응하는 놈이 없다.

"…?"

주변을 보자 차유진을 제외한 다른 놈들의 얼굴은 여전히 떨떠름하다. 아니… 떨떠름보다는 당황인가.

'뭐야.'

이럴 놈들이 아닌데. 의아해서 입을 열려던 순간, 다시 화면의 BGM이 빨려들 듯 사라진다.

[차유진 : Yes! But…….]

[BUT]

[: 하지만]

[앞 내용과 뒤 내용이 상반될 때 쓰임]

"…??"

[여러분 즐거우셨나요?]

[끝난 게 아닙니다.]

[3]

[2]

[1]

그리고 검은 화면에서 PD의 목소리가 들린다.

[PD : 근데 꼭 한 사람일 필요는 없지 않나?]

"…!!"

뭐…?

[사건의 전말 2]

자막이 뜨고, 클로즈업된 고정 카메라가 들어간다.

그리고 같은 카메라에 잡히는 5명의 다른 얼굴.

[배세진 : 아, 알았습니다.]

[선아현 : …! 그럼 제가… 훔친 건가요?]

[이세진 : 오~ 재밌네요, 재밌네!]

[류청우 : 그러니까 코인을 훔친 게 누군지 들키지 말아야 하는 거
네요.]

[차유진 : OK.]

모두가 대단히 중요한 임무라도 받은 듯이 '알겠다'는 얼굴로 카드를 수령해 갔다. 그리고 카드의 내용.

[당신은 괴도 스파이입니다!]

"……."

야, 잠깐.

나는 고개를 돌렸다. 옆의 놈들이 하나같이 식은땀을 흘리거나 입을 떡 벌리고 있다.

다시 고개를 돌려서 TV를 보았다. 화면 속에서는 각자 비밀 지령을 받은 놈들이 하나씩 움직이는 모습이 연달아 편집되어 나오고 있다.

[내가 괴도?]

[류청우 : 마을에서 나올 때까지 끝까지 들키지 않으면 성공….]

[이세진 : 에이 쉽네. 어차피 어제 제가 훔친 걸 누가 본 것도 아니고, 저도 몰랐잖아요?]

[선아현 : 으음, 네. 열심히 할게요…!]

그리고 검은 화면에 자막이 뜬다.

[누구도]

[당신이 당근 코인을 훔쳤다고 말한 적은 없다…….]

시청자들이 폭소한다.

-ㅋㅋㅋㅋㅋㅋㅋㅋㅋㅋㅋㅋㅋㅋ
-??????
-그러니까 찐범인은 김래빈인데 모두 다 자기라고 착각하게 만든 거임?ㅋㅋ
ㅋㅋㅋㅋㅋㅋㅋㅋㅋㅋㅋㅋ
-와 진짜 악마같닼ㅋㅋㅋㅋ
-교수님 진도가 너무 빠릅니다

거실은 TV 소리를 제외하면 쥐 죽은 듯이 고요하다. 그러나 TV 속
피디의 소리는 악귀같이 활기차다.

[배세진 : 근데 어젯밤에 제가 뭘 한 게 없어서… 대체 어떻게 코인
을 훔친 건지를 모르겠는데요.]
[PD : 어젯밤에 범인이 어떻게 훔치신 건지까지 추리하시면 더 큰 상
품도 기다리고 있어요~]
[배세진 : 아, 역시…!]
[ㅋㅋㅋㅋㅋㅋㅋㅋㅋㅋㅋㅋ]

작가와 피디들이 고개를 처박고 최대한 조용히 몸을 떠는 것이 과
장된 편집으로 잘 보인다. 다만 막중한 역할을 부여받은 놈들은 쪽지
를 읽느라 그것을 확인하지 못했다.

[정의의 괴도 스파이 (가짜)]
[개인전 시작!]

이세진이 카메라에 눈을 찡긋거린다.

[이세진 : 어휴~ 우리 멤버들, 예능이니까 봐주세요!]

퍽. 현실의 이세진이 말없이 자기 허벅지에 주먹을 박는다. 동명이인
도 마찬가지로 주먹을 쥐고 있다. 아무도 말리지 않았다.

[숨 막히는 눈치싸움]
[선아현 : 실이 있으니까 제가 뭐라도 만들어서, 그, 사실 분 있을지
알아볼까요?]
[↑양심에 찔리는 사람]
[배세진 : 네가 대단한 건 맞는데… 그것보단 범인 잡아내는 쪽이 최
우선 아니야? 제작진도 그렇게 말했고. 대놓고 잡으라는 거잖아.]
[↑연기파인 사람]
[김래빈 : 해코지라도 당하면….]
[↑본인이 당하는 상상 중]

화살표를 단 자막이 둥둥 떠다니며 부가 설명을 하고 시청자들은 포
복절도한다.

[류청우 : (냉큼) 그건 안 되지.]
[선아현 : (냉큼2) 네. 위험할 수도 있고….]
[이세진 : (냉큼3) 그렇지. 위험할 수도 있어.]
[왠지 모르게 잘 맞는 의견]

그리고 혼자 머리에 물음표가 합성된 내가 화면에 등장한다.

[박문대 : (그런가…?)]
[↑무슨 일인지 모르는 사람]

이…….

-ㅋㅋㅋㅋㅋㅋㅋㅋㅋㅋㅋ
-왜 문대만 안 알려주냐고요 제작진 놈들아ㅋㅋㅋㅠㅠㅠ
-아 불쌍핵ㅋㅋㅋㅠㅠ

"……."
포복절도하는 시청자 실시간 채팅과 달리, 거실에서 웃는 소리 하나
들리지 않는다.
나는 고개를 우두둑 꺾었다. 주변이 움찔거린다.

[류청우 : 우선은 일 도와드리고 코인을 버는 걸로 할까. 그러면서

누가 도둑일지 좀 살펴보자. 분명 힌트가 있을 거야.]

　[김래빈 : (안도) 좋은… 현명한 판단이십니다.]

　[각자가 그리는 큰 그림]

　화면에서는 놈들이 좌충우돌 범인이라는 걸 들키지 않기 위해 필사적으로 움직인다.

　[이세진 : 아무래도 우리가 첫날 일하러 다닌 집 중에 범인이 있지 않을까?]

　[김래빈 : …과연!]

　[배세진 : 검토해 볼 만한 생각이야.]

　계속해서 범인에 대해 그럴싸하지만 틀린 추측을 꺼내는 이세진. 당연하지만 열렬한 동조를 받고 통과되었다.

　웃는 놈의 인터뷰가 삽입된다.

　[이세진 : 이런 건 제가 또 잘하거든요.]

　"아으악."

　이제 거실의 큰세진은 고개를 들지 못하고 있다. 그리고 다음으로 카메라에 비치는 건 류청우.

　[박문대 : 마을회관으로 갈 생각인데요.]

[류청우 : 아, 당연히 같이 가야지.]
[↑감시할 생각]

"감시는 아니고 정말 도와주려던 건데."
당황한 목소리가 거실을 울렸으나 누구 하나 받아주는 사람이 없다. 이어서 화면의 선아현이 주변에서 범인에 대한 추론이 나오자 놀라서 고기에 불을 질러 버렸기 때문이다.

[불… 불이 붙는다?]
[??? : 그아아악!]

야밤에 인터뷰까지 따냈다.

[Q. 혼란을 의도한 거였나?]
[선아현 : 아니요….]

선아현은 양손으로 얼굴을 가리고 고개를 푹 숙였다. 현실의 선아현도 비슷한 포즈를 하고 있다. 개판이었다.
'…그러니까.'
나는 빡침을 누르고 힘겹게 결론을 내렸다. 이 자식들 전부 자기만 범인인 줄 알았다는 거지. 그래서 지금 수치심에 고개를 못 드는 거고.
아니, 근데 지금 내가 X발 제일 쪽팔리단 말이다. 이 새끼들은 속이는 기분이라도 냈지 나는 왜…… 잠깐, 이제 보니까 얼굴이 멀쩡한 놈이 하나 있는데.

'차유진.'

마침 화면에 설명이 나온다.

[그리고 이 사람….]

[아메리칸 손자]

화면에서는 차유진이 지금 거실이랑 다를 게 없는 뚱한 얼굴로 제작진 주변에 카메라와 함께 서 있다. 그리고 대뜸 말한다.

[차유진 : Hey, 저 알아요.]

[PD : 예?]

[차유진 : 저 말고 범인 많아요! 저 범인 아니에요. PD님과 작가님 저한테 거짓말했어요.]

[!!!!!]

이 새끼….

"다 몰라요? 저 알았어요."

"…!!"

"어, 어떻게??"

"다들 범인 안 찾고 싶어 해요. 그리고 굉장히 열심히 해요. 그거 양심 때문이에요!"

이놈이 안 걸… 나는 몰랐다고.

[필사적으로 변한 제작진]
[PD : 안 말하면 고기!]
[PD : 상품인 척하고! 한우 줄게요, 한우!]

슬로우 효과가 들어간 화면 속. 차유진이 천천히 입을 연다.

[차유진 : 좋아요!]
[쉽다…!]

"야!!"
양옆에서 난리가 났다.
"너 우릴 고기에 팔았어!"
"판 거 아니에요! 같이 먹었어요!"
"그 고기 내 돈 주고도 살 수 있었어…!"
소파 저편에서 배세진이 발끈해서 외치는 순간이었다.

[제작진이 뽑은 MVP]
[배세진]
[↑명품 배우]

"쿨럭."
배세진은 사레가 들렸다.

[Q. 스파이에 임하는 각오?]

[배세진 : …우선 저 스스로의 캐릭터부터 잘 구성해서… 이 일이 일어나지 않았을 때 저는 어떻게 행동했을지를 연기할 생각입니다.]

진지한 배세진의 얼굴 위로 딱지처럼 자막이 떡 붙는다.

[나 자신을 연기한다…!]

"큽."

그리고 배세진의 절묘한 완급조절과 몰입도 넘치는 연기가 감탄 반 놀림 반 편집으로 전파를 탄다.

[배세진 : 범인부터 잡아야 하는데… 아니, 물론 먹는 것도 중요하지만!]

[배세진 : 양심이 있다면 지금 자수하는 게 맞잖아!]

[이 사람… 진짜 연기 맞나?]

[그리고 다가오는 최초의 위기]

…위기?

그 순간 다시 또 화면이 전환된다. 살짝 흔들리는, 수평도 어긋난 카메라 화면은 저화질이었다. 어디선가 스마트폰으로라도 간신히 찍고 있는 것 같았다. 비치는 것은… 배세진과, 허연 뒤통수…….

"……"

설마.

[배세진 : 결국 당근 코인을 가져간 범인은 누구였을까. 애초에 그래서 이 모든 일이 발생한 거잖아.]

옆모습만 슬쩍 나오는 허연 머리통이 입을 쪼개는 게 보인다. 나다 X발.

[박문대 : 뻔하죠. 내부자였을걸요.]

자막이 호들갑을 떤다.

[!!!!]
[설마…?]

입에 침이 마른다.

-대대대박
-설마 박문대 눈치챔??

추측 그만해라 진짜….

[배세진 : 그, 그… 우리 중에 있다고?]

[긴장함]
[박문대 : 예.]

그리고 화면 속의 허연 머리가 그럴싸한 말을 몇 번 지껄이더니, 배세진이 '그' 질문은 한다.

[배세진 : …혹시 나라고 생각해서 말하는 거야? 그, 연기력이 필요하니까.]
[자폭…?]

X발, X발! 나는 고개를 숙였다. 그러나 TV 속 새끼는 계속 나불댄다.

[박문대 : 아뇨. 형은 아니신 것 같고.]

닥쳐 멍청한 새끼야!

[박문대 : (자신감) 형은 너무 안 태연했어요.]
[ㅋㅋㅋㅋㅋㅋㅋㅋㅋㅋㅋㅋㅋㅋㅋ]

-댕댕이 1팩ㅋㅋㅋㅋㅋ
-개코 오작동
-ㅅㅂ배세진 안도하는 거 개웃겨 ㅅㅂㅋㅋㅋㅋㅋㅋㅋㅋㅋ
-박문대 이불 차고 있을 듯

자막이 터진다. 시청자가 더없이 즐거워한다. 그 와중에도 TV 속 놈은 주둥이를 안 다문다.

[박문대 : 사실 의심스러운 놈이 있기도 하고요.]

하지 마!

[!이세진 지목!]
[경! 〈1/6 정답 축하합니다〉 축!]

"……."
"박, 박문대…."
…폭죽 효과가 터지는 화면에서 또 자막이 흐른다.

[박문대 : 그냥 의심이에요. 저희끼리 알고 끝내죠.]
[엄청난 스마트함]

개X끼들아.

-ㅋㅋㅋㅋㅋㅋㅋㅋㅋㅋㅋㅋㅋ
-예능 요정 박문대! 예능 요정 박문대! 예능 요정 박문대! 예능 요정 박문대! 예능 요정 박문대! 예능 요정 박문대!

"아니, 그, 나도 들켰을까 봐…."

"……."

"미안해! 아니, 방송이니까…. 그런데 저게 찍힐 줄은! 정말 몰랐는데!"

"……."

"나도 이러는 게 그렇게 즐겁지는 않았다니까…!"

그러나 화면에서 내가 나간 후, 배세진은 제자리에서 일어나더니 약간 덩실거린다.

[완전 범죄 세리머니]

"……."

배세진의 목소리가 사라졌다. 고개를 돌리자 바닥에 얼굴을 처박고 있는 놈이 보인다.

검게 변한 화면에서는 또 자막이 나오고 있다.

[여기서 시청자분들이 떠올리셨을 의문]

[왜 박문대는 열외 되었는가.]

이제 그만 좀 해라.

[사건의 전말 3]

제작진의 회의 모습이 또 나오기 시작한다. 부수고 싶다.

[박 작가 : 저 근데 좀 불안한데요.]
[PD : 뭐가?]
[박 작가 : 문대 씨요.]

마스크 쓴 작가가 심각하게 말한다.

[박 작가 : 괜히 범인 지령 주면 힌트 더 주는 게 돼서 문대 씨는 눈
치채는 거 아니에요? 그럼 꽝인데.]
[…….]
[…….]
[별 6개짜리 위험 출연자에 대한 대처 방법은 무엇인가.]

잠시간 의미심장한 침묵 후, 피디가 화끈하게 말한다.

[PD : 그러면… 빼자!]
[이 작가 : 네??]
[PD : 그냥 빼버려! 문대 씨는 특별히 시민 시켜 드려!]
[ㅋㅋㅋㅋㅋㅋㅋㅋㅋㅋㅋㅋㅋㅋㅋ]
[정답 / 열외]

"……."

입을 다문 거실과 대조적으로, TV에서 제작진의 폭소가 들린다.

[이 작가 : 그러네, 그러면 되네!]
[PD : 우리 한번 제대로 속여보자!]
[박 작가: 와아아아!]

화면에 미친 듯이 'ㅋ'이 지나가더니 폭죽이 터진다.

[그렇게 됐습니다.^^]
[☺박문대만 괴도 아님☺]
[나 홀로 선량한 시민이 되신 걸 축하드려요, 문대 씨~]

그리고 괴도 지령 받은 놈들 사이에서 나 혼자 얼빠진 꼴로 휩쓸리는 모습이 빠른 편집으로 지나간다.
"……."
"무, 문대야 숨, 숨 쉬고……."
5화 분량을 다 처넣어서 끝나질 않는다. 아니, 끝나는 대신 내가 마을회관에서 춘 팝콘을 거기 삽입해 놨다.

[시민 인증 댄스]

그리고 그게 흐릿해지면서 위에 거대한 글자가 뜬다.

[★☆박문대 트루먼 쇼 대성공☆★]
[제작 지원 : 테스타 전원, 뭉게]

"……."
"문대야? 문대야?"
"박문대 얘 넋이 나갔는데요?!"
이… 새끼들이.

대파란의 마지막 화 이후. 〈저 집 손자〉 예능은 여러… 의미로 화제
가 되었다.

-상상도 못 한 스파이 (전원)
　└이걸 빠트리셨네 (박문대 제외)
　└ㅋㅋㅋㅋㅋㅋㅋㅋㅋㅋㅋㅋ두번 죽이네
-제작진 진짜 악마같은 스타성이다ㅋㅋㅋㅋㅋㅋㅋㅋㅋㅋ
-테스타 리액션 캠 꼭 봐야됨 개웃겨 진짜 박문대 표정ㅋㅋㅋㅋㅋㅋ
-애들 다 서로 '이제 들키는구나'하는데 김래빈만 단독 범인 나올 때부터 미
쳤음 20분이 모두 하이라이트ㅋㅋㅋ

그리고 테스타는 아이돌 역사상 다시없을 수준의 호구 새끼들이 되
었다……. 특히 내가.

내가!

'X발!'

게다가 이 용의주도한 놈들은 마지막 화 다음 날에 맞춰서 선물까지 보내서 화해 분위기까지 조성했다.

[읍내 사진관에서 찍은 테스타의 가족사진(+ 뭉게)입니다! *^^*]

이걸 SNS에 인증 글로 올릴 때의 패배감을… 잊지 않겠다.

나흘 만에 대화를 허가한 큰세진이 얼쩡거리며 묻는다.

"문대문대, 좀 괜찮아? 이번에 좀 심했지? 우리 다음에는 다른 사람들이랑 해도…."

"아니, 다시 같이할 건데."

"오오~ 역시 문대…."

"같이해서 그땐 반드시 제작비를 부여잡고 질질 짜게 만든다."

"……."

박살 낼 것이다.

"그… 렇지! 내가 무조건 협력해야지 무조건~!"

"어."

나는 거실에 둔 단체 사진을 보고 눈썹을 꿈틀거렸다. 볼 때마다 열받긴 하다만 사진은 죄가 없긴 하다. 죄 없는 놈도 하나 찍혔고.

…개 말이다. 나는 하얀 털 덩어리에 시선을 줬다. 참고로 저놈을 데려오자는 의견이 멤버들 사이에서 꽤 나왔었다.

－아～ 우리 뭉게 그냥 두고 가면 누가 와서 훔쳐 가는 거 아니에요, 진짜?

－음, 방송에 나왔으니까 그럴 가능성도 없진 않지….

－휴.

그렇다고 숙소에서 키우기도 애매하다. 투어도 있고… 너무 자주 여길 비우니까. 대체 청려 그 새끼는 무슨 수로 개를 키우는 건지 모르겠군.

다행히 금방 해결책이 나왔다.

－그, 우리 어머니가 키우고 싶으시다는데….

－…!

마침 배세진 어머니께서 개를 데려오려고 알아보시다가, 배세진의 사진과 문자들, 그리고 예능 1화를 보고 결심을 하신 모양이었다.

－그거 좋네요. 가끔 우리가 보러 갈 수도 있고～

－…어, 음. 그렇지.

－…….

배세진이 당시 금방이라도 '이세진 네가 우리 집에 온다고…?'라고 대답할 것 같았긴 했으나, 어쨌든 흔쾌히 방문을 환영해 준다고 한다. 휴가 받으면 하루 정도는… 말해볼까. 간혹 숙소에도 데려온다니 그건 나쁘지 않았다.

"……"

각설하고. 진정한 상태로 냉정하게 평가하자면, 이 예능으로 이루려던 소기의 목적은 다 달성한 건 맞았다. 화제성은 말할 것도 없고 시청률도 꽤 괜찮았기 때문이다.

'마지막 화가 7.1%였지.'

케이블이라는 걸 고려하면 대단히 훌륭했다. 다시 말하자면, 뚜껑을 열어볼 때가 됐단 뜻이다.

'어떻게 돌아가고 있는지 확인해 볼까.'

나는 미리내의 상황을 체크하며 상태창을 켰다.

우선 미리내의 컴백은 대단히 성공적이었다. 그러니까 어그로의 측면에서 말이다.

-솔직히 파우티 좀 의식한 것 같아 곡 느낌도 비슷하고
  └엥 반대지 파우티 빠들 노양심 너무하네ㅠ
  └ㅋㅋ미리내 데뷔 때부터 트렌디+강렬 컨셉이었는데 개소리 작작
-아 근데 진짜 서바출신돌들 끼 지리네 파우티랑 비교 안 됨ㅋㅋㅋㅋ

예상대로 비교군이 있으니 여론이 달아올랐다. 원래 사람이란 게 같은 선상에서 가늠할 수 있는 서열이 있으면 더 재밌어해서 말이지. 게다가 각 그룹이 포지션은 비슷해도 강점이 다르니 보는 사람마다 평가가 달라질 수밖에 없는 것이다.

결론적으로, 말이 많아졌다.

'난리군.'

확실한 건 미리내의 컴백 소식이 대중에게 확실히 각인되었다는 것이고, 시들해지던 흥미와 관심에 불이 붙었다는 점이다.

'노이즈 마케팅 제대로 들어갔네.'

덕분에 미리내는 간만에 음원 차트에서 기세 좋게 상승 중이다. 미국 노린 곡이라는 것은 전과 별다를 점이 없었지만, 미국에서 히트에 성공한 파우티와 비슷한 '글로벌 친화' 포지션이란 효과를 받아서 팝송처럼 받아들여진 모양이다. 곡 자체가 좋기도 하고.

나는 한참 불붙은 둘의 여론 싸움을 보다가 어깨를 으쓱했다.

'테스타는 완전히 이 판 언급에서 빠졌군.'

같은 서바이벌 출신에 동일 성별이 붙어주니 자연스럽게 우리가 거론될 여지가 사라졌다. 그리고 〈저 집 손자〉가… 망할, 아무튼 그 예능이 제대로 자리 잡은 덕분에 테스타 화제성은 다른 방면으로 타오르는 상태다.

-옥장판 완판돌 (사는 입장)
  └ ㅋㅋㅋㅋㅋㅋㅋㅋㅋㅋㅋㅋㅋㅋ

…과정이 좀 예상과 달랐으나 어쨌든 목표 비슷하게는 오긴 했다. 그렇게 생각해야 한다.

게다가 해외에서도 은근히 반응이 괜찮았다. 애초부터 글로벌 공략을 두고 합의를 거쳤기 때문에 T1은 자사 OTT 서비스가 아니라 넷플러스에 이 예능을 넘겼기 때문이다. 그리고 성적이 좋았다고 한다. 제작진이 감히 직접 문자까지 보냈으니 말 다했지.

*　-넷플러스 월드 TV쇼 부분 순위 6위! 다 테스타 여러분이 잘나서죠 축하드립니다 (웃는 이모티콘)*

*　-문대 씨? 다음에는 진짜 온천 갈게요 저희의 사과와 사랑을 받아주세요ㅠㅠ (선물 확인하기)*

　온천? 안 믿는다. 이 호구 짓이 해외에서까지 공인되다니 가만두지 않겠… 아무튼, 그래서 내가 그렸던 그대로 판이 균형을 이루는 상태.

　'그리고 언론플레이가 막 들어갔고.'

　마지막 화가 방영되기도 전에 이미 회사와 컨택해서 시기 조절을 다 끝냈다. 미션을 저격하기 위해서.

　[테스타, 빌보드 더블 진입부터 예능까지... 국내외 저력은 어디서 나오는가.]

　[도티파이부터 빌보드까지. '대상 아이돌' 테스타의 두 곡은 어떻게 흥행했나.]

　우리 활동기도 이제 끝물이었다. 빌보드 순위도 유지력 괜찮게 떨어지고 있는 상황에서 이 정도는 반향 없이 자연스럽게 정착할 것이다. 폭발적인 영향력의 예능으로 얻은 호감 이미지 덕에 지금이 가장 부드럽게 소식을 퍼뜨리기 알맞다. 팬들도 좋아하겠지.

　'좋아.'

　그리고 며칠 후, 상태창이 떴다.

[미션 클리어!]
[보상을 정산 중입니다…]

나는 씩 웃었다. 예상한 일이 잘 맞아떨어지는 건 언제나 기껍지. 당연히 이랬어야 하는데 그놈의 예능은 대체….

"후."

나는 한숨을 짧게 끝내고 상태창을 다시 보았다. 예상했던 문장이 튀어나와 있다.

[형!]

그래, 상태창 부르면 네가 튀어나올 줄 알았다. 큰딸.

"잘 지내냐."

간혹 연락은 했으나, 이놈이 발령받은 구청이 상당히 일이 많은 데다 나도 해외 다니느라 각 잡고 대화하는 건 오랜만이다.

[그럼요! 미션 클리어 정말 축하드려요!]

여전하군. 나는 신난 것처럼 빠르게 불어나는 글자를 보고 고개를 끄덕였다. 축하부터 할 놈이지.

[그리고 예능 진짜 재밌게 잘 봤어요. 뭉게도 너무 귀엽고… 반전도 웃기

고요! 어떻게 그런 스토리를 생각하셨는지 너무 신기했다니까요!]

"……."

나는 입을 다물었다. 상태창 팝업이 진동한다.

[다 다들 짜고 친 거 아니였.]

"아니다."

[죄송합니다….]

이놈이 죄송할 건 없지만. 한동안 만나는 사람마다 쳐웃는 걸 봐야 하는 게 확정이군. 나는 한 손으로 얼굴을 쓸어 넘긴 다음 팝업 옆을 보았다.

정산이 끝나 있었다. 내가 적어 넣었던 목표 보상 문구가 고스란히 적힌 채로.

[보상 완료!]
보상 : 상태창의 간섭력 강화

이것만은 대단히 만족스럽다. 상태창 팝업이 더 자세히 그것을 보듯이, 혹은 의아한 것처럼 위아래로 흔들린다.

[형, 근데 대체 이 보상은 왜 원하신 거예요…? 강화? 혹시 보여 드리는 항목을 세분화하는 그런 걸 원하신 건가요? 그건 그냥도 할 수 있었는데!]

"아니."

그런 걸로 레코드 경신같이 어려운 미션을 수락할 리가 있나. 나는 손가락을 들었다.

"잘 봐라. 주어는 내가 아니야."

[네?]

"상태창 자체지."

그렇다. 상태창이 스스로 간섭력을 강화하는 것을 보상으로 삼았다.

[헉.]

"한마디로, 상태창으로서의 네 능력을 강화한 거야. 넓은 의미로."

혹시라도 시스템에 걸리지 않기 위해, 일부러 네게 답을 알려주지 않고 모호하게 '간섭력'이란 문구까지 써가면서 말이다.

[왜, 왜요?]

"쓸 곳이 있으니까."

이놈이 상태창으로 돌아가지 않기 위해서는 결국 시스템을 없애야 한다.

나는 권희승, 골드 2에게 전화를 걸었다. 바로 현 시스템 보유자다.

"와 뼈가 다 아프다."

"우리 덥앱 꼭 오늘 해야 해? 내일 하면 안 되나."

일본 투어 끝자락인 '스페이서', 권희승이 속한 그룹은 첫 투어의 후유증으로 골골대는 중이었다. 물론 새로 살 기회를 한 번 얻었다고 생각하는 한 인물은 여전히 정신을 바짝 차리고 있었다.

"야야, 그 나태한 마음에서부터 하락세가 오는 거야."

"으아아아."

권희승의 말에 스페이서는 흐느적거리면서도 납득하고 움직였다.

'우리 팀에도 인성 나쁜 사람은 이제 없는데 말이야.'

권희승은 내심 고개를 절레절레 저었다.

'드럽게 안 맞는 애들이 있어서 그렇지!'

스페이서는 테스타보다도 인원이 많았다. 선아현의 학창 시절 악몽이었던 채서담의 탈퇴 이후로도 그랬다. 그리고 팀에 인원이 많으면, 제대로 통솔하지 않을 시 갈등도 그만큼 제곱으로 늘어나는 법이다.

참… 힘들었다.

'그래도 여기까지 왔다!'

스페이서는 대히트했던 〈아주사〉 재상장 시즌의 테스타보다 대중성은 좀 약해도, 서바이벌 출신답게 팬덤은 탄탄했다. 그리고 권희승

자칭 멘탈 리더로서 훌륭히 역할을 수행하고 있다고 자신했다!

"자자, 형님 동생들, 우리 오늘도 한 건 합시다!"

"오케이…."

컴백도 코앞이라 다들 지쳤지만, 직업정신을 발휘해 개인 방송은 잘 진행되었다.

"우리 또 봐요~"

"금방 다시 올게요!"

간단한 먹방 이후, 멤버들이 각자 호텔 방으로 흩어졌다.

"아이고야."

그리고 권희승도 성공적인 하루를 자축하고 어깨를 툭툭 두드리며, 단잠에 빠지려던 순간이었다. 전화가 왔다.

[테스타 문대 형🫠]

"헐?"

이렇게 갑자기? 물론 사람에 따라 일단 전화부터 때리는 것을 선호하는 경우도 있지만, 단언컨대 이 형은 아니었다.

'굉장히 침착하고 쿨하고 계획적인 형인데.'

그렇다고 권희승이 박문대를 싫어하는 것은 아니었다. 좀 무섭기도 했지만 좋은 선배였기 때문이다.

―거기선 싸우지 말고 그냥 빠지는 편이 낫다.

―실수로라도 그런 말은 하지 말고.

−그냥 둘 방을 갈라놓으면 될 것 같은데.

가끔 권희승의 고민이나 근황을 먼저 물어보기도 했고, 그가 상담을 요청할 때면 제법 성실하게 답변해 주었다. 일견 선 안에 든 사람에게는 친절한 성격 같았다. 권희승은 코 밑을 쓱 문질렀다.

'뭐 그건 〈아주사〉 때부터도 그러긴 했지.'

그는 태연하게 최원길의 수작질을 넘기면서도 주변 사람을 챙기던 당시의 일반인 참가자 박문대를 떠올리며 혀를 내둘렀다. 최근에는 박문대를 통해 연락한 최원길에게 사과까지 받았으니, 진짜 박문대는 배포가 큰 건 맞았다.

'…라디오에서 헛소리할 뻔한 걸 들켰을 때도 제법 너그럽게 넘어가줬고.'

−일 터지면 수습하면 그만이지. 수습 못 할 수도 있어서 문제지만.

…등골에 식은땀이 날 만큼 팩트 하나가 뼈아팠지만 말이다.

'그래서 그 형이 주변에 자기 사정을 밝힐 줄은 몰랐는데….'

헉, 이제 보니 설마, 그것도 라디오에서 공개적으로 우리 조직(?)을 이야기할 뻔한 나를 신경 써서 결정한 거였나! 혹은 본보기를 위해 '이런 식으로 밝혀야지' 하고 말해주려는 거였을지도 몰랐다. 타이밍이 딱이었다.

'크으, 너무 멋진데.'

미래에서 돌아온 1군 아이돌의 위엄에 눈이 먼 권희승은 가당치도 않은 추리를 마쳤다. 아닌 게 아니라, 박문대는 이제 그의 롤 모델에 가까웠다! 비단 '미래를 아는 아이돌 모임' 때문만은 아니었다.

'진짜 아이돌로 존경할 만한 사람이기도 하잖아.'

그 멋진 성격에 이번 예능에서 져준 것만 해도 그랬다. 그렇게 쿨한 사람이 그러기가 쉽지 않았을 텐데 말이다.

-댕댕댄쓰~ 뭉게문대댄쓰~ (영상)
-박뭉댕과 6인의 괴도ㅋㅋㅋㅋㅋㅋ (캡처)

'이야, 아이돌은 역시 예능도 잘해야 1군 한다니까. 아주 산증인이셔!'

자신의 팬들 계정에도 흘러들어 오던 그 유머성 귀여운 글들을 떠올리며 권희승은 거의 웃을 뻔했다.

삐리릭.

"아차차."

잠깐 생각에 빠진 사이 벨소리가 한 바퀴 돌았다. 권희승은 더 늦기 전에 얼른 스마트폰 화면을 터치했다.

"안녕하세요, 문대 형님!"

−그래.

여전히 차분한 목소리가 전화 너머로 들렸다.

"어쩐 일이세요?"

−잠깐 확인 좀 할 게 있어서.

"네엡~"

군소리 없이 본론에 들어갈 것 같았다. 급한 일이었구나!

그리고 박문대는 예상치 못한 질문을 꺼냈다.

−너 이번 미션이 정확히 뭐라고 했지.

바로 미래에서 새 삶을 얻은 대가로 치르는 미션 말이다. 박문대는 이전에 다 끝냈다고 하는. 그리고 권희승에겐 아직 남아 있는 그것.

'왜 이걸 갑자기?'

그래도 권희승은 바로 대답을 내놨다. 스스로도 마음에 드는 대답은 아니었지만.

"…어으, 자체 제작 앨범이요."

크흡. 왜 하필 이런 게 끌리는지 모르겠다. 아니, 자신이 끌리는 게 아니라, 이게 '미션'으로 주어져서 그렇게 느껴지는 거라고 했던가?

'어느 쪽이든 별로야….'

팀이 다 참여해서 나오는 앨범… 이런 건 연차가 더 쌓여야 하는 게 보통이다. 어떻게든 약간씩 참여해서 만들긴 했는데, 솔직히 발매가 코앞인 지금 시점에선 좀 걱정이었다.

"사실…."

그래서 권희승은 그 고민을 솔직히 털어놓았다. 지금까지 박문대와 했던 상담 경험을 믿었기 때문이다.

−그래. 그랬지.

박문대는 담담한 어조로 대답했다. 그런데… 어딘가 웃음기가 섞여 있었다.

'…웃음?'

왜?

그리고 천천히 말이 이어진다.

−내가 도와줄 수 있을 것 같은데.

"넹?"

권희승은 눈을 껌벅였다. 그리고 침묵 속에서 몇 초가 흐른 후.

"그아아아악!"

그의 눈앞에 뭔가가 떴다.

[!상태이상 : 메이크 잇 워크]

−아이돌이면 역시 팀워크가 답인가?

: 기간 내로 팀이 공동 작업물을 발매하지 못할 시, '실패'

반투명하며 스파크가 튀는 회색 글씨. 곧 지지직거리며 사라졌지만, 확실히 보였다.

"바, 바바방금 그거⋯!"

−잠깐 보여줬다.

휴대폰 속 목소리가 침착하게 말했다.

−네 '미션'을.

권희승은 자신의 입을 틀어막았다. 으아아악!

자신의 '미션'을 무려 홀로그램으로 확인한 충격, 초현실적인 증거! 그는 몇십 초 후에야 정신을 차렸다.

"그그그, 그게 어떻게 어, 이게⋯ 이게 어떻게 돼요??"

정정하겠다. 머리는 정신을 차린 줄 알았는데 이놈의 입은 정신을 못 차렸다.

'으아악!'

이게 무슨 SF영화야? 라임스톤 영화? 그러나 스마트폰에서 들리는 박문대의 목소리는 차분했다.

─원리는 나도 모른다만, 말하자면… 해킹 같은 거야.

"해킹이 된다고요…? 이거 컴퓨터예요?"

─…….

아무 말이었는데 박문대는 의외로 생각에 잠긴 듯 침묵했다. 그리고 약간 흥미로운 듯이 대답했다.

─그럴 수도 있겠는데.

'그럴 수 있긴요!'

이게 무슨 메타버스 가상현실 AI도 아니고! 아는 IT 기술 단어는 다 붙이던 권희승이 충격에서 회복해서 '대체 어떻게 이런 일을 한 건지'에 대해 좀 더 자세히 물어보려던 찰나였다. 박문대가 먼저 선수를 쳤다.

─어쨌든, 아까 봤을 때 뭐가 보였지? 미션 내용 말이야.

"으음."

'상태이상'이라는, 상당히 꺼림칙한 문구가 마음에 걸리긴 하지만, 아마 이 선배가 묻는 건 그게 아니라 그 밑의 내용이겠지. 권희승은 반사적으로 입을 열었다.

"그, 공동 작업물 발표… 였던 것 같은데요?"

─그래.

"놀랍긴 하네요. 진짜 자체 제작 앨범이 맞다니…."

권희승은 마술에 당한 사람처럼 짜릿해졌다. 진짜 영화 주인공 같았다. 그게 좋은지 나쁜지는 잘 모르겠지만 말이다.

하지만 박문대는 냉정했다.

-아니, 다르지.

예?

-기준이 자체 제작 앨범이 아니라 공동 작업물이잖아.

"네… 근데 그게 그거 아니에요?"

-다르지. 공동 작업물이 꼭 앨범 전체일 필요는 없으니까.

"아."

칼같이 정의를 갈라낸 박문대는 유연하게 요령을 가져다 댔다.

-대중이 단순히 '공동 작업물'이라고 인정하게 만드는 게 훨씬 쉽다.

"와."

진짜 비밀 조직 요원 같은 발언이었다. 덩달아 약간 진지해진 권희승은 스마트폰을 공손히 두 손으로 잡고 물었다.

"그러면… 저 이번 앨범으로 성공할 수 있겠네요? 확률이 좀 높아진 게 맞죠?"

-그래.

오오.

권희승은 짧게 감탄했으나, 다음 순간 계산했다. 그도 바보가 아니었다. 박문대가 자신에게 사기를 치거나 음모를 꾸몄을 가능성에 대해 생각해 본 것이다.

'음….'

하지만, 아무리 생각해도 굳이 자신에게 거짓말을 할 필요가 없었다.

'아니, 저 형님이 날 조지고 싶었으면 기회가 얼마나 많았는데.'

지금까지 친절하게 잘 챙겨주다가 굳이 이… 초능력 같은 것까지 공유하면서 뒤통수를 갈길 필요가 없는 것이다. 무슨 조커도 아니고, 이

형이 그랬으면 벌써 난리 났지.

권희승은 이번에도 박문대의 호의를 달게 받아들이기로 했다! 하지만 그에 앞서서 신중한 목소리가 들렸다.

—도와줄까.

"헐!"

권희승은 냉큼 물었다.

"저야 너무 감사하죠 형님! 그런데 혹시 뭐 이거 막 저당 잡히고 이런 건…"

—말도 없이 그런 짓은 안 하지.

어처구니가 없다는 듯한 목소리에 권희승은 뒷머리를 긁적였다.

"죄송해요. 막 영화 보면 그래가지고 한번 물어봤어요! 그래도 도와는 주시는 거죠? 헤헤…"

피식 웃는 소리가 났다.

—그래.

그리고 박문대는 정말로 권희승을 철저히 돕기 시작했다.

시작은 제작 공정이었다. 박문대는 스페이서의 이번 앨범에서 숟가락을 얹을 만한 부분을 능숙하게 집어냈다.

—가사집 쪽이 좋지. 외부로 드러나는 파트나, 팬들이 소비하는 사진집이 아니지만 이름 있는 구성 요소로 느껴지니까.

"오오."

─그리고 비전문가가 말 얹어도 결과물이 그렇게 망가지지 않아. 선공개되지도 않은 항목이라 건드리기도 쉽고.

"괜찮네요…. 진짜!"

권희승은 스스로의 창의성을 못 믿고 앨범 제작 참여를 끝까지 거절한 멤버에게 이걸 말해봐야겠다고 생각했다. …그러나 바로 다음 날, 회사의 권유에 그 멤버가 가사집 디자인에 의견을 내는 것을 보았다.

"어, 뭐야?"

"몰라, 회사에서 하래서."

그리고 수정된 가사집은 이틀 만에 교체가 통과되었다.

'…속도가 이렇게 빨라?'

우리 회사가 이렇게 결정을 빠릿빠릿 내리던가?

권희승은 좀 당황했지만 일은 계속 진행되었다. 실물 앨범이 찍혀 나오고 앨범 홍보 문구가 재단장되어 나온다.

꿈을 향한 의지와 도약!

음원부터 속지까지 스페이서 멤버 전원의 손이 닿은 이번 앨범 <투지> 많이 기대해 주세요! (폭죽 이모티콘)

홍보 전면으로 나오진 않는다. 단지 팬들이 '그렇구나' 하고 정보를 받아들일 수준의, 부가적인 소개 문구. 아이돌로서의 꿈과 포부를 소재로 하는 앨범과 이미지도 딱 떨어져서 어색함이 없었다.

스페이서의 본래 플랜을 훼손하지 않는 선에서 깔끔하게 정답만 덧대는 마감 솜씨.

'와, 이게 되네.'

권희승은 감탄했다. 아무리 자신보다 오래 살다가 과거로 돌아왔다지만, 이런 센스와 권력(?)은 또 다른 이야기 아닌가!

'진짜 문대 형이 레이블 다 세웠다는 카더라가 맞는 거 아니야?'

지난번에 사내에 도는 이 소문에 관해 물어봤을 때 그 형이 굉장히 떨떠름하게 반응해서 아닌가 했는데, 아무래도 그건 겸손이었나 보다. 권희승은 고개를 끄덕였지만, 동시에 슬쩍 오싹했다. 나중에 스페이서가 테스타의 경쟁자가 될 만큼 크는 날에는….

'…테스타 선배님들이 독립하시겠지!'

그래, 내년이면 재계약 시즌이라고 들었다. 당연히 이 거지 같은 회사에서 탈주하시겠지. 하하!

권희승은 일단 그렇게 넘어가기로 했다. 답 없는 문제 고민해 봤자 무슨 소용이 있겠는가. 현실을 살자! 그래서 당장 고마운 당사자에게 인사부터 박았다.

"다 형 덕분이죠 이게! 아 정말 감사합니다! 제가 보답할게요!"

─그래.

박문대의 대답은 짧았지만, 퉁명스럽진 않았다. 도리어 부드러운 느낌이었다. 정산받으면 랍스터라도 한턱 쏴야겠다며 한번 내면에서 호들갑을 떤 뒤, 권희승은 즐겁게 외쳤다.

"저 느낌상 이거 된 것 같은데, 된 거 맞죠?"

이제 자신은 자유였다!

그러나 너무 빠른 자신감이었다. 박문대는 애매하게 답변했기 때문이다.

－조건 충족은 맞아.

"…어, 달라요?"

차분한 목소리가 대답했다.

－이제 뜰 거야. 잠시만.

"넹?"

지지직.

"와악!"

권희승의 눈앞에 글리치가 튀더니 또 묘한 홀로그램이 등장했다.

[성공적 발매!]

당신은 공동 작업물 발매에 성공했습니다!

!제한시간 : 충족 (성공)

!상태이상 : '메이크 잇 워크' 제거!

: *^@5#& 확인 ☞ Click!]

"…!"

성공했다는 글이 빼곡히 적혀 있는 그것은 지난번에 박문대가 보여 줬을 때보다도 더 안정적으로 보였다. 그리고 대놓고 반짝이는 버튼도.

'이걸… 그냥 누르면 되는 건가?'

권희승은 노골적인 'Click!' 버튼을 확인하고 홀린 것처럼 팔을 들어

올렸으나…… 찬물 쏟는 것처럼 박문대의 목소리가 들린다.

-네가 보답한다는 거 말인데.

"…?"

홀로그램을 향해 손을 뻗던 권희승은 잠시 멈칫했다. 그 순간.

-누르지 마라.

"예, 예?"

-그걸 며칠 기다려 주는 게 나한테 보답이 되거든.

아니, 눈이라도 달렸나? 권희승은 불에 댄 것처럼 손을 내렸다.

"왜, 왜요?"

-음.

박문대는 잠시 침묵한 뒤, 웃음기가 살짝 섞인 목소리로 물었다.

-혹시 휴가 하루로 할 수 있는 좋은 일에 관심 있어?

"…??"

서울의 대형 공연장 아래, 관객의 환성이 이명처럼 여전히 귀를 웅웅 울렸다. 주변에서 멤버들이 웃는다.

"아이고 다들 고생하셨습니다~"

"재밌어요!"

카드사에서 주최하는 합동 콘서트의 끝이었다.

"문대문대 뒷자리 가게?"

"그래."

실수 없이 잘 끝낸 무대에 퇴근길이 즐거운 놈들 사이에서, 나는 차량 맨 뒷자리에 앉았다. 그리고 어제 했던 권희승과의 대화를 돌아봤다.

'전제부터.'

나는 '진실 확인' 타이밍을 통해 상태이상 클리어 타이밍을 조절할 수 있었다. 그리고 그건 온전히 상태창 덕이었다.

'그래서 반대로 생각해 본 거지.'

누구든 상태창만 있으면 되는 것 아닌가?

―지금 상태이상이 있는 놈에게도 상태창으로 접속할 수 있으면, 클리어 타이밍을 조절할 수 있지 않나?

그래서 큰달이 권희승의 시스템에 접속해 상태창을 띄운 것이다.

―좀 불편해요… 으어허헉.

물론 내 상태창을 쓰는 것보다 불편하다고 했지만, 이 녀석은 다른 부작용 없이 성공했다. 괜한 편법 없이 미션 보상으로 받은 것이라 힘만 늘어난 것 같았다.

'좋아.'

큰달이 내 상태창의 상태를 바꿨던 것에서 착안한 것이었는데, 문제없이 잘 이루어져서 다행이었다.

그리고 권희승은 내 '시스템 파괴 전 후원' 제안을 냉큼 승낙했다.

–당연히 좋죠! 이거 막 임무하는 느낌인데요?

…VR 게임장 온 것처럼 이야기하지만 않았어도 더 좋았겠다만. 아무튼 상부상조 분위기로 가서 다행이군.

'좋아.'

나는 고개를 끄덕이며 목베개를 고쳤다. 잘 조절한 대로 시기도 딱 여유가 있었다. 활동기가 끝나고 투어 준비를 하며 스케줄에 빈틈이 생긴 상황.

'하루 정도는 뺄 수 있겠지.'

계획대로라면 결괏값을 보는 데엔 하루면 충분하다. 나는 고개를 끄덕이며, 도착한 숙소 안으로 들어갔다. 오늘은 계획을 검토하면서 보낼 생각….

"문대 형, 혹시 잠시 대화 좀 나누셔도…."

"어, 그래."

좀 미뤄야겠다. 무슨 일이 있나 보군. 나는 김래빈의 호출을 받고 걸음을 옮겼다. 이유는 모르겠지만, 멤버들이 다 주방 식탁에 모여 있다.

"…?"

너희들 뭐 하냐.

"문대야."

"예."

"우리 투어 전에 시간이 좀 있잖아."

그래. 나도 마침 그 생각을 하고 있었다.

'그게 왜.'

류청우는 빙긋 웃더니, 식탁에 놓인 노트북 화면을 내게 돌렸다.

"그때 우리 여기 갈래?"

"예?"

화면 속에 있는 것은… 캠핑 휴양지였다.

-힐링 글램핑

구도 맞춰 잘 찍은 사진이 자동으로 넘어간다.

산림욕, 온천, 시골, …동물. 어디서 많이 본 키워드들. 〈저 집 손자〉 예능에서 겪은 힐링 키워드와 제작진이 다음 힐링으로 약속한 키워드가 섞여있다.

'뭐야.'

큰세진이 내 어깨를 잡는다.

"아현이가 가족여행으로 가본 곳이래! 진짜 좋다는데?"

그래. 시설과 몰골이 좋아 보인다. 그 잘사는 집에서 갈 정도면 당연히 괜찮겠지. 그런데 갑자기 왜.

나는 선아현을 쳐다보았다. 놈이 어깨를 움츠린다.

"무, 문대가, 우리 예능으로 갔던 동네를 마음에, 들어 했잖아…. 그것까지 문대에게, 기분 나쁜 추억으로… 남지 않았으면 해서."

"……!"

"그, 그래서 알아봤어."

나는 할 말을 잃었다.

"시, 싫어?"

"…아니."

나는 대답했다.

"그리고… 그렇게까지 기분 나쁘진 않았어."

좀 쪽팔리긴 했다만, 그래도 제작진 수작질을 알기 전까진 괜찮았다. 그래서 더 쪽팔렸던 거고.

"하지만 형 맛있는 거 안 줬…."

"차유진 조용히 해!"

그건 기분 나쁜 것과 열 받는 것은 별개의 일이기 때문이다, 새끼야. 하지만 동공 떨며 눈치 보는 놈들에게 이제 와서 그런 이야기를 할 생각은 없다. 배세진은 냉큼 말을 보탠다.

"그래. 그, 어쨌든 온천을 꼭 그 예능 사람들하고 갈 필요 없잖아. 우리끼리 가자!"

"그러게. 그럼 이건 그냥 휴가 기념으로 생각하고 놀러 가면 어떨까?"

류청우가 말을 끝냈다. 나는 피식 웃었다.

"좋죠."

"오오~"

"그럼 여기로 결정!"

"OK!"

긴장이 풀어진 놈들이 자기들끼리 떠들기 시작한다.

"우리 다음 휴가 때는 다 같이 유람선 탈까요? 유럽이나 이런 데서 타면 다들 잘 못 알아볼 테니까~"

"아, 그것도 좋다."

"유람선이 뭐예요?"

"Cruise ship."

"오우⋯."

"유진이는 싫구나?"

"할아버지는 유람선을 좋아해요. 저는 어려요."

참 한결같았다.

'나 참.'

나는 다음 날 아침, 간만에 목적 없는 대용량 요리를 했다. 동거인들이 다 군말 없이 입에 쑤셔 넣어서 귀찮은 처리는 없었다. 웃기지만, 큰일 앞두고 하는 일종의 세리머니처럼 느껴지기도 한다.

'끝내고 휴양을 간다라.'

나는 피식 웃었다. 의도한 건 아니다만, 거의 전형적이기까지 한 구조라서 말이다.

그리고 오후.

나는 마지막 협조자에게 전화를 걸었다. 통화음 몇 번에 전화가 걸리고, 개가 우는 소리와 함께 목소리가 들린다.

—오랜만이네요, 후배님. 용건이?

"네 전용기 좀 빌리자."

웃음소리가 들린다.

—무슨 용도로?

나는 목을 꺾었다.

"다음 타자가 없게 만드는 용도."

시스템을 여기서 끝낸다.

며칠 후 휴일.

"그러고 보니 후배님 그룹은 전용기가 없었죠? 음, 아직 수지타산이 안 맞나 보네요."

사람 빡치게 말하는 것에 일가견이 있는 놈의 말이었지만 오늘은 썩 긁히지도 않는다.

"국내 수요가 충분하니까 동선상 굳이 전용기가 필요 없지."

"그래요?"

"우왁! 대박! 시트가!"

"……"

옆에서 온갖 호들갑 떠는 놈이 붙어 있어서 말이다. 골드 2, 권희승은 입을 떡 벌리고 청려의 전용기 내부를 보고 있다.

"와… 서, 선배님 저 이거 찍어도 괜찮을까요?"

"유출되지 않을 자신이 있다면."

"……"

나는 권희승이 조용히 자신의 스마트폰을 내리는 것을 보며, 내 스마트폰을 꺼내 들었다.

"찍게요?"

"아니."

그럴 리가 있냐. 이건 연락용이다.

나는 다시 한번 메시지들을 확인했다.

[류청우 형 : 다들 잘 다녀와]

[선아현 : 모두 몸조심하시고 혹시라도 문제가 생긴다면 언제든 말해주세요!]

[배세진 형 : 뭉게는 잘 있어 (사진)]

[김래빈 : 강아지가 잘 있다니 정말 다행입니다. 저는 아직 고향으로 내려가는 중입니다. 도착하면 다시 연락드리겠습니다.]

[차유진 : (손 흔드는 이모티콘)]

[이세진 : 넵 다들 휴가 화이팅ㅋㅋ]

내가 놀러 간 줄 아는 놈이 반, 일하러 간 줄 아는 놈이 반.

그 순간, 단체 메시지방이 갱신된다.

[이세진 : 근데 문대문대 왜 1 사라졌는데 안 나옴 우리 잠수 금지인데 몰라? (불타는 이모티콘)]

나는 피식 웃고 손가락을 움직였다.

[나 : 나왔다. 다들 모레 봐요.]

그리고 며칠 전, 사정을 아는 놈들에게 '처리 좀 하러 간다'로 이 상황을 설명했을 때 저놈의 반응을 떠올렸다.

―그래? 같이 가면 되겠네.

그럴 줄 알았다.

―그건 어려운데.
―뭐?
―네가 방해되거나 휘말릴까 봐 그러는 건 아니야. 구조의 문제다.
―뭐?
―주변에 사람이 있으면 안 되거든.

그렇다. 내가 세운 가설은 간단하고 타당하다. 우선 전제.

―시스템은 상태이상이 끝나는 순간 다음 숙주를 찾아서 이동한다.

가장 빨리 들어갈 수 있는, 가장 가까운 거리의 적합한 사람을 말이다. 그렇다면 왜 그렇게 하는가.

'숙주가 없는 상태를 못 버티는 것 아닌가.'

그렇다면 오랫동안 숙주를 만나지 못하도록 만들 수 있다면? 가령⋯ 사방 수백 킬로미터 내에 적합한 사람이 없는 곳에서 권희승이 상태이 상을 클리어한다면 어떻게 될까.

'이론대로라면 못 버티고 사라진다.'

그게 내 노림수였다. 그리고 이미 시스템의 이동에 대해서 나와 추리한 적이 있던 청려는 상황 설명을 듣자마자 전용기를 내놓게 됐다는 것이다.

'이 새끼가 그때 재밌어했으니 순순히 내줄 줄 알았다.'

나는 내심 고개를 끄덕였다. 청려는 전용기 안을 둘러본 후, 자연스럽게 시트에 앉… 잠깐.

"너 왜 안 내리냐?"

"음?"

청려가 고개를 옆으로 숙인다.

"왜 내가 내릴 거라 생각했는지 모르겠는데요. 내 비행기 아닌가?"

뭐 이런 놈이 다 있냐.

'어쩐지 돈을 안 받겠다더니.'

나는 미간을 누르며 읊조렸다.

"이번엔 변수를 최대한 줄이자니까."

"하하, 후배님은 타면서?"

"…!"

"후배님과 내가 다를 게 있나. 상황은 우리 둘 다 똑같잖아요. 나만 적용이 다른 건 이상한데."

눈치 빠른 새끼. 그래, 사실 내 케이스에 대해서는 이미 확답을 들어냈다. 큰달을 통해서 말이다.

−같은 사람에게 다시 들어갈 수는… 없는 것 같아요.

−왜?

−그건 이미 썼으니까.

시스템은 이전에 과거로 돌아왔던 시스템 사용자들에게 다시 들어올 수는 없단 뜻이다. 단어 선택이 좀 꺼림칙했고 모호하지만, 시스템과 동화되는 중인 놈이 한 말이니까 무시할 수 없는 발언이었다.

'그러니까… 나는 다음 숙주에서 예외 사항이군.'

그래도 혹시 모르니까 큰달은 데려오지 않았다. 엄밀히 말하자면 시스템이 류건우의 몸에 들어갔던 적은 없으니까. 정신만 빼낸 거지. 그러니까 큰달은 나와 시야를 공유하며 원격으로 상황을 살피기로 했다.

그렇다면 나와 같은 예외 사항인 청려는 왜 빼려고 했는가. …뻔하지 않나. 당장 저 새끼 성격을 좀 봐라, 어디로 튈지 모르는 놈이다. 변수를 안 만들기 위해 제외할 생각이었는데.

'…잘 감시해야겠군.'

나는 결국 한숨을 쉬고 대답했다.

"마음대로 해라."

"역시 후배님은 논리적이라 좋네요."

정정하겠다. 이 새끼 오늘도 사람 잘 긁는다. 나는 거칠게 등받이에 기댔다.

"형님들! 저희 목적지가 어디였죠?"

"태평양."

"대박."

사람이 살지 않는 깊은 바다 위가 계획 실행 장소였다.

비행기는 계속 이동했다. 그리고 점심을 넘어 오후가 되어서야 해당 위치에 도착했다.

"태평양 한가운데에 떠 있는 기분은?"

"한두 번도 아니고 새삼."

"하하."

일 때문에 미국 갈 때마다 보는 건데 그런 걸로 감흥 느낄 리가 있나. 그럴 시간에 계산을 한다.

'이 타이밍을 놓치면 미대륙에 너무 가까워진다.'

30분 내로 수행해야 적당하다.

나는 조종실을 바라보았다. LA 공항을 목적지라고 철석같이 믿고 있을 기장과 부기장이 있을 위치였다. 그리고 파일럿을 고용한 당사자와 했던 문답을 떠올렸다. 시스템이 혹시라도 저쪽에 들어갈 가능성에 대해서.

—저 사람들이 적합할 가능성은?

—그것까지는 도박이죠. 성향을 봐선 확률은 지극히 낮겠지만.

청려는 웃으며 제안했었다.

—아니면 헬리콥터를 써서 무인도나 무인 사막에 두는 방법도 있는데요. 음, 당사자는 좀 힘들겠네요. 그래도 그렇게 하는 게 낫지 않나?

—됐다.

사람이 없는 땅덩어리라면 다 이유가 있다. 못 사니까 없는 거지. 일말의 가능성도 주지 않기 위해 권희승에게 목숨 걸라고 할 순 없지 않은가.

'자제하자.'

나는 현실적으로 가능한 선에서 최선의 수를 뽑기로 했고, 이게 그 결과다. 권희승도 분위기를 눈치챘는지 약간 긴장한 표정이 됐다.

"그럼 지금, 후, 클릭해 볼까요?"

"그래. 잠시만."

나는 내 상태창을 호출했다. 당연한 듯이 튀어나오는 팝업.

[형, 설마…?]

그래, 다 됐다.

'권희승한테 상태이상 클리어창 좀 다시 띄워라.'

팝업은 대답하지 않았다. 단지 미묘하게 흔들렸을 뿐이다. 그래도 권희승의 앞에 홀로그램은 떴다.

"어흑, 휴! 매번 놀라네!"

저 자식 이상한 감탄사를 쓰는군. 청려가 약간 흥미가 식은 눈으로 중얼거린다.

"특별한 점은 없는데."

"당사자한테만 보일 테니까."

"흠."

청려는 팔짱을 꼈다. 그리고 고개를 까닥거렸다.

"그럼 이 상태로?"

"그래."

나는 입을 다물고 마찬가지로 자세를 고쳤다. 그때였다.

[형.]

큰달의 팝업이 다시 뜬다.
'심각한 문제없으면 이대로 한다. 지금 말할 거면…'

[아니. 그게 아니라요!]

아니냐? 팝업이 민망한 것처럼 글씨를 쪼그라뜨린다.

[사실… 조금 희망도 생기고요.]

"……."
그래. 이놈도 사실 사람으로 계속 살고 싶었겠지. 그냥 어쩔 수 없고, 부담 주기 싫으니 미련 없는 척했다는 건 안다.
팝업이 다시 떨리더니 조심스럽게 한 글자씩 글을 뱉는다.

[형, 정말 감사해요…. 절 위해서 이렇게까지 해주셔서.]

'됐다.'
사실 이놈만을 위해서는 아니다. 애초에 이런 시한폭탄을 그냥 두기 찜찜해서 기회만 생기면 없애려고 했으니까. 도리어 이놈은 날 도와준 것이나 다름없다.

'진행한다.'

[…네!]

"그럼… 누를게요!"
권희승은 긴장된 표정으로 손을 뻗었다. 그리고 누른다.

[!상태이상 : '메이크 잇 워크' 제거!
: *^@5#& 확인 ☞ Click!]

Click.
그리고 상태창은… 사라져 갔다.
흔적도 없이, 없었던 것처럼.
"아."
기내에서는 고요한 침묵이 흐른다.
아무 일도 일어나지 않는다. 놀랍도록.
"……."
"이거… 끝인가요?"
권희승의 물음에 반사적으로 떠오르는 것은 내 케이스다. 나 같은
경우에는 마지막에 축하창이 떴다. 하지만 그건 큰달이 띄웠으니, 사
실 시스템과는 관련이 없….
"어어어?"

"…!!"

권희승의 앞에 다시 홀로그램이 튀어나왔다.

그러나 몰골은 전과 다르다.

[??? ?]

[? ?? ???? ? ??]

[: ?? ? ? ?????]

물음표로 가득한… 괴상한 상태.

'X발.'

나는 자리에서 일어났다.

그리고 맞은편에서 낮은 목소리가 들린다. 청려.

"음… 이건 보이네."

"…!"

뭐?

"혀, 형님."

청려를 돌아볼 시간은 없다. 나는 권희승 눈앞에 뜬 상태창에 시선을 고정하고 있다. 권희승의 얼굴은 당황으로 얼룩져 있다.

'…큰달!'

내 호출에 돌아오는 답은 없었다. 그 대신, 상태창이….

떨리기 시작한다.

우드드드드드득.

권희승이 고개를 돌리고, 입을 연다.

[형, 이거 이상…]

소리가 파편화된다.
진동처럼.

피이이이이이잉———!

이명.
들릴 리 없는, 뭔가가 부서지는 소리가 들린다.
시야가 새하얗게 변한다.
'이건…'
다음 순간.
사방에 온갖 홀로그램이 난무한다.

[상태이!$#6]
[돌&23!$@12]
[■■■■■■■음을■]
[상상상상태상태상상태이#%2]

뭔가가 우악스럽게, 머릿속에 들어오는 것 같은…….

'X발 꺼져!'

나는 이를 악물었다. 입술에서 뜨거운 핏물이 흘러나왔으나 통증을 느낄 겨를도 없다.

선이 일그러지고, 하얗게 점멸한다.

깜박.

깜박.

'…아.'

그리고 해발 일만 미터 상공.

아니, 작은 실내 안.

모든 것이 찢어진다.

찌이이이이이이이이익――

비명이나 고통은 없다.

그냥 현실이, 산산이, 조각나…….

비상한다.

화아아아악!

화이트 아웃.

—…삐빅!

뭐지.

무거운 정신 너머에서, 날카로운 소리가 들린다….

알람인가? 나는 둔탁하게 생각했으나, 왠지 그럴 리가 없다는 감상이 따라왔다. 이유는 몰랐다. 하지만 그래서 감상은 오래 남았고, 나는 일어나지 않았다.

더 오래, 더 깊이.

잠에 빠져드는 것이다….

그 단어만 떠오르지 않았다면.

—백일몽?

'X발.'

"—허억!"

나는 눈을 떴다.

밝은 빛이 눈을 찔렀다. 큼직한 천장에 여럿 걸린 백열등이 빛을 낸다. 검은 벽, 그리고 그 옆에서 빛을 반사하는, 한 면을 다 차지하는 거대한… 전신 거울.

안무 연습실.

"……!"

나는 몸을 일으켰다. 그리고 내 몸을 내려다보았다. 검은 트레이닝복 차림이다. 손을 뻗어서 어깨와 목을 만지자 땀의 흔적이 느껴진다.

―삐비비비빅!

아직도 울리는 스마트폰 알림을 반사적으로 끈다.
그리고 생각한다. 차이점.
"후욱."
위치부터.
나는 분명, 기내에 앉아 있어…… 설마.
나는 고개를 돌려서 거울을 보았다. 아니, 보려고 했다. 그 전에 내 옆
에 비스듬히 뻗어 있는 다른 트레이닝복 차림의 놈을 보지 못했다면.
그리고 그게 낯익은 얼굴만 아니었다면.
"…!"
그건 청려였다. 다만 내가 직전에 본 놈과는 차이점이 있다.
'…나이가.'
20살 전후로 보이는 청려다.
그 순간, 등골을 타고 소름이 쭉 돋았다.
"너…."
다음 말을 할 것도 없이, 상대방이 눈을 뜬다.
"…!!"
"아."
눈을 뜬 놈에겐 표정이 없다. 그리고 무감한 얼굴로 연습실을 익숙
하게 확인한다.

아는 것처럼. 확인하는 것처럼.

그리고 패턴처럼 고개를 돌리는 것이다.

그러다가, 나와 눈이 마주쳤다. 그때야 표정이 생긴다.

"…!"

처음은 놀람, 다음은….

"하하!"

감흥이다.

탄식, 기쁨, 흥미, 절망, 희망, 별 괴상한 감정을 다 붙여도 어울릴 만한 모호하고 강력한 감흥.

"아, 이런 일이 생기네. 이런 일도 생기네요. 그렇죠?"

나는 간신히 입을 뗐다.

"너 여기가 어디…"

"여긴 LeTi 연습실이에요. 내 소속사!"

뭐?

청려는 우는 것처럼 실실 웃었다.

"이번 시작에서는 후배님, 아니지, 후배님이 아닐 수도 있겠네요. 하하!"

머리가 새하얘진다.

'…그러니까, 이게.'

나는 20살쯤으로 보이는 청려와 남의 소속사 연습실에서 정신을 차렸다.

미친 상황이었다. 고개를 돌리자 그제야 벽면을 다 차지한 거대한 전신거울 속 나와 눈이 마주친다.

"……!"

"후배님 예전 모습이잖아요. 그렇죠?"

그렇다. 전신거울에 비치는 건 류건우였다. 원래 내 몸이었던 놈.

그러나 공시에 찌든 20대 후반은 아니다. 고등학교를 막 졸업했을 정도로 보이는, 지금 청려와 또래로 보이는 외관. 나는 침을 삼키고 손을 들었다. 거울 속 어린 류건우가 따라 든다.

'…류건우.'

그러나 어딘가… 당시의 나와 인상이 좀 다르다. 눈가나, 분위기나 골격 같은 것들이.

"박문대의 외양이 남아 있는 것 같기도 하네요. 섞인 것처럼? 하하, 특이하네."

소름이 끼친다.

'아니, X발. 단정하지 마.'

표정 탓일지도 몰랐다. 이때쯤의 나는 입시와 생활 문제로 썩 몰골이 좋지 않았는데, 거울 속 놈은 제법 관리한 것 같은 꼴이었기 때문이다.

'……'

왜 관리한 거지?

"이번엔 시작 지점이 달라졌네요. 음, 나이도 다르고."

청려는 어느새 본인의 스마트폰을 찾아서 날짜와 상황을 확인하고 있다. 나도 내 트레이닝복 주머니에 손을 넣었다. 구형 스마트폰이 잡힌다.

"나이가 다르다고."

"그래요. 원래 재시작은 항상 18살이었거든요. 그런데 20살에 날짜는 몇 년 후라… 흠, 안 맞는데. 누가 같이 재시작해서 그런 건가?"

내 주머니의 스마트폰을 꺼내, 잠금 화면으로 날짜를 확인했다.

[201× / 01 / 08]

"…!"

확실히 날짜가 이상했다. 지금 내가 20살쯤이라면 지금보다 몇 년 더 전이어야 했다. 아니, 애초에 류건우는 청려보다 나이가 많아야 하는데 지금은 거의 나이대가 비슷해 보인다.

'이것도 저것도 말이 안 돼.'

그제야 머리가 맑아진다. 경로가 명확하다.

'백일몽'이랑 다를 게 없지 않은가.

"이건 꿈이다."

"네?"

"확신할 수는 없다만, 비슷한 일을 경험해서."

나는 교통사고로 혼수상태에서 겪었던 백일몽에 대해서 간단히 설명했다. 청려는 별 표정 변화 없이 들었다.

"…그리고 넌 나이대와 연도가 안 맞지. 나 역시 생김새도, 정신을 차린 장소도 안 맞아."

나는 결론을 내렸다.

"그러니까 이건 과거가 아니라, 앞뒤가 안 맞는 꿈속인 것 같은데."

"아."

청려가 실실 웃었다.

"그렇게 믿고 싶은 게 아니라?"

"……."

나는 손을 움켜쥐었다.

"그러면 지금 상황에 그것보다 괜찮은 추측이 있냐."

"과거로 돌아오는 초현실적인 상황이 이미 일어났는데, 다른 요소가 모순적이니 꿈이라고 생각해요? 지나치게 자의적인 판단 아닌가."

"……."

"당연히 현실이라 생각하고 움직여야죠 후배님. 아니, 음… 건우 형이라고 불러줘요?"

"그만."

이 새끼야말로 너무 앞서나가는군.

그러나 나는 심호흡 후, 침착함을 되찾았다. 틀린 말은 없었으니까.

"일단… 네 말이 맞아. 현실적으로 대응해야겠지."

"네."

믿고 싶은 대로 상황을 보는 건 멍청한 짓이다. 최악의 상황을 가정하고 행동하는 게 합리적이다. 그리고 하나 더.

'이 새끼… 눈이 맛이 갔는데.'

본인이 자진해서 따라붙어서 이 꼴이 난 것이긴 했으나, 아무튼 이 미친 짓에 휘말려서… 도로 재시작한 것처럼 보이는 상태가 됐으니. 들 뜬 건지 누굴 죽이고 싶은 건지 모르겠는 면상이다.

'정신 차려야겠군.'

무슨 돌발행동이 나올지 모른다. 나는 입을 다물었다.

그리고… 원인 파악.

'어디서 오류가 난 거지.'

당시 비행기에서의 상황을 되짚어보자. 우리 주변에 에러가 난 상태창이 폭주하는 것처럼 미친 듯이 뜨고, 저놈은….

―음… 이건 보이네.

"…!"

청려도 상태창을 보았다! 머리를 후려갈기는 것 같은 직감이 온다.

'설마.'

이 새끼… 설마 시스템이 이놈에게 들어가서 비활성화된 상태이상이 다시 작동한 건가.

이놈의 상태이상. 무한히 스타트 지점으로 돌아가기.

[교정 (비활성화)]

: 다시 해보자.

―실패 시, 처음으로 돌아간다

이미 선아현의 사례에서 확인했듯이 비활성화 상태인 상태이상은 다시 활성화될 가능성이 있다. 그러니까… 시스템이 직접 들어간 게 아니라도, 일종의 촉매가 됐다면?

나는 즉시 청려의 상태를 확인하려 했다.

'상태창.'

그러나… 창은 뜨지 않았다.

치치칙!

대신 이상한 글리치 같은 것이 튀더니, 사라졌다.

의미 하나는 확실했다.

'…큰달이.'

그놈이, 상태창으로 나타날 수 없는 상태라는 뜻이지.

나는 주먹을 쥐었다.

'X발.'

제대로 망한 것 같은데, 어디서부터 망한 건지가 오리무중이다.

그때였다. 등 뒤에서 조심스러운 목소리가 들린다.

"저, 형님들."

"…!"

어느새 열린 연습실 문에서 웬 껑충한 놈이 고개를 들이밀고 있다. 아는 얼굴이었다.

"아, 음, 안녕하십니까…!"

VTIC의 멤버, 신오다. 물론 현실에서보다 나이는 한참 어려 보였다. 놈은 좀 긴장한 얼굴로 다시 입을 열었다.

"실장님이 부르셨는데, 아직 집합 안 하셔서 절 보내셨는데요…."

"그래? 잠시만."

청려는 부드럽게 놈의 말을 받더니, 내게 말했다.

"갈까요?"

"…예."

일단 상황을 따라간다.

나와 청려는 신오를 따라 이동했다. 낯선 소속사의 복도를 걸어서 도착한 곳은 사무실이었다. 그리고 일수꾼처럼 생긴 실장이란 놈이 어린 놈들을 잔뜩 불러 모아 빽빽이 세워뒀다. 아마 다 연습생이겠지.

'20명 정도인가.'

이 회사 규모를 생각하면 당연히 전체 인원은 아닌 것 같았다.

"내가 너희 특별히 눈여겨보고 있어서 지금 격려차 부른 거야. 알았어?"

"예!"

불려온 놈 중에 익숙한 얼굴도 몇 보인다. 몇 년 후에 중소 기획사에서 데뷔하는 얼굴 몇, 그리고 내가 아는 VTIC 멤버 얼굴도 보인다.

'일단 우릴 불러온 놈, 신오. 그 옆은… 저건 주단인가.'

둘 다 아무리 봐도 데뷔조가 아닌 듯 줄 한참 뒤에 서 있다. 뻔하다.

'청려가 솎아냈군.'

이 자리에 없는 채율은 심지어 따로 픽업이라도 해온 모양이다. 나는 새삼 내 옆의 놈이 다양한 시도로 현실을 조합해 본 경험자라는 것을 깨달았다.

그 와중에 실장은 한 놈, 한 놈 떠보듯이 골라서 격려와 질문을 하는 중이다.

"신재현, 네가 애들 잘 챙기고."

"예."

신재현, 아직 청려라는 예명을 받지 못한 놈은 아무렇지 않게 평이한 얼굴로 실장의 말에 고개를 끄덕였다. …이놈은 대체 이 순간을 몇 번이나 겪었는가.

그때였다.

"그리고 류건우."

"…! 예."

왜 갑자기 날 부르냐.

실장이라는 놈은 손가락을 까닥거리며 입을 놀린다.

"건우도 나이 괜찮은 데다 학벌도 좋으니 메리트가 있어. 쓸데없는 걱정 말고 연습 더 열심히 해."

"……예."

류건우가 LeTi에서 데뷔 조언이나 듣다니 별 헛소리 같은 상황을 다 만나는군.

'흠.'

나는 주변 놈들의 태도와 표정, 그리고 내가 선 위치를 확인했다. 억지로 웃는 놈들, 청려 옆 1열. 그리고 실장의 말까지 조합하면….

'내가 1군이군.'

여기의 내가 LeTi의 연습생이라도 되나 보다. 그것도 데뷔조.

아무튼 실장이라는 작자는 적당히 간 보는 것 같은 말을 몇 마디 더 하고는 연습생들을 해산시켰다.

"재현 형, 남아서 연습하세요?"

"음, 보고."

"넵."

나는 데뷔조 연습생들이 복도 너머로 사라지는 것을 확인한 뒤, 눈을 찌푸렸다. 실장이 뭘 탐색하는 것 같은 기색이었는데… 일단 우선순위는 이 회사 실장따리의 음모는 아니니 제쳐두자.

'당장 이 꿈에서 나가야 한다.'

최대한 빨리.

현실에서 시간이 어떻게 흐르는지, 대체 무슨 개판이 난 건지 알 수가 없다.

'힌트부터.'

나는 이곳에서의 내 위치를 확인하기로 했다.

이건 무조건 스마트폰부터다. 개인정보 덩어리니까. 나는 복도를 걸으며, 구형 스마트폰을 꺼내 들어 화면을 조작….

"……"

잠금 패턴을 모르네 X발. 몇 번 시도해 봤지만 다 막혔다. 그리고 무슨 대단한 걸 해놓은 건진 모르겠다만… 그럼 우회하면 그만이다.

"신재현."

"음?"

"스마트폰으로 류건우랑 대화한 내역 있냐."

아까 같이 연습하고 뻗은 것 같은 상황을 생각하면 안면은 있다는 거겠지.

"있었죠. 여기."

역시. 나는 청려가 순순히 내미는 스마트폰 화면을 보았다.

[LeTi 16기 신재현 : 형 이사 가신 곳 주소 좀 알려줘요 ^^]

[알아서 뭐 하게]

…그런데 이러고선 굳이 그 밑에 왜 주소를 적어놓은 답장을 보내고 지랄이냐.

'미쳤나.'

청려가 쪼개는 소리가 들린다.

"음, 우리 친했었나 봐요. 편리한 구조네요."

"……."

"아, 잠금 패턴을 몰라서 물어봤구나. 마름모예요. 지금쯤 회사에서 관리상 데뷔조 스마트폰 패턴을 통일할 때라."

프라이버시라곤 없는 미친 새끼들과 일하게 됐다는 뜻이군. 아주 잘 돌아간다. 개판이었다.

"후."

밤 11시, 나는 청려의 메시지에 찍힌 대로 류건우의 자취방이라는 곳으로 이동하는 중이다. 휴대폰 잠금은 어떻냐고? 놀랍게도 회사용이라는 마름모 패턴도 실패해서 혹시 몰라 그냥 둔 상태다.

─그래요? 류건우 씨는 회사에 들어온 지 얼마 안 됐나 보네요.

'망할.'

추리는 거기까지였다. 내일이라도 서비스센터 가져가서 풀어야겠다.
나는 한숨을 참으며 발을 옮겼다.

청려도 본인 집으로 돌아가는 것으로 우선 합의했다.

―각자 상황 파악한 뒤에 다시 이야기하지.
―그래요.

합리적인 판단이었다.

문제는… 그리고 도착한 내 자취방 건물이 생각보다 좋아 보인다는
점이다.

'오피스텔이잖아.'

무슨 돈으로 이걸 했나. 겉으로만 봐도 제법 큼직하게 평형이 빠졌
을 것 같은 건물을 떨떠름히 보며, 나는 걸음을 옮겼다. 이것만 봐도
현실이 아니라 꿈이었다.

띠리리릭―

그리고 다행히, 스마트폰에 붙은 카드 키 스티커로 건물 현관이 통
과되었다. 여차하면 회사 연습실로 다시 돌아갈 생각이었는데 그나마
다행이었다.

'그럼 집 대문도 되겠지.'

나는 호수를 찾아 올라가서 마찬가지로 문 잠금도 해제한 뒤 손을

뻗어 문고리를 당겼다. 부드럽게 문이 열린다. ……그러나 분명 아무도 없을 집에는, 불이 켜져 있었다.

그리고 목소리가 들렸다.

"형 왔어?"

"…!"

"오늘 연습 오래 했구나."

편안한 복장으로 거실 소파에 앉아 있는 인영이 보인다.

……류청우였다. 나와 마찬가지로 20살쯤으로 보이는.

'이게 뭐야.'

"형?"

이곳의 류건우는… 친척인 류청우와 같이 자취하고 있던 것이다.

"형 혹시 이 교양 들어봤어요?"

"…교수가 학점을 잘 안 준다는데."

"음, 그렇구나."

내가 지금 무슨 짓을 하고 있는지 모르겠다. 나는 20살짜리 류청우가 보여주는 3학점짜리 교양을 반사적으로 평가하며, 눈을 굴리다가 보았다. 거실 장에 대학 입학식에서 줬던 쓸데없는 곰 인형이 진열되어 있다. 그것도 두 점이.

'미치겠군.'

완전히 확정이다.

이곳의 류청우는 나와 같은 대학에 입학한 게 분명했다. 심지어 저 곰 인형 두 개는 생긴 게 똑같다. 같은 연도에 입학했다는 뜻인데, 왜 저놈은 날 형이라고 부르는 거지. 내가 굳이 현역 때와 같은 대학 가려고 재수했을 리는 없는데.

"……."

자연스럽게 타박하듯이 물어보자.

"너 동갑이면서 왜 계속 존댓말을 쓰고 있냐."

최악의 경우라도 술 마셨다고 변명할 수 있다.

"아, 음, 어릴 때 형인 줄 알았다니까… 이미 입에 붙었어. 정말 안 불편하니까 걱정 마."

류청우는 약간 멋쩍게 웃는다. 그러냐? 설정이 쓸데없이 참 세심도 하군. 나는 침음을 참으며 반사적으로 타당한 의문을 떠올렸다.

'…양궁은?'

저 나이면 분명 아직 양궁을 하고 있을 텐데 말이다. 그러고 보니 지금 대학에 입학한 것도 이상했다. 하지만 자취까지 같이하는 친척이 그것까지 물어보는 수상쩍은 짓거리를 하려던 순간, 나는 보았다.

갑자기 나타난 푸르고 투명한 선을.

"……."

처음엔 환각인 줄 알았다. 그러나 비집고 올라오듯… 허공에 선이 길게 그려지고, 마침내 사각형이 된다.

그리고 선 사이에 생긴 면에서 뜨는 글자.

[$@&!5 형!]

상태창. 큰달.

"···!"

나는 당장 자리에서 일어나 욕실로 달려갔다. 그리고 문을 닫자마자 물었다.

'너 어떤 상태야.'

[저도 잘모르겠어요 먹히는것 같았는데 피했어요 지금은괜 찮아요]

비좁은 틈을 간신히 비집고 나오듯 드문드문 문자가 튀어나온다. 괜찮지 않아 보인다. 그러나 문자는 멈추지 않는다.

[그리고 상태창 #$@^ 있어요]

지직거리며 팝업이 뜬다. 익숙한 문구.

[Enjoy your]

그렇지. 백일몽에서 봤던 그 단어들로 시작하는 문장이다.

나는 확신으로 주먹을 움켜쥐었지만··· 섣부른 감정이었다. 문장의 끝이 달랐기 때문이다.

[Enjoy your reality :D]

······.

dream이 아니라, reality.

'현실.'

찬물을 처맞은 것처럼 뇌가 식었다. 팝업이 다시 흔들렸다.

[제가 적은 게 아니에요 형 이게 어떻게든 해볼게요 일단 재부팅!@^]

뭐?

"잠깐, 너 위험……."

할 수도 있으니 일단 기다려 보라는 말을 하기도 전에, 상태창은 사라졌다.

'망할!'

이 새끼들은 왜 이렇게 말을 안 처 듣는단 말인가. 나는 초조하게 욕실 벽을 주먹으로 갈겼다. 그런데…….

네온사인처럼 불빛이 터진다.

[START / 등록 완료!]

플레이어 : 류건우 (박문대)

"…!"

눈앞이 밝아지듯 홀로그램에 프리즘과 빛이 들어온다.

폭죽처럼 광택이 번쩍이며, 새로운 창이 생성된다.

[퀘스트가 도착했습니다!]

각성 가능한 동료 : ?

필요한 명성치 : 1,000 Exp

큰달의 팝업창에 작은 글씨가 솟아난다.

[이거…]

새로운, 게임시스템이었다.

〈3부 완결〉

데뷔 못 하면
죽는 병 걸림